SAS

LE CHEMIN DE DAMAS

DU MÊME AUTEUR

(* titres épuisés)

*N° 1. S.A.S. A ISTANBUL
N° 2. S.A.S. CONTRE C.I.A.
*N° 3. S.A.S. OPÉRATION APOCALYPSE
N° 4. SAMBA POUR S.A.S.
*N° 5. S.A.S. RENDEZ-VOUS A SAN FRANCISCO
*N° 6. S.A.S. DOSSIER KENNEDY
N° 7. S.A.S. BROIE DU NOIR
*N° 8. S.A.S. AUX CARAÏBES
*N° 9. S.A.S. A L'OUEST DE JERUSALEM
*N° 10. S.A.S. L'OR DE LA RIVIERE KWAI
*N° 11. S.A.S. MAGIE NOIRE A NEW YORK
N° 12. S.A.S. LES TROIS VEUVES DE HONG KONG
*N° 13. S.A.S. L'ABOMINABLE SIRÈNE
N° 14. S.A.S. LES PENDUS DE BAGDAD
N° 15. S.A.S. LA PANTHÈRE D'HOLLYWOOD
N° 16. S.A.S. ESCALE A PAGO-PAGO
N° 17. S.A.S. AMOK A BALI
N° 18. S.A.S. QUE VIVA GUEVARA
N° 19. S.A.S. CYCLONE A L'ONU
N° 20. S.A.S. MISSION A SAÏGON
N° 21. S.A.S. LE BAL DE LA COMTESSE ADLER
N° 22. S.A.S. LES PARIAS DE CEYLAN
N° 23. S.A.S. MASSACRE A AMMAN
N° 24. S.A.S. REQUIEM POUR TONTONS MACOUTES
N° 25. S.A.S. L'HOMME DE KABUL
N° 26. S.A.S. MORT A BEYROUTH
N° 27. S.A.S. SAFARI A LA PAZ
N° 28. S.A.S.L'HEROÏNE DE VIENTIANE
N° 29. S.A.S. BERLIN CHECK POINT CHARLIE
N° 30. S.A.S. MOURIR POUR ZANZIBAR
N° 31. S.A.S. L'ANGE DE MONTEVIDEO
*N° 32. S.A.S. MURDER INC. LAS VEGAS
N° 33. S.A.S. RENDEZ-VOUS A BORIS GLEB
N° 34. S.A.S. KILL HENRY KISSINGER !
N° 35. S.A.S. ROULETTE CAMBODGIENNE
N° 36. S.A.S. FURIE A BELFAST
N° 37. S.A.S. GUÊPIER EN ANGOLA
N° 38. S.A.S. LES OTAGES DE TOKYO
N° 39. S.A.S. L'ORDRE RÈGNE A SANTIAGO
*N° 40. S.A.S. LES SORCIERS DU TAGE
N° 41. S.A.S. EMBARGO
*N° 42. S.A.S. LE DISPARU DE SINGAPOUR
N° 43. S.A.S. COMPTE A REBOURS EN RHODESIE
N° 44. S.A.S. MEURTRE A ATHENES
N° 45. S.A.S. LE TRÉSOR DU NEGUS
N° 46. S.A.S. PROTECTION POUR TEDDY BEAR
N° 47. S.A.S. MISSION IMPOSSIBLE EN SOMALIE
N° 48. S.A.S. MARATHON A SPANISH HARLEM
*N° 49. S.A.S. NAUFRAGE AUX SEYCHELLES
N° 50. S.A.S. LE PRINTEMPS DE VARSOVIE
*N° 51. S.A.S. LE GARDIEN D'ISRAËL
N° 52. S.A.S. PANIQUE AU ZAÏRE
N° 53. S.A.S. CROISADE A MANAGUA
N° 54. S.A.S. VOIR MALTE ET MOURIR
N° 55. S.A.S. SHANGHAÏ EXPRESS
*N° 56. S.A.S. OPÉRATION MATADOR
N° 57. S.A.S. DUEL A BARRANQUILLA
N° 58. S.A.S. PIEGE A BUDAPEST
*N° 59. S.A.S. CARNAGE A ABU DHABI
N° 60. S.A.S. TERREUR AU SAN SALVADOR
*N° 61. S.A.S. LE COMPLOT DU CAIRE
N° 62. S.A.S. VENGEANDE ROMAINE
N° 63. S.A.S. DES ARMES POUR KHARTOUM
*N° 64. S.A.S. TORNADE SUR MANILLE
*N° 65. S.A.S. LE FUGITIF DE HAMBOURG
*N° 66. S.A.S. OBJECTIF REAGAN
*N° 67. S.A.S. ROUGE GRENADE
*N° 68. S.A.S. COMMANDO SUR TUNIS
N° 69. S.A.S. LE TUEUR DE MIAMI
*N° 70. S.A.S. LA FILIERE BULGARE
*N° 71. S.A.S. AVENTURE AU SURINAM
*N° 72. S.A.S. EMBUSCADE A LA KHYBER PASS
*N° 73. S.A.S. LE VOL 007 NE RÉPOND PLUS
N° 74. S.A.S. LES FOUS DE BAALBEK
*N° 75. S.A.S. LES ENRAGÉS D'AMSTERDAM
*N° 76. S.A.S. PUTSCH A OUAGADOUGOU
N° 77. S.A.S. LA BLONDE DE PRÉTORIA
N° 78. S.A.S. LA VEUVE DE L'AYATOLLAH
N° 79. S.A.S. CHASSE A L'HOMME AU PEROU
*N° 80. S.A.S. L'AFFAIRE KIRSANOV
N° 81. S.A.S. MORT A GANDHI
N° 82. S.A.S. DANSE MACABRE A BELGRADE

*N° 83. S.A.S. COUP D'ÉTAT AU YEMEN
*N° 84. S.A.S. LE PLAN NASSER
*N° 85. S.A.S. EMBROUILLES A PANAMA
*N° 86. S.A.S. LA MADONNE DE STOCKHOLM
N° 87. S.A.S. L'OTAGE D'OMAN
*N° 88. S.A.S. ESCALE A GIBRALTAR
N° 89. S.A.S. AVENTURE EN SIERRA LEONE
N° 90. S.A.S. LA TAUPE DE LANGLEY
*N° 91. S.A.S. LES AMAZONES DE PYONGYANG
N° 92. S.A.S. LES TUEURS DE BRUXELLES
*N° 93. S.A.S. VISA POUR CUBA
*N° 94. S.A.S. ARNAQUE A BRUNEI
*N° 95. S.A.S. LOI MARTIALE A KABOUL
*N° 96. S.A.S. L'INCONNU DE LENINGRAD
N° 97. S.A.S. CAUCHEMAR EN COLOMBIE
N° 98. S.A.S. CROISADE EN BIRMANIE
N° 99. S.A.S. MISSION A MOSCOU
*N° 100. S.A.S. LES CANONS DE BAGDAD
*N° 101. S.A.S. LA PISTE DE BRAZZAVILLE
*N° 102. S.A.S. LA SOLUTION ROUGE
N° 103. S.A.S. LA VENGEANCE DE SADDAM HUSSEIN
N° 104. S.A.S. MANIP A ZAGREB
*N° 105. S.A.S. KGB CONTRE KGB
*N° 106. S.A.S. LE DISPARU DES CANARIES
*N° 107. S.A.S. ALERTE AU PLUTONIUM
*N° 108. S.A.S. COUP D'ETAT A TRIPOLI
– N° 109. S.A.S. MISSION SARAJEVO
N° 110. S.A.S. TUEZ RIGOBERTA MENCHU
*N° 111. S.A.S. AU NOM D'ALLAH
*N° 112. S.A.S. VENGEANCE A BEYROUTH
*N° 113. S.A.S. LES TROMPETTES DE JÉRICHO
N° 114. S.A.S. L'OR DE MOSCOU
*N° 115. S.A.S. LES CROISÉS DE L'APARTHEID
N° 116. S.A.S. LA TRAQUE CARLOS
N° 117. S.A.S. TUERIE A MARRAKECH
N° 118. S.A.S. L'OTAGE DU TRIANGLE D'OR
N° 119. S.A.S. LE CARTEL DE SEBASTOPOL
*N° 120. S.A.S. RAMENEZ-MOI LA TÊTE D'EL COYOTE
*N° 121. S.A.S. LA RÉSOLUTION 687
N° 122. S.A.S. OPÉRATION LUCIFER
N° 123. S.A.S. VENGEANCE TCHÉTCHÈNE
N° 124. S.A.S. TU TUERAS TON PROCHAIN
N° 125. S.A.S. VENGEZ LE VOL 800
N° 126. S.A.S. UNE LETTRE POUR LA MAISON BLANCHE
N° 127. S.A.S. HONG KONG EXPRESS
*N° 128. S.A.S. ZAIRE ADIEU

AUX EDITIONS GERARD DE VILLIERS

N° 129. S.A.S. LA MANIPULATION YGGDRASIL
*N° 130. S.A.S. MORTELLE JAMAIQUE
N° 131. S.A.S. LA PESTE NOIRE DE BAGDAD
*N° 132. S.A.S. L'ESPION DU VATICAN
*N° 133. S.A.S. ALBANIE MISSION IMPOSSIBLE
*N° 134. S.A.S. LA SOURCE YAHALOM
N° 135. S.A.S. CONTRE P.K.K.
N° 136. S.A.S. BOMBES SUR BELGRADE
N° 137. S.A.S. LA PISTE DU KREMLIN
N° 138. S.A.S. L'AMOUR FOU DU COLONEL CHANG
*N° 139. S.A.S. DJIHAD
*N° 140. S.A.S. ENQUÊTES SUR UN GÉNOCIDE
*N° 141. S.A.S. L'OTAGE DE JOLO
N° 142. S.A.S. TUEZ LE PAPE
*N° 143. S.A.S. ARMAGEDDON
N° 144. S.A.S. LI SHA-TIN DOIT MOURIR
*N° 145. S.A.S. LE ROI FOU DU NEPAL
N° 146. S.A.S. LE SABRE DE BIN LADEN
*N° 147. S.A.S. LA MANIP DU « KARIN A »
N° 148. S.A.S. BIN LADEN : LA TRAQUE
*N° 149. S.A.S. LE PARRAIN DU « 17-NOVEMBRE »
N° 150. S.A.S. BAGDAD EXPRESS
*N° 151. S.A.S. L'OR D'AL-QAÏDA
*N° 152. S.A.S. PACTE AVEC LE DIABLE
N° 153. S.A.S. RAMENEZ-LES VIVANTS
N° 154. S.A.S. LE RESEAU ISTANBUL
*N° 155. S.A.S. LE JOUR DE LA TCHEKA
*N° 156. S.A.S. LA CONNEXION SAOUDIENNE
*N° 157. S.A.S. OTAGE EN IRAK
*N° 158. S.A.S. TUEZ IOUCHTCHENKO
*N° 159. S.A.S. MISSION : CUBA
*N° 160. S.A.S. AURORE NOIRE
*N° 161. S.A.S. LE PROGRAMME 111
*N° 162. S.A.S. QUE LA BÊTE MEURE
*N° 163. S.A.S. LE TRÉSOR DE SADDAM Tome I
N° 164. S.A.S. LE TRÉSOR DE SADDAM Tome II
*N° 165. S.A.S. LE DOSSIER K.
N° 166. S.A.S. ROUGE LIBAN
*N° 167. S.A.S. POLONIUM 210
N° 168. S.A.S. LE DÉFECTEUR DE PYONGYANG Tome I
N° 169. S.A.S. LE DÉFECTEUR DE PYONGYANG Tome II
*N° 170. S.A.S. OTAGE DES TALIBAN
*N° 171. S.A.S. L'AGENDA KOSOVO
N° 172. S.A.S. RETOUR A SHANGRI-LA
*N° 173. S.A.S. AL-QAÏDA ATTAQUE Tome I
*N° 174. S.A.S. AL-QAÏDA ATTAQUE Tome II
N° 175. S.A.S. TUEZ LE DALAI-LAMA
N° 176. S.A.S. LE PRINTEMPS DE TBILISSI
N° 177. S.A.S. PIRATES
N° 178. S.A.S. LA BATAILLE DES S 300 Tome I
N° 179. S.A.S. LA BATAILLE DES S 300 Tome II
N° 180. S.A.S. LE PIÈGE DE BANGKOK
N° 181. S.A.S. LA LISTE HARIRI
N° 182. S.A.S. LA FILIÈRE SUISSE
N° 183. S.A.S. RENEGADE Tome I
N° 184. S.A.S. RENEGADE Tome II
N° 185. S.A.S. FÉROCE GUINEE
N° 186. S.A.S. LE MAÎTRE DES HIRONDELLES
N° 187. BIENVENUE A NOUAKCHOTT
N° 188. DRAGON ROUGE Tome I
N° 189. DRAGON ROUGE Tome II
N° 190. CIUDAD JUAREZ
N° 191. LES FOUS DE BENGHAZI
N° 192. IGLA S

GÉRARD DE VILLIERS

SAS

LE CHEMIN DE DAMAS

Tome I

Éditions Gérard de Villiers

Photographe : Christophe Mourthé
Maquillage :Andréa Aquillino
Modèle : Linda
Armes : Eurosurplus
2, bd Voltaire 75011 Paris
www.eurosurplus.com

ISBN 978-2-360-530-519

CHAPITRE PREMIER

Zenad Henniye avait arrêté sa Hyundai blanche juste après la sortie de Maaraboun, petit village situé entre la frontière syrienne et Baalbeck, et s'était garé sur un bas-côté caillouteux. Elle regarda sa montre Gucci : quatre heures et demie. Son amant était en retard.

Ce qui, ici, ne voulait pas dire grand-chose. Hussein Al Fahrahidi arrivait de Damas et il pouvait avoir été retardé pour des tas de raisons.

D'abord, parce qu'il s'agissait d'un voyage clandestin, ce qui expliquait qu'il n'entre pas au Liban par la route principale Damas-Beyrouth, mais par cette petite route beaucoup plus au nord de la plaine de la Bekaa, coupée par un poste frontière peu utilisé. Certes, Hussein appartenait au Moukhabarat Al Ascariya syrien [1], ce qui lui donnait pas mal de liberté, mais, en Syrie, en ce moment, tout le monde était très nerveux.

Damas était devenue une ville morte, déserte dès la nuit tombée, et à la sécurité entamée. Des bandes d'hommes cagoulés volaient les voitures ou attaquaient

1. Service de Renseignement Militaire de l'armée.

les gens, sans qu'on sache s'il s'agissait de *moukhabarats* [1] ou de simples voyous.

Une guerre civile sournoise secouait la Syrie. Menée par des opposants au clan El Assad, les Alaouites qui gouvernaient la Syrie depuis quarante ans, appuyée par les Frères Musulmans syriens et des éléments d'Al Qaida, armés et financés par le Qatar et l'Arabie Saoudite.

Évidemment, les membres du clan El Assad guettaient les traîtres potentiels, prêts à frapper impitoyablement.

Zenad Henniyé savait que son amant de cœur, Hussein Al Fahrahidi, faisait partie des gens assez puissants pour aider un coup d'État qui se débarrasserait de Bachar El Assad pour mettre à sa place un leader moins voyant, choisi dans le sérail, afin de conserver le pouvoir aux Alaouites et à leurs alliés, Chrétiens, Kurdes, Druzes et même Sunnites.

La Libanaise coupa le moteur de la Hyundai et alluma une cigarette, guettant la route déserte.

Il y avait très peu de circulation sur cette route de montagne, à part les frontaliers. En effet, cet itinéraire représentait un énorme détour par rapport à la route normale, car il fallait remonter au nord jusqu'à Baalbeck, et ensuite redescendre vers le sud, en direction de Zahlé, pour retrouver la route de Beyrouth.

Le paysage était grandiose : des montagnes pelées aux sommets enneigés, sans la moindre vie, sauf quel-

1. Policiers.

ques arbustes, pas de villages… À pied, on pouvait facilement passer en Syrie en escaladant la montagne dominant la Bekaa.

Le pouls de Zenad Henniyé accéléra : un véhicule arrivait en face. Hélas, ce n'était qu'une vieille Golf en plaques libanaises conduite par un barbu enturbanné.

Pour tuer le temps, la jeune femme appela sa meilleure copine, Farah Nassar, une bijoutière à qui elle racontait tout de sa vie intime.

Répondeur.

La jeune femme inclina alors le rétroviseur et se regarda dedans, avant de redessiner soigneusement sa bouche. Elle avait souligné de noir ses sourcils, entouré ses yeux de bleu et maintenant donnait une touche finale à sa bouche pulpeuse.

Avec ses seins magnifiques et non refaits – une exception au Liban – c'est ce que préférait son amant. Dès qu'il venait la voir à Beyrouth, en temps normal, c'était chargé à mort de Viagra. Ce qui lui permettait de rendre un hommage immédiat et parfois brutal à Zenad.

Rien ne plaisait plus à la jeune femme que de le découvrir excité comme un verrat, prêt à la transpercer.

Elle n'en revenait pas de sa chance. De très petite taille, les hommes ne se retournaient pas sur son passage. Pourtant, elle répondait exactement aux canons de beauté d'Hussein Al Fahrahidi : potelée, avec des fesses cambrées et fermes et surtout cette poitrine qu'il pouvait maltraiter sans risquer de l'abîmer.

Pour leurs retrouvailles, Zenad Henniyé avait mis une robe en soie boutonnée devant, qui la moulait parfaitement et des bas accrochés par un porte-jarretelles noir. Un must pour l'officier syrien. C'est lui qui avait initié la jeune femme à cet accessoire ; il regardait beaucoup de films X où toutes les participantes portaient cet attirail. Comme elle ne le voyait pas tous les jours, cela ne la gênait pas de se déguiser pour lui.

Et même, ça l'excitait…

Cinq heures.

Bientôt, la nuit commencerait à tomber.

Zenad se demanda si Hussein Al Fahrahidi n'avait pas eu un contretemps. Bien entendu, ils ne pouvaient pas se téléphoner. Tout le monde écoutait tout le monde et son amant avait un poste officiel.

La jeune femme se donna encore une demi-heure, avant de reprendre la route de Beyrouth, mit la radio et ferma les yeux, rêvant à leur future soirée. Elle n'ignorait pas que Hussein Al Fahrahidi ne venait pas à Beyrouth que pour ses charmes, mais que ses obligations le faisaient multiplier ses voyages dans la capitale libanaise. Ce dont elle profitait. Ce jour-là, un « ami » avait rendez-vous chez elle avec le Syrien. Une discussion à laquelle elle ne prendrait sûrement pas part.

L'homme qui avait annoncé sa venue n'avait donné au téléphone qu'un prénom, John, qui était sûrement un pseudo. Il parlait bien l'arabe avec un léger accent étranger. Peut-être américain. Durant son court séjour Hussein Al Fahrahidi ne sortirait pas de chez elle.

Personne ne devait savoir qu'il se trouvait à Beyrouth. Heureusement, Zenad Henniyé habitait dans le quartier de Raouché, un immeuble moderne avec un parking souterrain, ce qui lui permettait de gagner son appartement sans rencontrer personne.

De nouveau, elle se raidit : une voiture arrivait de la frontière syrienne.

Un véhicule sombre allant doucement.

Il ralentit encore et Zenad aperçut la plaque syrienne. Cette fois, son pouls s'envola.

La voiture sombre ralentit encore et s'arrêta sur le bas-côté de la route, face à la sienne.

Zenad Henniyé ouvrit sa portière et descendit. Une brise fraîche rabattit aussitôt la soie de sa robe sur ses jambes, faisant ressortir les serpents du porte-jarretelles.

La portière droite de l'autre véhicule s'ouvrit et il en jaillit un homme de haute taille, corpulent, le visage barré d'une grosse moustache noire.

Il avait un sac de cuir à la main et s'avança rapidement vers la Hyundai de Zenad Henniyé.

À peine avait-il parcouru trois mètres que la voiture qui l'avait amené fit demi-tour, repartant vers la Syrie.

Le nouveau venu étreignit longuement la jeune femme, ravie de retrouver son impressionnante masse musculeuse.

– *Habibi* [1] ! roucoula-t-elle, j'ai cru que tu ne viendrais pas…

1. Chéri.

– Ça a été difficile, avoua le Syrien, j'ai failli ne pas venir. Tout va bien, on ne t'a pas suivie ?

Elle ne s'était pas posé la question.

– Non, je ne crois pas, dit-elle. Pourquoi ?

– Pour rien.

Soudain, il posa son sac et la prit dans ses bras. Parcourant son corps de ses grandes mains. L'une d'elles s'arrêta sur la cuisse dodue de la jeune femme, sentant le serpent de la jarretelle sous ses doigts.

Il s'enflamma instantanément, collant Zenad à lui.

Celle-ci ne mit pas longtemps à comprendre qu'il était aussi « chargé » que les autres fois. Quelque chose de dur s'épanouissait au bas de son ventre, à la vitesse d'une explosion nucléaire. Ils titubaient sur le bas de la route, balayés par le vent. D'un geste vif, le Syrien attrapa la robe de soie imprimée, et la remonta sur les cuisses de Zenad, découvrant les bas et le porte-jarretelles.

Il poussa aussitôt un grognement excité et empoigna le sexe de la jeune femme à travers la culotte noire.

– Attends, *habibi*, gémit Zenad, tout le monde peut nous voir. Viens dans la voiture !

Elle aimait bien le faire jouir dans sa bouche, au fond d'une voiture. C'est comme ça qu'ils s'étaient connus.

Au lieu de lui obéir, Hussein Al Fahrahidi la poussa contre le capot de la Hyundai. Coincée contre la carrosserie, Zenad sentit ses grandes mains s'emparer de ses seins et la renverser en arrière, le dos sur la tôle encore tiède du capot.

– Tu es fou ! protesta-t-elle. On est au bord de la route.

– Il n'y a personne et le poste frontière ferme à cinq heures, répliqua le Syrien.

Donc, personne ne viendrait…

En plus, la nuit tombait…

Zenad Henniyé entendit le crissement léger d'un zip et se dit que son amant allait la violer. Elle glissa une main entre leurs deux corps et tomba sur un sexe dur comme du béton, chaud-bouillant. Instantanément, son ventre fut inondé.

Aussi, elle ne protesta pas quand les doigts de son amant écartèrent l'élastique de sa culotte. Pourtant, un reste de pudeur l'empêchait de se livrer ainsi à lui, en plein air.

– Attends, proposa-t-elle, je vais te sucer ! On baisera à Beyrouth.

– On va baiser ici, et maintenant ! gronda le Syrien. J'ai toujours rêvé de le faire sur un capot de voiture.

Depuis son arrivée, aucun véhicule n'était passé sur la route. Zenad Henniyé se sentit faiblir. Ce gros membre brûlant qu'elle tenait à pleine main, lui faisait perdre la tête. Elle essaya pourtant une dernière tentative.

– Viens à l'intérieur de la voiture ! supplia-t-elle, je me mettrai sur toi.

Elle adorait s'installer à califourchon sur ses cuisses musclées et s'empaler jusqu'au fond de son ventre.

Hussein Al Fahrahidi ne répondit même pas. Il était en train de tirer sur la culotte pour la faire descendre sur ses cuisses.

Soudain, il poussa un grognement furieux.

– Idiote ! Tu t'es encore trompée !

Zenad Henniyé avait mis sa culotte *sous* son porte-jarretelles, ce qui interdisait de l'enlever, sauf à se débarrasser des bas, ce dont le Syrien ne voulait à aucun prix.

– Excuse-moi, gémit Zenad. Viens dans la voiture.

Hussein Al Fahrahidi comprit qu'il ne lui restait qu'une solution. Il attrapa de nouveau l'élastique de la culotte et l'écarta. Puis, de la main gauche, il colla son sexe à celui de Zenad. Celle-ci eut un rire nerveux.

– Arrête, tu ne vas pas y arriver !

Au même moment, elle sentit ses muqueuses s'écarter sous la poussée de la tige de chair roide et brûlante qui s'enfonça d'un coup dans son ventre. Ce qui la fit fondre d'un coup. Ses bras se refermèrent autour du cou de taureau de son amant et elle replia les jambes pour s'ouvrir encore plus.

Centimètre par centimètre, le gros membre d'Hussein forçait son sexe étroit.

Zenad gémit de plaisir.

C'était encore meilleur que d'habitude ! Elle imaginait dans sa tête ce gros mandrin se frayant un chemin en elle et cela l'excitait encore plus.

Elle ne pensait plus aux voitures qui pouvaient passer. D'ailleurs, il n'y en avait plus.

Hussein Al Fahrahidi cessa de bouger, abuté tout au fond, couché sur sa maîtresse.

Ensuite, il se remit à bouger et Zenad sentit ses muqueuses s'assouplir jusqu'à ce qu'il coulisse en elle sans effort avec des grognements de plaisir.

Au fond, elle se dit qu'il avait eu une très bonne idée ! Ce n'était pas dans une rue de Beyrouth qu'ils auraient pu faire ça.

Soudain, Hussein donna un coup de reins si violent que la tête de Zenad heurta le pare-brise. Elle sentit un liquide chaud l'inonder et poussa un cri de souris, gémissant :

– *Ya, habibi ! Ya, habibi* !

Sa jouissance s'était déclenchée spontanément, la laissant molle comme une poupée.

Avec une lenteur exaspérante, le Syrien retira son membre toujours raidi et Zenad eut l'impression qu'il mesurait des kilomètres…

Il s'écarta un peu et Zenad se redressa au moment où Hussein rentrait son sexe dans son pantalon, toujours aussi flamboyant.

– *Yallah* [1] ! lança-t-il. On en a pour trois heures ! Tu sais que j'ai rendez-vous.

Il ouvrit la portière de la Hyundai et se laissa tomber à l'intérieur.

Zenad Henniyé se sentait toute chose ; cela lui faisait une drôle d'impression de ne pas avoir à remettre sa culotte après avoir fait l'amour. Son ventre était encore brûlant.

1. On y va.

Elle rabattit sa robe et se glissa au volant.

Mécaniquement, elle mit en route, effectua un demi-tour et prit la route de Baalbeck. Même après Maaraaboun, il n'y avait pratiquement pas de circulation.

Hussein Al Fahrahidi ouvrit son sac et en sortit un court pistolet-mitrailleur Scorpio, y fixa un chargeur et le posa sur le plancher.

– Tu as peur de quelqu'un ? demanda Zenad, intriguée.

– Non, fit le Syrien, je suis prudent.

La route s'allongeait, rectiligne. En contrebas, on apercevait les lumières de Baalbeck.

Bientôt, commenceraient les lacets descendant jusqu'au gros bourg de la vallée de la Bekaa. Ils couperaient à gauche avant d'y arriver.

Des phares apparurent derrière eux. Une voiture venant probablement de Maaraboun. Elle allait plus vite qu'eux et les rattrapa facilement, donnant un coup de phares pour annoncer qu'elle allait doubler. Hussein Al Fahrahidi se retourna et sursauta.

– Ne les laisse pas passer ! lança-t-il.

C'était trop tard, Zenad s'était déjà rangée sur la droite, sans méfiance.

Elle tourna légèrement la tête lorsque l'autre véhicule arriva à sa hauteur. Son cœur cessa de battre. La glace avant de l'autre voiture était baissée pour laisser passer le canon d'une Kalachnikov.

Les deux voitures roulaient à la même hauteur. Hussein Al Fahrahidi poussa une exclamation et se pencha pour ramasser son Scorpio.

Déjà, les détonations claquaient. Une longue rafale qui balaya les deux sièges avant. Zenad vit les éclairs blancs des coups de feu, ressentit un violent choc à la tête et perdit connaissance. Son amant, lui, avait déjà reçu plusieurs projectiles, dont un qui lui avait traversé le cou et un autre en pleine tête.

L'autre voiture accéléra tandis que la Hyundai de Zenad Henniyé zigzaguait sur la route avant de verser dans le bas-côté et de se renverser.

***

Deux hommes sortirent en courant de la vieille Peugeot qui venait de stopper et coururent vers la Hyundai renversée dans le fossé.

Le véhicule n'avait pas pris feu mais aucun des deux passagers ne donnait signe de vie.

Par acquit de conscience, un des deux hommes braqua sa Kalach sur les corps inertes et lâcha une longue rafale, avant de s'éloigner vers la Peugeot.

La voiture s'engagea presque aussitôt dans les lacets menant à Baalbeck. La nuit était complètement tombée et on distinguait à peine la voiture sur le bas-côté.

CHAPITRE II

Une brusque rafale de vent fit trembler le Blackhawk dont les roues effleuraient déjà le tarmac de l'aéroport de Limassol. Du coup, l'hélico se laissa tomber avec une certaine brutalité et Malko rebondit sur son siège de toile. La traversée depuis Beyrouth avait duré à peine vingt minutes et le temps était aussi mauvais qu'au Liban.

Un mécanicien fit glisser une des portes latérales de l'hélico, disposant une courte passerelle pour que les deux passagers du vol puissent mettre pied à terre. Mitt Rawley, le chef de Station de la CIA à Beyrouth, sauta lourdement à terre. Avec ses cheveux blancs rejetés en arrière, sa haute silhouette empâtée et ses bajoues, il ressemblait à un patricien égaré dans un monde qui n'était pas le sien. C'était pourtant un remarquable spécialiste du Liban qu'il connaissait comme sa poche. Arabisant et amateur de femmes, il avait eu de nombreuses liaisons dans le pays, ce qu'il appelait ses « capteurs ».

Jadis, il avait été très bel homme et il en restait quelque chose.

En trois pas, il se fut engouffré dans la Chevrolet noire qui attendait à côté du Blackhawk.

Malko le rejoignit et se glissa à l'arrière de la limousine.

– Foutu temps ! maugréa-t-il. Il fait meilleur en Europe !

Il était arrivé la veille d'Autriche où il régnait un magnifique soleil, bien que la température ne dépasse pas 10°.

A Beyrouth, il y avait du vent, de la pluie et presque du brouillard.

– Jusqu'en mars, c'est pas bon, laissa tomber Mitt Rawley. Heureusement, à Beyrouth, on ne s'ennuie jamais.

La Chevrolet avait démarré et fonçait vers Limassol où les Américains entretenaient une importante ambassade. C'était d'ailleurs devenu le centre opérationnel de la CIA pour toute la région, les conditions de sécurité et de confidentialité étant nettement meilleures qu'à Beyrouth.

En plus, de Chypre, on pouvait aller partout : en Israël, en Jordanie, à Beyrouth, en Syrie ou en Égypte.

Vingt minutes plus tard, la limousine s'engouffra dans le portail de l'ambassade américaine pour se garer devant le perron. Une jeune femme munie d'un parapluie vint à leur rencontre.

Un homme de haute taille, vêtu d'un costume croisé, les attendait dans le hall. Un vrai squelette. Il semblait flotter dans son costume bleu et ses pommettes ressortaient comme celles d'un cadavre.

Gordon Cunningham avait déjà vaincu deux cancers et se débattait contre un troisième, avec une énergie de fer. Il tendit la main à Malko, avec un sourire chaleureux.

– Bienvenue à Chypre, je crois que vous connaissez déjà, n'est-ce pas…

– Tout le monde connaît Chypre, dit Malko, en souriant.

Il avait déjà démêlé quelques sacs de nœuds dans l'île partagée entre les Turcs, au nord, et les Grecs au sud, là où ils se trouvaient.

Gordon Cunningham se promenait entre Chypre, Washington et Doha, le *Central Command* de l'armée américaine pour le Moyen-Orient, dans un jet privé de l'Agence.

Responsable du desk Middle East, son job était de coordonner toutes les informations, afin d'indiquer une ligne politique cohérente à Langley.

Qui ne la suivait d'ailleurs pas, à cause des instructions politiques de la Maison Blanche.

– Vous allez comprendre pourquoi je vous ai infligé ce voyage un peu pénible, expliqua Gordon Cunningham à Malko. Venez.

Il s'engagea le premier dans un escalier menant au sous-sol de l'ambassade. Une porte était ouverte au bout d'un long couloir desservant une grande pièce éclairée par des néons blafards, avec une table ronde au milieu, couverte de « soft drinks » et de cafetières.

Un homme était déjà installé à la table et se leva devant les nouveaux arrivants. Gordon Cunningham fit les présentations.

– Tamir Pardo est arrivé de Tel Aviv tout à l'heure, expliqua-t-il. Évidemment, cela lui est difficile de se rendre à Beyrouth. Son prédécesseur, Meir Dagan, n'y avait jamais été non plus.

Malko regarda le nouveau chef du Mossad. Il y avait été numéro 2 pendant longtemps et il savait que c'était un grand professionnel.

De haute taille, le visage acéré, peu disert, on savait qu'il était proche des religieux, mangeait casher et respectait le sabbath. Comme des officiers israéliens, de plus en plus nombreux. Malko éternua et il sourit.

– Aujourd'hui à Jérusalem, il fait 6° et il pleut…

Apparemment, on lui avait expliqué qui était Malko car il ne lui posa aucune question.

Les quatre hommes prirent place autour de la table, et, après une tasse de café, Gordon Cunningham rompit le silence et attaqua, s'adressant particulièrement à Malko.

– Vous suivez certainement la situation en Syrie…

– Par les journaux, corrigea Malko.

– Vous y avez déjà été, non…

Allusion à sa dernière mission là-bas [1]…

– Il y a déjà six ans, précisa Malko, les choses ont beaucoup changé.

1. SAS n° 164, *Le Trésor de Saddam.*

– Hélas ! soupira Gordon Cunningham. C'est devenu « *a pain in the ass* [1] » pour l'Administration.

– Vous étiez relativement en bons termes avec les Syriens, releva Malko qui se souvenait que c'était Assaf Chawkat, le propre beau-frère de Bachar El Assad, qui lui avait fait délivrer alors un visa pour Damas.

À la demande de la CIA…

Il faut dire que l'Agence américaine avait sous-traité pas mal d'interrogatoires de djihadistes avec les Syriens qui n'avaient pas le même respect pointilleux des Droits de l'Homme que les Américains.

Certes, les méthodes pratiquées au troisième sous-sol de l'immeuble du Moukhabarat General auraient horrifié certains Congressmen… Cependant, il faut reconnaître qu'un homme à qui on a sectionné tous les doigts des deux mains et le sexe est considérablement « attendri »...

Une fois « traités », les prisonniers étaient renvoyés en Irak, s'ils respiraient encore, ou enterrés discrètement. De toutes façons, ces interrogatoires « renforcés » avaient donné des résultats remarquables.

– Quel est votre problème ? demanda Malko qui, en arrivant au Four Seasons de Beyrouth, ignorait encore totalement pourquoi l'Agence lui avait demandé de se rendre au Liban.

Cette fois, c'est Mitt Rawley qui répondit.

– Il faut sauver le soldat Bachar ! laissa-t-il tomber. Inattendu.

1. Une épine dans le pied.

Malko glissa un œil vers Tamir Pardo, l'Israélien, qui n'avait pas bronché. Pourtant, les relations entre les Syriens et les Israéliens n'étaient pas *officiellement* vraiment au beau fixe.

En réalité, Malko savait qu'Israël s'accommodait parfaitement de la domination alaouite à Damas. Certes, en paroles, la Syrie vomissait Israël, mais dans la pratique, il n'y avait jamais d'incidents de frontière et, à part quelques petites bavures sans gravité, tout se passait bien entre les deux pays. Israël considérait Bachar El Assad comme un partenaire peu sympathique, mais fiable, qui tenait son pays d'une main de fer…

Gordon Cunningham intervint avec un léger sourire.

– Quand Mitt dit qu'il faut sauver le soldat Assad, ce n'est pas tout à fait exact : c'est le régime alaouite qu'il faut conserver. Sinon, nous avons les Frères Musulmans, et là, on ne sait pas où on va…

– Si, corrigea Malko, à la catastrophe. Bachar El Assad ne hait pas l'Occident, il est laïque, protège les Chrétiens et nous avons un ennemi commun : les Frères Musulmans.

« J'ai vu ce que cela a donné en Libye.

– *Fuck the Qatar*[1] ! marmonna entre ses dents Mitt Rawley.

Les dictateurs avaient certains inconvénients mais un véritable avantage : c'était un verrou solide. Quand ils sauta, cela pouvait avoir des conséquences fâcheuses...

Mitt Rawley se tourna vers l'Israélien.

1. Que le Qatar aille se faire foutre !

– Qu'en pensez-vous, Tamir ?

Tamir Pardo eut un geste évasif, accompagné d'un sourire.

– Je partage votre opinion, même si je ne sais pas encore le rôle que je peux jouer.

Gordon Cunningham sourit largement.

– À ce stade, nous l'ignorons aussi…

Malko choisit de mettre son grain de sel.

– Les Saoudiens ne veulent pas jouer un rôle dans cette affaire ?

Un ange passa, voilé, et prit la direction de La Mecque.

Gordon Cunningham laissa tomber.

– Nous avons choisi de laisser nos amis saoudiens en dehors de nos projets. Ils sont trop proches des Frères Musulmans. Ce serait introduire le loup dans la bergerie...

« Comme les Libanais qui préfèrent regarder de l'autre côté et se mêler le moins possible des affaires syriennes.

Si on pouvait parler de bergerie avec un quarteron de gens qui avaient tous pas mal de sang sur les mains, même si c'était pour la bonne cause…

Malko se versa un peu de café « américain » et se tourna vers Gordon Cunningham.

– Où en êtes-vous exactement de vos mauvaises intentions ? demanda-t-il. Avez-vous un plan pour sauver le régime alaouite ?

– Nous ne cherchons pas à le sauver, corrigea vivement Gordon Cunningham, mais à perpétuer son régime. C'est-à-dire à provoquer un coup d'État intérieur, qui permette de se débarrasser de Bachar El Assad, pour que son successeur mette un peu d'eau dans son vin. Quitte à s'allier avec l'opposition.

« Comme l'armée égyptienne a fait avec Moubarak qui ne servait plus à rien. Ce qui a permis de tout lui mettre sur le dos.

– Bachar El Assad n'est pas Moubarak, remarqua Malko. Je doute qu'il se laisse gentiment mettre à l'écart; il n'est pas tout à fait aussi féroce que son père Hafez El Assad, mais il n'est pas suicidaire.

Au silence qui suivit, il comprit qu'il avait appuyé là où ça fait mal.

– C'est exact ! reconnut Gordon Cunningham, nous pourrions être amenés à prendre des mesures radicales à son encontre. Mais ce n'est pas nous qui nous en chargerons, ajouta-t-il vivement.

Malko commençait à comprendre le plan américain : il s'agissait de faire assassiner Bachar El Assad par ceux qui le renverseraient. Ce qui donnerait plus de poids au « coup d'État intérieur »

– Cela me paraît une bonne approche, reconnut-il. Où en êtes-vous et quel rôle m'assignez-vous ?

Cette fois, c'est Mitt Rawley qui reprit la parole.

– Nous venons de subir un échec, reconnut-il, pour répondre à votre première question.

Malko tiqua intérieurement : c'est toujours ennuyeux de reprendre une affaire mal engagée.

– Pouvez-vous m'en dire plus ? demanda-t-il.

– *Well*, fit Mitt Rawley, grâce à certains contacts à Beyrouth, nous avions ciblé un jeune colonel du Moukhabarat Al Ascariya du président Bachar El Assad. Un certain Hussein Al Fahrahidi.

– Pourquoi lui ?

– Il venait régulièrement à Beyrouth où il avait une maîtresse, comme beaucoup de Syriens. Une Chiite assez libre. Grâce à des contacts discrets, nous avions pu organiser plusieurs rencontres avec cet officier syrien afin de le « tester » sur la volonté de coopérer à un changement de tête dans le clan Assad grâce à un de nos OT[1] de Beyrouth, qui parle parfaitement arabe.

« Celui-ci devait rencontrer de nouveau Hussein Al Fahrahidi chez Zenad Henniyé, il y a trois jours.

– Que s'est-il passé ? demanda Malko.

– Sa maîtresse, Zenad Henniyé, devait le retrouver sur une petite route de montagne au Liban, tout près de la frontière libanaise. Il venait clandestinement à Beyrouth à cause du moukhabarat syrien, même si c'était, avant notre manip, uniquement pour retrouver sa maîtresse. Ils sont paranos à Damas.

– Apparemment, remarqua Malko, ils n'ont pas complètement tort…

Personne ne répondit.

Après un bref silence, Mitt Rawley enchaîna.

– Hélas, Hussein Fahrahidi n'est jamais arrivé à Beyrouth… Zenad Henniyé l'a retrouvé entre Maaraboun et le poste frontière syrien, car il renvoyait la voiture qui l'avait amené, en Syrie.

1. Officier traitant.

« Nous ignorons ce qui s'est passé *exactement*, mais le lendemain on a découvert dans un fossé, la voiture de Zenad Henniyé, criblée de balles. Elle et Hussein Al Fahrahidi avaient été rafalés, probablement à partir d'un autre véhicule.

Il y eut un silence à couper au couteau et Malko remarqua.

– Vous savez *qui* l'a balancé ?

– Non, avoua Mitt Rawley. Normalement, seule Zenad Henniyé était au courant. Seulement, elle est morte et enterrée. À première vue, elle n'avait aucune raison de trahir. D'ailleurs, elle a été abattue aussi, ce qui prouve qu'elle n'était pas complice.

Malko, qui connaissait la férocité et la prudence naturelle des Syriens, fit la moue.

– Ici, on aime ratisser large… Vivante, Zenad Henniyé aurait pu vous mettre sur une piste.

– Peut-être, reconnut Mitt Rawley. Désormais, c'est impossible… Cette filière-là est définitivement « désactivée ».

Et même enterrée, compléta mentalement Malko.

– Il est évident que les Syriens ont fait le ménage, conclut-il. Ce sont des féroces, particulièrement en ce moment. Ils ont tous les relais qu'ils veulent, à Beyrouth ; les réseaux qu'ils ont laissés après leur départ et les Libanais qui les soutiennent.

– Sans parler de l'ambassade qu'ils ont ouverte à Beyrouth, souligna Mitt Rawley. Elle fourmille de moukhabarats sous passeport diplomatique, prêts à trucider l'opposant le plus modéré…

Beau paysage…

Mitt Rawley tira un papier de sa poche.

– Le colonel Mourad Trabulsi, qui a toujours ses entrées au FSI [1], nous a fait un joli cadeau : le téléphone portable de Zenad Henniyé. Il avait été saisi dans la voiture par les FSI. Terrifiés à l'idée de contrarier les Syriens, ils ne l'avaient même pas fait parler.

« Les Libanais ne veulent surtout pas se mêler des affaires syriennes.

– Et vous, vous l'avez fait parler ? interrogea Malko.

– En grande partie. Mais il n'y avait pas grand-chose. Principalement plusieurs conversations par jour avec sa meilleure copine, une certaine Farah Nassar, une bijoutière de Hamrah. Évidemment, si on pouvait faire parler cette Farah Nassar, elle pourrait peut-être nous apprendre des choses.

« Voilà son nom et ses coordonnées. On a des photos, c'est une très belle femme, très libanaise, mariée à un financier proche du Hezbollah, chiite comme elle.

Malko regarda le papier, horrifié.

– C'est pour aller enquêter sur cette Libanaise que vous m'avez arraché à l'Autriche ? demanda-t-il. Elle doit être fermée comme une huître.

– Vous savez y faire avec les jolies femmes, remarqua perfidement Mitt Rawley.

– Pas avec les cobras, corrigea Malko.

Les deux Américains eurent un sourire gêné.

1. Forces de Sécurité Intérieures, dirigées par un sunnite, anti-Hezbollah.

Au même moment, Tamir Pardo regarda sa montre.

– Je crois que je vais devoir vous quitter, annonça-t-il. Mon hélico va arriver dans un quart d'heure à Limassol.

Il se leva et serra toutes les mains.

– *Keep me posted*[1] ! lança-t-il, avant de fermer la porte.

Il y eut un court silence, puis Gordon Cunningham se tourna vers Malko.

– Il a été au-devant de nos vœux, laissa-t-il tomber. C'est vrai, il y a une autre raison pour votre venue ici, mais je ne voulais pas en parler devant lui.

– C'est votre allié, remarqua Malko.

L'Américain hocha la tête.

– Les *Schlomos* n'ont pas d'alliés, seulement des partenaires qu'ils aiment bien manipuler...

– C'est vrai, nous comptons sur vous pour relancer cette opération de déstabilisation de Bachar El Assad. C'est Ted Boteler lui-même qui a demandé à ce qu'on vous mette sur le coup. Vous avez l'avantage de ne pas être américain, même si les Libanais et les Syriens savent que vous êtes proche de nous.

Une litote.

– Que vous a dit Ted Boteler ? demanda Malko, intrigué.

Mitt Rawley se tourna vers lui.

– Connaissez-vous un certain Robert Correll ?

– Non, avoua Malko. Qui est-ce ?

1. Tenez-moi au courant !

– Un ami de Ted Boteler, installé au Liban. C'est surtout lui que vous êtes venu rencontrer au Liban. Il peut, paraît-il, nous aider considérablement.

Malko ne répondit pas, se demandant si cette filière-là était aussi pourrie que celle qui avait coûté la vie à Zenad Henniyé et à Hussein Al Fahrahidi.

CHAPITRE III

– Qui est ce Robert Correll ? demanda Malko.

– Un Français, free-lance du Renseignement. Il a beaucoup travaillé sur la Syrie. Il vit à Anjaltoun, au nord de Jounieh, dans un village perché sur la montagne, à 800 mètres d'altitude. Dans la maison qu'un de ses amis libanais lui a prêtée. Il y a quelques années, Robert Correll avait pu récupérer son fils enlevé par le Hezbollah et il n'a pas oublié.

– Pourquoi Ted Boteler m'envoie-t-il à lui ?

– Ils se sont connus au Soudan, il y a quelques années et ont travaillé ensemble sur une affaire où Robert Correll représentait les intérêts français et Ted, la CIA. Apparemment, Ted a gardé un très bon souvenir de lui et lui fait confiance.

Ce Robert Correll était un animal rare : les Américains cloisonnaient avec leurs alliés. Malko était intrigué.

– En quoi ce Robert Correll peut-il m'aider ?

– Ce n'est pas certain, corrigea Mitt Rawley, mais Ted pense que ce serait bien que vous le rencontriez. Au point où nous en sommes, la Syrie est en haut de l'Agenda de la Maison Blanche. Le DG met la pression sur nous. Il faut éviter à tout prix une solution à la libyenne…

– Vous y avez participé, remarqua Malko. C'est l'OTAN qui a gagné la guerre et viré Khadafi, pas les pouilleux de Benghazi.

– Je sais, reconnut sobrement l'Américain. On ignorait que l'Emir du Qatar nous manipulait.

« Donc, allez voir Robert Correll. Peut-être qu'il en sortira quelque chose. On repart tout à l'heure pour Beyrouth. Voilà son téléphone.3.633663.

Malko nota.

Un quart d'heure plus tard, la Chevrolet les ramena à l'aéroport de Limassol. Les pales du Blackhawk tournaient déjà quand ils s'arrêtèrent à côté de l'hélico.

En arrivant au-dessus de Beyrouth, brillamment éclairé, Malko repensa à toutes les aventures qu'il avait déjà vécues. Qu'allait-il y trouver cette fois…

Une autre Chevrolet le descendit de la colline d'Akwar, où se trouvait l'ambassade américaine, jusqu'au Four Seasons. À peine dans sa chambre, il composa le numéro de Robert Correll. Une voix d'homme lui répondit à la troisième sonnerie. Grave, posée.

– Qui est à l'appareil ?

– Un ami de Ted, dit Malko. Il m'a conseillé de vous appeler. Je suis de passage à Beyrouth.

– Bien, fit Robert Correll. Je serai heureux de vous rencontrer. Je ne bouge pas beaucoup de mon village, ajouta-t-il, avec un petit rire, vous pourriez vous déplacer ?

– Bien sûr, dit Malko.

– Alors, venez déjeuner demain. Après avoir quitté l'autoroute de Tripoli, pour Anpal Town, vous montez pendant une dizaine de kilomètres. Après, vous suivez les pancartes indiquant l'hôtel Montebello. Juste avant l'hôtel, sur la gauche, il y a une rue en pente. Ma maison est la première sur la gauche. Une grande demeure en pierres de taille.

« J'espère que vous aimez la cuisine libanaise, ma cuisinière ne sait rien faire d'autre.

– Ce sera parfait, assura Malko.

Après avoir raccroché, il récupéra dans son carnet le numéro de Tamara Terzian. La journaliste qui l'avait accompagné en Syrie, lors d'une de ses précédentes missions[1] et qu'il avait retrouvée la dernière fois qu'il était à Beyrouth pour l'élimination de Hassan Nasrallah, le chef du Hezbollah[2]. Élimination qu'il n'avait pas voulu mener à bien, pour des raisons d'éthique.

Hélas, la dernière fois, la Libanaise était solidement en main avec un Libanais particulièrement jaloux.

Malko allait raccrocher lorsqu'une voix cristalline fit « hé[3] ! ».

– Tamara ?

– *Hé*.

– Malko.

1. Voir SAS n° 166, *Rouge Liban*.
2. Voir SAS n° 181, *La liste Hariri*.
3. Oui.

Il y eut un bref silence, puis la voix joyeuse de la journaliste éclata dans le récepteur.

– *Habibi*. Tu es à Beyrouth ?

– Oui, au Four Seasons.

Tamara Terzian éclata de rire. Malko entendait un bruit de conversation derrière elle.

– Moi, je suis au Phoenicia, répondit la jeune femme. Au bar du sixième, avec des amis.

– Tu es toujours avec ton jules ?

Elle marqua une imperceptible hésitation avant de dire « oui ».

– Il est avec toi ?

– Oui, mais avec d'autres amis.

– J'aimerais bien te voir. Je suis à la chambre 1005.

Le Phoenicia et le Four Seasons n'étaient séparés que par quelques centaines de mètres.

– OK, fit la jeune femme. J'ai ma voiture. Je vais voir si je peux me sauver. Peut-être à tout à l'heure.

***

Mustapha El Gharbi, agent du Moukhabarat général syrien, devenu la Sécurité de l'État, en face de l'hôtel Carlton de Damas dirigée par le général Ali Hamlouk, assis dans un petit bureau du sixième étage, épluchait la liste des passagers arrivés la veille à Beyrouth de toutes les parties du monde.

Des centaines de noms.

Chaque jour, un courrier les amenait par la route à Damas. Communiqués par un Libanais qui touchait

150 dollars par liste journalière. Le système fonctionnait depuis le départ des Syriens du Liban, à la satisfaction générale.

Mustapha El Gharbi commença à les examiner. Systématiquement, il éliminait les vols d'Afrique et d'Amérique du Sud, se concentrant sur l'Europe et les autres pays du Moyen-Orient, ce qui faisait quand même beaucoup de monde.

Trois heures et deux *chawermas* plus tard apportés par un planton, il avait sélectionné une douzaine de noms qu'il allait communiquer à la section chargée de protéger les intérêts syriens au Liban.

Il souligna soigneusement un des noms en rouge. Celui d'un certain Malko Linge, arrivé la veille de Vienne, en Autriche. Il l'avait passé dans l'ordinateur et découvert qu'il s'agissait d'un agent de la CIA, non américain, qui avait déjà causé beaucoup de tort au Hezbollah.

Il ne restait plus qu'à le faire prendre en charge par les agents du Moukhabarat de l'ambassade syrienne à Beyrouth.

***

Quand on frappa à la porte de sa chambre, une demi-heure après sa conversation avec Tamara Terzian, le pouls de Malko fit un bond et il fonça ouvrir.

Tamara Terzian se tenait dans l'embrasure, souriante, un manteau de cuir sur un pull et une mini orange, assortis de bottes blanches. Spontanément, elle se jeta dans les bras de Malko.

– *Ayete*[1] ! Ce que je suis contente !

Déjà, son corps se pressait contre le sien. Malko l'attira à l'intérieur et elle se débattit.

– *La, la*[2] ! Je n'ai pas le temps. On va dîner au Sultan Brahim. Ils m'attendent.

Malko n'écoutait pas. Il tira la jeune Libanaise par la main jusqu'au bureau, face à la fenêtre donnant sur le mur. Écartant le manteau de cuir, Malko effleura la poitrine de Tamara Terzian, et aussitôt les pointes de ses seins se durcirent sous le pull. La jeune femme poussa un bref soupir.

– Non, ne commence pas ! Je viendrai demain.

Pourtant, elle ne faisait rien pour se dégager et son pubis était collé à lui.

Quand il glissa une main sous la mini, Tamara Terzian protesta.

– Tu vas me violer !

Malko faisait déjà glisser un ravissant slip de dentelle blanche le long des jambes de la jeune Libanaise. Au moment où il atteignit ses chevilles, Tamara Terzian sembla soudain se résigner. Avec un soupir, elle souleva son pied droit pour dégager sa botte et ouvrit les jambes autant que la mini le permettait.

– Vas-y vite, soupira-t-elle. Moi aussi, j'ai envie de toi.

1. Chéri !
2. Non ! non !

Malko n'attendit pas une seconde de plus. Les doigts habiles de la Libanaise l'avaient déjà libéré. Il eut juste à fléchir légèrement les jambes pour trouver son sexe et s'y enfoncer d'un seul coup.

Transpercée, Tamara Terzian se laissa aller en arrière, avec un soupir ravi, ses bottes blanches montant vers le ciel. Déjà, Malko se déchaînait sur elle à grands coups de reins, la poussant peu à peu sur le bureau. Cette étreinte brutale fit exploser son désir rapidement et il se répandit dans le ventre de la jeune femme avec un grognement de bonheur.

Tamara reprenait déjà contact avec le sol et jetait un coup d'œil sur sa montre.

– Mon Dieu ! murmura-t-elle, il va me tuer !

Elle parlait forcément de son amant en titre…

D'un geste rapide, elle ramassa sa culotte et fonça vers la salle de bains.

Quand elle en ressortit, les joues roses et le regard brillant, elle se précipita sur Malko et effleura ses lèvres.

– S'il me tue, c'est de ta faute !

La porte claqua et il regarda sa montre. Cela faisait exactement sept minutes que Tamara Terzian était entrée dans sa chambre.

***

Malko s'était fait monter des mézés par le room-service, satisfait de la brève visite de Tamara Terzian.

Le voyage à Chypre l'avait fatigué et il n'avait pas la moindre envie de sortir.

En vidant ses poches le lendemain matin, il retrouva le papier donné par Mitt Rawley, avec l'identité de la copine de Zenad Henniyé, la jeune Libanaise assassinée avec son amant syrien. Farah Nassar. Et l'adresse de sa bijouterie rue Verdun, dans l'immeuble du Holiday Inn.

En sortant de la breakfast-room du 2e étage, il se dit qu'il avait au moins deux heures avant d'aller déjeuner avec Robert Correll.

Ce qui lui laissait le temps d'explorer cette piste improbable et probablement carbonisée. Cependant, il n'était pas inutile de savoir d'où venait la trahison qui avait provoqué la mort de Zenab Henniyé et de son amant syrien. Il récupéra la Mercedes louée chez Maatouk Taxis garée dans le parking souterrain. Plus question de se garer n'importe où comme avant, le Liban avait découvert le stationnement payant et l'amende coûtait 35 dollars. Le ciel était gris et la mer démontée. Il passa devant l'énorme calicot tendu sur la façade du St-Georges, affichant « Stop Solidaire » et monta vers Hamra, l'ouest de Beyrouth. Trouvant une place juste avant le building abritant le Holiday Inn et une galerie marchande.

La bijouterie Nassar était juste après l'entrée du Holiday Inn, face au magasin de luxe Aishti où s'habillaient les riches Libanaises. Beaucoup de bijoux en vitrine. La boutique était vide et Malko se dit que le mieux était d'aller à la pêche.

Il appuya sur la sonnette de la porte et le battant fut aussitôt ouvert par un vigile aux cheveux ras, un gros pistolet glissé dans sa ceinture. À peine était-il dans la boutique qu'une jeune femme très maquillée, sourire en bandoulière, enveloppée d'un nuage de parfum, s'avança vers lui.

– Que désirez-vous, monsieur ? demanda-t-elle en anglais.

– J'ai un cadeau à faire, expliqua Malko. Je voudrais voir des bagues.

Le nuage de parfum se déplaça jusqu'à la vitrine, tandis que le gorille de service se plaçait devant la porte.

Malko se plongea dans l'examen de bagues ornées de saphirs, d'émeraudes, de rubis, de diamants, toutes plus belles les unes que les autres ! Épié par la jeune vendeuse, sourire commercial plaqué sur sa bouche trop maquillée. Au bout d'un moment, Malko plaça à l'écart trois bagues et leva la tête.

– Il faut que je réfléchisse, avoua-t-il. Et puis, vos prix sont très élevés.

La vendeuse eut alors un sourire désolé.

– Moi, je ne peux rien changer, dit-elle. Il faudrait demander à la patronne, madame Farah. Elle est la seule à pouvoir consentir des rabais.

– Elle est là ?

– Non. Il faudrait prendre un rendez-vous avec elle.

– Bien, fit Malko en se levant, donnez-moi la carte de la bijouterie.

Il s'éloignait vers la porte quand celle-ci s'ouvrit. Le vigile se cassa aussitôt en trois devant la femme qui entrait, un sac Kelly Hermès rouge accroché au bras.

Typiquement libanaise : impeccablement coiffée, le regard assuré, les lèvres botoxées juste ce qu'il fallait, un peu enveloppée mais dégageant une sensualité animale, dans son faux tailleur Chanel ouvert sur un chemisier bien rempli de silicone, dont les premiers boutons étaient défaits. Des bas noirs, des longues jambes, des escarpins en crocodile.

La vendeuse lui glissa quelques mots en arabe et le visage de la nouvelle venue s'illumina comme une rampe de néon.

– Cher monsieur, dit-elle en anglais avec un fort accent libanais, je suis certaine que vous allez trouver votre bonheur ici. Nous avons les plus belles pièces de Beyrouth.

Elle roucoulait presque, le regard humide.

Une femme qui savait utiliser son charme. Elle avança dans la boutique et s'assit sur le siège libéré par Malko, croisant les jambes assez haut pour dévoiler une bonne partie de ses cuisses. Geste commercial ou tentative de séduction : avec les Libanaises, on ne savait jamais…

– Venez, lança-t-elle d'un ton impérieux à Malko. Je suis sûre que nous allons trouver un arrangement.

Sa main aux longs ongles rouges se tendait vers Malko, comme une serre parfumée. Malko se dit que, finalement, elle était très appétissante. Le genre de créature qu'on trouvait au déjeuner chez Paul à Ashrafieh, à la recherche d'un nouvel amant, pomponnée jusqu'au bout des ongles.

En plus, elle pouvait peut-être faire progresser son enquête sur le double meurtre de Zenad Henniyé et Hussein Al Fahrahidi.

Malko regarda ostensiblement sa montre et dit avec un sourire d'excuse.

– Malheureusement, je n'ai pas beaucoup de temps aujourd'hui, mais je reviendrai.

La main de Farah Nassar plongea dans son sac Kelly avec la rapidité d'un cobra et en ressortit avec une carte de visite qu'elle tendit à Malko.

– Appelez-moi quand vous serez décidé ! Je viendrai à la boutique pour vous.

Malko s'inclina sur la main, respirant une bouffée de Shalimar.

– Je n'y manquerai pas, promit-il.

Leurs regards se croisèrent et il se dit que même si Farah Nassar ne servait pas les desseins de la CIA, elle serait une excellente récréation érotique. Les Libanaises aimaient le sexe, cela faisait partie de leur nature.

– À très bientôt ! roucoula-t-elle.

Malko se retrouva dans les rafales de vent. Une véritable tempête soufflait sur Beyrouth. Tout en regagnant sa voiture, il se demanda si le mystérieux Robert Correll allait vraiment lui apporter quelque chose.

CHAPITRE IV

Malko s'engagea dans une voie en pente, juste avant l'hôtel Montebello, et aperçut sur sa gauche, isolée au milieu d'un immense jardin, une grande bâtisse en pierres de taille, carrée comme un château-fort. Il passa sous un porche, traversa le jardin et arrêta la Mercedes en face de la porte principale. Ici, à Anjaltoun, à 800 mètres d'altitude, il faisait un peu plus frais qu'à Beyrouth.

À peine était-il descendu de la voiture que la porte s'ouvrit sur un homme de haute taille, le crâne assez dégarni, des lunettes teintées, un nez important et quelques rides. Difficile de lui donner un âge. Vêtu d'un pull de grosse laine et d'un pantalon de velours côtelé, il s'avança à la rencontre de Malko, la main tendue.

– Vous n'avez pas eu de mal à trouver ? demanda-t-il aimablement.

– Pas du tout, assura Malko en le suivant à l'intérieur. Une pièce immense au plafond vertigineux, pleine de canapés, aux murs de pierres, avec un âtre où brûlait un feu de cheminée qui n'arrivait pas à chauffer l'atmosphère.

Robert Correll guida Malko jusqu'à une cuisine, sur la droite, où deux couverts étaient mis sur une table de bois avec, au milieu les assiettes contenant différents mézés, une bouteille de vin, du pain. Robert Correll précisa de sa voix calme.

– C'est moi qui fais la cuisine, la petite ne vient que le soir, alors ne vous attendez pas à des miracles. Il y a un poisson cuit au four. Asseyez-vous. Nous sommes seuls et, ici, il n'y a pas de micros, ajouta-t-il, avec un petit rire.

« À propos, comment va Ted Boteler ?

– Bien, assura Malko, mais je ne lui ai pas parlé depuis quelques semaines.

– C'est un bon type ! laissa tomber Robert Correll. Nous nous sommes bien entendus, et, au Soudan, il nous a bien rendu service.

Malko se demanda qui était le « nous ». Tout en s'en doutant.

Ils attaquèrent les mézés. Le silence était absolu. Lorsqu'ils eurent terminé, Robert Correll se leva pour ouvrir le four et déposa sur la table une magnifique dorade.

– Servez-vous ! dit-il à Malko.

Pendant que celui-ci remplissait son assiette de poisson, Robert Correll précisa.

– J'ai eu une conversation « protégée » récemment avec Ted. Je sais pourquoi vous êtes au Liban.

– Pensez-vous pouvoir m'aider ? demanda Malko.

Après avoir avalé un morceau de dorade, Robert Correll répondit par une autre question.

– Vous souvenez-vous du général Ghazi Canaan ?

– Vaguement, reconnut Malko. Pourquoi ?

– J'étais assez proche de lui. J'ai souvent été en Syrie où je comptais de nombreux amis, bien que nous n'ayons pas toujours les mêmes intérêts. Ghazi Canaan était un homme très puissant, après avoir été le proconsul syrien au Liban et s'être considérablement enrichi.

« C'était en 2006.

« Les Américains cherchaient déjà à se débarrasser de Bachar El Assad. Comme ils étaient assez proches de Assef Chauwkat, le beau-frère de Bachar, marié à sa sœur et patron de la Sécurité, ils lui avaient tendu la perche, mais il ne l'avait pas saisie…

« Alors, ils avaient pensé à Ghazi Canaan, qui n'avait plus grand-chose à faire, possédait des réseaux puissants en Syrie et était en capacité de monter un coup d'État… Un homme ambitieux qui n'avait pas sa place dans le clan Bachar, des membres de la famille tous soudés les uns aux autres. Son idée était simple : renverser Bachar El Assad et prendre sa place à la tête d'une junte dont il tirerait les ficelles. Devenant ainsi l'homme le plus puissant de Syrie.

– Il avait les moyens de ses ambitions ? demanda Malko, qui n'avait pas encore touché à son Kassar rouge.

– Oui, confirma Robert Correll. Il était un des rares à pouvoir faire occuper le palais présidentiel par un détachement d'hommes à ses ordres. Officiellement, pour protéger le président d'un coup d'État.

– Que voulait-il faire de Bachar El Assad ?

Robert Correll eut un petit rire.

– Cela aurait posé plus de problèmes de laisser Bachar vivant que de l'éliminer. Et puis, aux yeux des Syriens, c'eût été un aveu de faiblesse. Là-bas, quand on ne veut plus des gens, on les tue.

– Bachar El Assad est toujours là, remarqua Malko. Que s'est-il passé ?

– J'étais à Damas à l'époque, répondit Robert Correll, pour une autre affaire. Je me trouvais en compagnie de Ghazi Canaan, dans sa villa, quand il a reçu un coup de fil de Bachar El Assad. Très aimable. Lui demandant de passer le voir d'urgence. C'est la dernière fois que je lui ai parlé. Nous nous sommes quittés et il est parti pour son bureau.

« Quelques heures plus tard, on a annoncé qu'il s'était tiré une balle dans la tête à son bureau, avec son arme de service qui se trouvait toujours dans son tiroir.

« Il ne portait jamais d'arme sur lui.

– On l'a suicidé ?

Robert Correll fit la moue.

– C'est possible, mais il a *aussi* pu se suicider réellement, pour éviter des traitements désagréables. Le coup de fil de Bachar El Assad signifiait à ses yeux que son complot était éventé. En se suicidant, il protégeait sa famille. En plus, il savait qu'il ne pourrait jamais quitter Damas.

– Vous savez ce qui s'est passé ?

– Quelqu'un a prévenu Bachar du complot qui se tramait. J'ignore qui Ghazi Canaan avait mis au courant de son projet. Aujourd'hui encore, je n'en ai aucune idée.

Ils réattaquèrent la dorade. Malko était perplexe ; c'était certes une histoire intéressante, mais sans lien avec sa propre mission.

Il attendit les loukoums pour poser la question qui lui brûlait les lèvres.

– Pourquoi m'avoir raconté cette histoire ?

– Parce que le plan du général Canaan est, à mon avis, et à celui de la CIA, le seul moyen de provoquer la chute du clan Bachar, sans entraîner celle du régime alaouite. Les Israéliens sont tétanisés à l'idée de se trouver en face des Frères Musulmans syriens. J'en ai parlé récemment avec Meir Dagan [1], il est de mon avis et les Israéliens seraient prêts à donner un coup de main à une opération de déstabilisation.

« Évidemment, c'est un peu prématuré.

« Le schéma mis au point par Ghazi Canaan pouvait fonctionner. Seulement, il n'était pas assez hermétique.

« C'est ce genre de chose qu'il faudrait recommencer...

Malko le fixa, plutôt étonné.

1. Ancien patron du Mossad.

– Il y a un petit problème, remarqua-t-il : Ghazi Canaan est mort. Donc inutilisable.

Robert Correll ne se troubla pas.

– Bien sûr, reconnut-il, mais il n'était pas tout seul. Il s'appuyait sur un colonel du Moukhabarat syrien installé à Beyrouth, chargé pour le compte de Ghazi Canaan de racketter les hôtels du Liban. Ramdane Halab. Tout le monde savait que Ramdane Halab travaillait pour le général Ghazi Canaan, mais personne ne savait qu'il avait conclu un pacte secret avec lui : il l'aidait à financer son coup d'État et serait récompensé par un poste important dans la nouvelle structure, après la victoire de Ghazi Canaan.

– Il a raté son pari, remarqua Malko. Qu'est-il devenu ?

– Il vit toujours à Beyrouth. Après la mort de Ghazi Canaan, il a changé son petit appartement de Raouché pour un beaucoup plus grand, dans une luxueuse résidence de Ramlet El Baida, le quartier chic chiite, au sud de Hamra.

« Six mois après, il a épousé une très jolie Libanaise, chiite. Ils ont eu deux enfants. Ils vivent tranquillement. Ramdane Halab est devenu un homme d'affaires normal et il a un superbe bureau dans le centre Gefinor à Beyrouth.

– Les Syriens n'ont pas cherché à le liquider ?

– Non, ils ignoraient son rôle dans le complot de Ghazi Canaan. Sinon, il serait mort depuis longtemps. Je pense qu'un homme comme lui pourrait donner des conseils utiles et même plus. Même s'il ne va guère en Syrie, des Syriens viennent le voir. On m'a dit que, récemment, il était à Beyrouth, au mariage de la fille d'un très riche commerçant sunnite syrien, proche de Bachar, à l'hôtel Four Seasons. Il peut donc avoir des contacts facilement.

Malko laissa de côté les confiseries. Robert Correll les dégustait comme un chat, par toutes petites bouchées. Son visage marqué de deux grandes rides verticales encadrant des amorces de bajoues était impassible.

– C'est une excellente idée, reconnut Malko. Mais pourquoi le colonel Ramdane Halab nous aiderait-il ?

Robert Correll ne se troubla pas.

– Il faut le motiver. Je vous ai dit que son train de vie a changé après la mort de Ghazi Canaan. Brusquement, il a eu beaucoup d'argent à sa disposition.

« Le problème, c'est que cet argent n'était pas *vraiment* à lui.

– D'où venait-il ? demanda Malko.

Robert Correll laissa fondre sur sa langue un morceau de loukoum rose avant de préciser.

– Je vous ai dit que le colonel Halab avait été chargé de recueillir des fonds au Liban pour financer la tentative de putch de Ghazi Canaan… Il a trouvé un « sponsor » richissime, un businessman avec qui il a fait fortune dans l'immobilier, Mavros Nilatis. Celui-ci a investi dans l'opération une dizaine de millions de dollars.

« Si l'opération Canaan réussissait, il pourrait investir en Syrie dans l'immobilier à des conditions très avantageuses.

– Il a perdu son argent, conclut Malko.

Robert Correll eut son petit rire sec.

– Il n'a pas été perdu pour tout le monde, laissa-t-il tomber. L'argent de Mavros Nilatis était déposé dans une succursale de la Banque Fransa, rue Hamra, sur un compte au nom de Ghazi Canaan. Lorsque ce dernier s'est suicidé, il restait encore sur ce compte près de huit millions de dollars.

« Bien entendu, Mavros Nilatis a voulu savoir si son argent avait été dépensé; il s'est donc adressé au colonel Ramdane Halab. Celui-ci lui a alors montré le dernier relevé du compte de Ghazi Canaan, montrant qu'il ne restait que quelques centaines de dollars. Il a alors expliqué que Ghazi Canaan avait déjà viré le reste en Syrie.

« Mavros Nilatis n'avait plus qu'à s'incliner et à faire une croix sur son argent.

Robert Corell se tut et prit encore un petit loukoum. Malko était suspendu à ses lèvres.

– Le problème, reprit Robert Correll, c'est que cet argent avait bien été transféré, mais sur un compte contrôlé par le colonel Halab. En effet, ce dernier avait une procuration sur le compte du général Ghazi Canaan. C'est grâce à cet argent qu'il a pu changer de train de vie et se lancer dans le business.

– C'est une belle histoire, reconnut Malko, mais elle remonte à quelques années.

– L'argent ne vieillit pas, laissa tomber Robert Correll avec un léger sourire. Je pense que si le « sponsor » de Ghazi Canaan apprenait aujourd'hui la vérité, il chercherait à le récupérer. Il dispose d'une petite milice : des gens bien féroces et très dangereux. Même le colonel Halab ne pourrait pas leur tenir tête.

– D'accord, reconnut Malko, mais ce ne sont que des mots.

– Pas tout à fait, corrigea Robert Correll, en poussant devant Malko une enveloppe fermée. Ceci est la photocopie du virement de 7 876 000 dollars effectué du compte de Ghazi Canaan à celui du colonel Ramdane Halab. Ce n'est qu'une photocopie, mais je détiens l'original.

– Comment l'avez-vous récupéré ? ne put s'empêcher de demander Malko.

– J'ai quelques amis au Liban, fit en souriant Robert Correll. On m'en a fait cadeau, pour services rendus. Ce document est à votre disposition.

– Je trouve que c'est un « incentive » efficace, mais attention, les Syriens sont des gens à part. Leur premier réflexe lorsqu'il y a un problème, c'est d'éliminer l'obstacle.

« Même s'ils se tirent une balle dans le pied.

– C'est-à-dire de tuer, précisa Malko.

– Exactement, sourit Robert Correll. Je crois que vous êtes un homme d'expérience, vous devez pouvoir gérer ce problème. Je vous ai mis sur l'enveloppe l'adresse à Ramlet Al Baida et le numéro de portable du colonel Halab. Je pense que cela devrait vous suffire.

« Je vais m'absenter pour quelques jours. Je vous appellerai à mon retour…

Malko empocha l'enveloppe.

Visiblement, Robert Correll n'avait pas envie de prolonger l'entretien. Il raccompagna son visiteur jusqu'à la porte et lui serra vigoureusement la main.

– Si vous parlez à Ted, dit-il, dites-lui que je suis content de lui renvoyer l'ascenseur.

Il allait refermer la porte quand il se ravisa.

– Vous êtes armé ?

– Non, avoua Malko, j'arrive tout juste.

– Attendez !

Robert Correll rentra et réapparut quelques instants plus tard avec un holster G.K en cuir sur file muni d'une grosse lime métallique permettant de la fixer sur une ceinture.

Il contenait un automatique Glock 27 à quinze coups.

– J'aurais pu m'en procurer un, fit Malko, gêné.

Robert Correll sourit.

– Celui-ci est *aussi* une protection contre la Sûreté Générale. Le numéro de série de cette arme, au cas où vous auriez un problème, mènera à quelqu'un qui pourra vous assurer une certaine protection. Par exemple, en vous exfiltrant rapidement du Liban.

Devant l'étonnement de Malko, il ajouta :

– Si on vous dit de partir, vous obéissez. Sinon, vous en ramassez une dans la tête ; ce ne sont pas des sauvages, mais des brutaux. J'espère que vous n'avez pas sur vous des numéros liés à Israël. Ici, *officiellement*, c'est l'ennemi N° 1. Il faut dire que nos amis de Tel Aviv passent leur temps à infiltrer le Hezbollah et les Services libanais.

« Allez, bonne chance et faites attention.

Il leva la tête vers le ciel et remarqua.

– On dirait que ça s'éclaircit. Je vais pouvoir aller marcher un peu.

Il resta sur le pas de la porte tant que Malko ne fut pas remonté dans la voiture.

Tandis que celui-ci descendait les lacets menant à l'autoroute de Tripoli, il tâta machinalement l'enveloppe dans sa poche.

C'était un lingot d'or entouré de crotales. Le colonel Ramdane Halab n'allait sûrement pas l'accueillir avec des roses.

***

Le deuxième étage de l'ambassade syrienne, un magnifique bâtiment blanc tout neuf, en contrebas du Ministère de la Défense, à Baabila, était réservé aux *Moukhabarats*. Des membres choisis pour leur connaissance du Liban où ils avaient déjà servi, du temps de l'occupation syrienne. Seule différence, ils étaient désormais sous couverture diplomatique, donc à l'abri. Même si Jamil Sayed, le très pro-syrien, directeur de la Sûreté Générale, après quatre ans de prison pour son implication possible dans le meurtre de Rafic Hariri, se reposait désormais dans sa maison de Zahlé, dans la Bekaa, la « Générale » continuait à être dirigée par un Chiite, pro-syrien, évidemment. Contrebalançant les Forces de Sécurité intérieures, sous la coupe des Sunnites et du général Ashraf Rifi.

Aziz Tell se pencha sur la liste qui venait d'arriver de Damas. Celle des nouveaux arrivants au Liban, susceptibles de causer du tort aux Syriens.

Certains noms étaient soulignés de rouge, ceux qui étaient particulièrement dangereux.

Le Syrien alluma son ordinateur et afficha la liste des cibles prioritaires.

Elles étaient de deux sortes : les personnes qui, en cas d'arrivée au Liban, devaient être immédiatement éliminées, même si elles n'avaient aucune activité apparente.

Rifaat El Assad par exemple, l'oncle de Bachar, qui avait déjà fomenté un coup d'État vingt ans plus tôt, mais qui ne serait pas assez fou pour remettre les pieds à Beyrouth.

Ou Bassma Kadmoni, une opposante de longue date, qui animait les Comités de Coordination anti-Bachar et correspondait tous les jours via *Skype* avec les insurgés. Celle-là était ciblée depuis longtemps, mais elle évitait soigneusement Beyrouth, préférant l'Egypte, la Jordanie ou la Turquie.

Enfin, on pouvait toujours rêver…

L'agent du Moukhabarat passa au nom suivant sur la liste de Damas : Malko Linge, un opératif de la

CIA, spécialiste du Liban. Son nom était en orange, ce qui signifiait qu'il devait être pris en charge immédiatement afin de surveiller ses activités.

Il nota le numéro du vol et l'adresse qu'il avait donnée : le Four Seasons. Ensuite, il appela un numéro en mémoire dans son I Phone.

– Walid ? Je peux passer te voir ?

Pour les cas de ce genre, il sous-traitait avec le Service de Sécurité du Hezbollah, plus apte à monter des éliminations discrètes, disposant d'une main-d'œuvre fidèle et efficace.

– *Mafi Machkal*[1] ! approuva aussitôt Walid Jalloul, le chef de la Sécurité intérieure du Hezbollah. Je t'attends.

Aziz Tell se dit qu'il allait manger de bonnes brochettes. Il y avait un excellent restaurant près de la permanence du Hezbollah, à Harek Hreik.

Il se leva, rabattit sa chemise sur la crosse du Makarov qui ne le quittait jamais et prit sa veste. Il n'aimait pas le froid.

Le Hezbollah avait une posture effacée, se contentant d'envoyer quelques spécialistes en Syrie pour encadrer les unités militaires les moins sûres. Le gouvernement libanais avait opté pour une neutralité prudente envers le problème syrien.

Ce qui n'empêchait pas les petits coups de pouce amicaux comme l'élimination d'un adversaire qu'on pouvait toujours faire passer pour un espion israélien, grâce à la complicité de la « Générale ».

1. Pas de problèmes.

Au Liban, on n'arrêtait jamais les responsables de crimes ciblés. Ils avaient trop de protecteurs. Ou alors, on les exécutait à leur tour.

C'était plus propre.

Aziz Tell se demanda ce que Walid Jalloul allait lui apprendre sur ce Malko Linge, qu'il connaissait sûrement.

CHAPITRE V

Le N° 152 de la rue Farid Trad était un luxueux building d'une vingtaine d'étages, à la façade ornée de colonnades, auquel on accédait par une rampe latérale sur la gauche, ou un majestueux escalier pour les piétons. Tous les appartements donnaient sur la mer. D'après Robert Correll, le colonel Ramdane Halab demeurait au douzième étage.

Ici, c'était un quartier chiite, continuation de la rue Verdun, mais des chiites chic. Rien à voir avec les ruelles pouilleuses du Hezbollahland, quelques kilomètres plus au sud.

Ramlet El Baida s'étendait entre la rue Farid Trad et l'avenue Rafic Hariri, longeant la mer. Des immeubles modernes, plutôt bien entretenus, s'étalant en espalier entre les deux voies parallèles. Certains plus élégants que d'autres. Celui où demeurait Ramdane Halab faisait partie du top.

Garé en face de l'immeuble, Malko contemplait la façade, se demandant comment il allait procéder pour entrer en contact avec l'ex-colonel du Moukhabarat syrien.

Il se dit finalement que le plus simple était le meilleur. Reculant un peu, il emprunta la rampe menant au parking en plein air et se gara entre une Porsche Cayenne bleue et une Mercedes aux vitres fumées.

Lorsqu'il pénétra dans le hall, il aperçut immédiatement un bureau sur la gauche tenu par un Africain. Juste en face des ascenseurs. Il se dirigeait vers ceux-ci quand le gardien l'interpella en anglais.

– Où allez-vous, sir ?

Malko se retourna vers lui.

– Chez Ramdane Halab.

– Il vous attend ?

– Non.

– Je suis désolé, il n'est pas là.

– J'ai quelque chose à lui remettre, précisa Malko.

L'Africain secoua la tête, l'air désolé.

– Je n'ai pas le droit de vous laisser monter. Vous pouvez me laisser ce que vous avez pour lui. Je le lui remettrai.

En dépit de son apparente nonchalance, il paraissait totalement déterminé. Au Liban, on ne plaisantait pas avec la sécurité.

– Non, je dois le remettre en main propre, insista Malko.

Le gardien demeura de marbre.

– Alors, il faut revenir. Il n'est jamais là dans la journée.

– Il n'y a personne dans son appartement ?

– Non.

Il semblait soudain mal à l'aise et Malko sentit qu'il mentait. Se souvenant qu'il était au Liban, il tira un billet de 10 000 livres [1] de sa poche et le glissa dans la main de l'Africain.

– Je dois absolument remettre ce pli.

L'autre mollit ; regarda autour de lui et dit à voix basse.

– Il y a la bonne en haut, mais je ne peux pas vous laisser monter, c'est interdit.

Une bonne ne convenait pas à Malko. Il insista.

– Il n'y a que la bonne ?

– Non, reconnut de mauvaise grâce le gardien, je crois que son épouse est là. Mais elle est seule, elle ne peut pas vous recevoir.

– Appelez-la ! demanda Malko, glissant un second billet de 10 000 livres dans la main du gardien. Demandez-lui si elle accepte que je lui remette une lettre. C'est important.

Nouvelle hésitation du gardien qui demanda :

– Quel est votre nom ?

– Elle ne me connaît pas.

De nouveau, l'Africain fut tenté de l'envoyer promener, mais un fond d'honnêteté lui dit qu'il devait remercier pour les 20 000 livres.

Il décrocha le téléphone intérieur et se lança dans une conversation en arabe à laquelle Malko ne comprit rien. Finalement, il raccrocha et dit à Malko :

– Madame Asma va aller dans quelques instants à la pharmacie Chaar Itani, un peu plus haut. Si vous

1. Environ 5 euros.

l'attendez devant, elle veut bien que vous lui remettiez la lettre.

– Merci, dit Malko.

Il regagna sa voiture et la rue Farid Trad. La pharmacie se trouvait effectivement un peu plus haut, sur le trottoir d'en face. Il se gara devant, surveillant la sortie du 152. Cinq minutes plus tard, une femme surgit de l'immeuble, la tête couverte d'un foulard bleu assorti à son abaya qui l'enveloppait entièrement.

Lorsqu'elle arriva en face de la pharmacie, Malko était déjà sorti de sa voiture.

Asma Halab avait un joli visage, déjà très maquillé, avec des sourcils arqués et un regard assuré. Elle toisa Malko et demanda en anglais.

– Qui êtes-vous ? Pourquoi voulez-vous me voir ?

Malko esquiva la réponse à la première question et précisa :

– Ce n'est pas vous que je veux voir, précisa-t-il, mais votre mari. Pour lui remettre une lettre. C'est important.

– Il n'est pas ici. Vous pouvez aller le voir à son bureau, au centre Gefinor.

– C'est plus simple que je vous la remette, proposa Malko, sortant le pli de sa poche.

Asma Halab hésita quelques instants, puis tendit la main.

– *Yallah* ! Donnez-la-moi.

Malko lui glissa la lettre préparée par ses soins, cachetée d'un sceau de cire rouge pour lequel il avait utilisé sa chevalière. Ce qui évitait une possible indiscrétion. Si Asma Halab l'ouvrait, son mari le saurait.

Celle-ci prit l'enveloppe, adressa un léger signe de tête à Malko et s'engouffra dans la pharmacie.

Les dés étaient jetés.

Il avait inscrit sur l'enveloppe son numéro de portable intraçable du MTC Touch, une « puce » fournie par la CIA, avec un prénom : Max.

Il n'avait plus qu'à attendre que le colonel Halab réagisse.

***

Hussein et Ali, les deux membres de la Sécurité du Hezbollah qui avaient été chargés par Walid Jalloul de prendre Malko en charge, poireautaient en face du Four Seasons, à côté de l'entrée du parking de la marina, dans une vieille Toyota blanchâtre.

Ils venaient seulement d'arriver et, grâce aux tuyaux d'un informateur du Hezbollah travaillant à l'hôtel, ils savaient que leur « client » était déjà sorti, venait de rentrer et se préparait à ressortir car il avait demandé qu'on ne descende pas sa voiture garée sous l'auvent au parking souterrain.

– *Yallah habibi* ! fit soudain Hussein, le voilà.

Un homme blond venait d'émerger de la porte tournante et se dirigeait vers la Mercedes dont la portière était tenue ouverte par un des voituriers.

Avec ses cheveux en vrac, sa barbe de trois jours et ses yeux trop brillants, Hussein n'inspirait pas le respect. Mais c'était un militant fidèle, formé en Iran, totalement dévoué au Hezbollah. Son Glock 17 glissé dans sa ceinture, sous sa chemise, ne le quittait jamais. Évidemment, il ne s'en servait que sur ordre. Et là, il n'y avait pas d'ordre.

La voiture de Malko filait vers la sortie nord-est de Beyrouth et ils mirent la radio. Une musique scandée qui les fit se déhancher sur leurs sièges. Ils suivaient le bord de mer où se brisaient des vagues énormes, inhabituelles pour Beyrouth. Un bulletin météo interrompit la musique.

– Il y a de la neige à Baabda ! remarqua Hussein. Tiens, il sort de Beyrouth.

En effet, leur « client » suivait désormais l'avenue Charles Helou qui rejoignait l'autoroute de Tripoli. Dix kilomètres plus loin, il la quitta pour s'engager dans un chemin montant sur la droite, au flanc de la colline Akwar.

Siège de la nouvelle ambassade américaine. Les Américains, traumatisés par l'explosion de la précédente, vingt-cinq ans plus tôt, avaient construit au flanc de cette colline dominant la mer, un complexe de bâtiments super-protégé avec même des filets de protection tendus au-dessus de la piste d'hélicoptères pour arrêter d'éventuels obus de mortier.

Malko ralentit, il arrivait à l'entrée gardée par des « Marines » rencognés derrière des sacs de sable et deux véhicules blindés Striker.

***

Après sa visite chez le colonel Halab, il était repassé prendre son Burberry au Four Seasons car il grelottait.

Il stoppa sur le côté du chemin et sortit lentement de la voiture. Même s'il avait averti Mitt Rawley de sa venue, les « marines » avaient l'habitude, au moindre risque, de tirer d'abord et de s'expliquer ensuite.

***

Le bureau de Mitt Rawley, le chef de Station de la CIA, était situé tout à côté de la piste d'hélico où un *Blackhawk* était en train de décoller dans un vacarme d'enfer. Même avec les vitres blindées, on ne pouvait pas se parler.

Enfin, l'hélico piqua vers la mer et le silence revint. Mitt Rawley tendit un pot de café à Malko.

– Alors ? Votre visite à Robert Correll…

– J'ai déjà capitalisé dessus, annonça Malko, avant de lui faire un rapport complet, incluant la visite au colonel Halab.

– J'ai demandé si nous avions quelque chose sur ce colonel Ramdane Halab, dit l'Américain. J'attends la réponse.

– Que pensez-vous de l'idée de Robert Correll ?

– *Great*[1] ! laissa tomber Mitt Rawley, mais il y a beaucoup de « hic » D'abord, ce colonel syrien est

1. Superbe !

retiré des voitures, a de l'argent et une femme ravissante, d'après ce que vous me dites. Pourquoi plongerait-il dans notre histoire ?

– La peur ! laissa tomber Malko. Je crois Robert Correll. Si Mavros Nilatis, le Libanais qui a sponsorisé Ghazi Canaan découvre que Ramdane Halab lui a piqué ses millions de dollars, il va le découper en morceaux.

« Au Liban, la plupart des règlements de compte ont pour objet un problème d'argent.

– Il va croire que vous bluffez.

– La copie de l'ordre de virement prouve le contraire, corrigea Malko. On va bien voir. S'il ne réagit pas, il sera temps de trouver un plan B.

« Et puis, peut-être que le colonel Halab a encore de l'ambition. S'il participe à un coup d'État organisé par nous et qu'il réussisse, il peut en retirer pas mal d'avantages.

– Cela fait beaucoup de « si », remarqua le chef de Station. Mais c'est un *long shot*. Il y a aussi un problème majeur : même s'il est partant, ce type a-t-il le pouvoir de nous aider réellement ?

– Il est trop tôt pour le savoir, reconnut Malko. Prions. Mais je parie que Robert Correll ne m'a pas tout dit. Lui doit savoir que Halab *peut* nous aider.

– Que Dieu vous entende ! soupira l'Américain.

Sa secrétaire, après avoir frappé à la porte, déposa un papier sur son bureau et ressortit. Mitt Rawley le lut et leva la tête.

– Quand vous êtes arrivé ici, vous étiez suivi ! annonça-t-il d'une voix égale. Deux hommes dans une Toyota blanche. Le poste de garde n'a pas pu relever le numéro.

« Vous savez par qui ?

– Aucune idée, reconnut Malko.

– C'est ennuyeux, dit Mitt Rawley. Voulez-vous qu'on en parle à notre ami, le général Ashraf Rifi, le patron des FSI ? Lui, a le moyen de vous protéger.

– Merci, déclina Malko. Je n'ai pas envie qu'on s'intéresse trop à moi.

– Vous êtes armé ?

– Oui. Robert Corell m'a fait un cadeau.

Il lui expliqua l'histoire du Glock 27 et de sa « protection » invisible. L'Américain hocha la tête.

– Il doit y avoir un lien avec la Sûreté Générale qui est acquise au Hezbollah. Ça peut servir, mais soyez prudent quand même.

« Je n'aime pas cette filature.

– Pour le moment, j'attends la réponse du colonel Halab. J'ai pris un contact avec Farah Nassar, la copine de Zenad Henniyé, mais, pour l'instant, cela ne donne pas grand-chose.

Malko refranchit le barrage des « Marines » et repartit vers Beyrouth. L'autoroute de Tripoli était bloquée dans l'autre sens. Tout le monde filait vers Jounieh, Byblos et tous les petits bleds abritant la plupart des Chrétiens de Beyrouth. En dix minutes, il eut atteint le centre ville. Il contournait la place des Martyrs quand son portable sonna.

Une voix de femme, chaleureuse, roucoulante.

– Cher monsieur, vous ne m'avez pas appelée pour la bague…

Farah Nassar n'était pas Libanaise pour rien…

– Je n'ai pas encore réfléchi, avoua Malko, mais je ne vous ai pas oubliée…

– Je suis à la boutique, pourquoi ne venez-vous pas la revoir ? Je vous offre un café.

Une occasion de faire avancer son enquête sur l'exécution d'Hussein Al Fahrahidi, le colonel du Moukhabarat syrien « retourné » par la CIA. En tant qu'amie intime de Zenad Henniyé, Farah Nassar connaissait sûrement son existence. Avait-elle balancé ?

– Je vais venir avec plaisir, dit Malko, mais je suis encore loin !

***

Cette fois, Farah Nassar arborait un pantalon de cuir rouge vif qui moulait une croupe qui ne demandait qu'à servir, avec un chemisier opaque bien rempli. Malko lui baisa la main, ce qui parut l'émouvoir considérablement, mais la jeune vendeuse lui présentait déjà un plateau avec plusieurs bagues.

Pendant que Malko examinait les bijoux, Farah Nassar se pencha sur son épaule, l'imprégnant de son parfum. Il sentait la masse lourde d'un sein contre sa clavicule et cela lui procura une petite sensation agréable. Amusé, il demanda :

– Vous vous occupez toujours aussi bien de vos clients ?

La bijoutière eut un rire de gorge.

– Vous êtes un client important ! Ce sont de très belles bagues.

Malko reposa la bague qu'il tenait.

– Je vais encore réfléchir, annonça-t-il avec un sourire d'excuses.

Devant la déception manifeste de Farah Nassar, il ajouta aussitôt.

– Laissez-moi vous offrir un verre pour me faire pardonner.

Farah Nassar n'hésita que quelques secondes.

– Pas longtemps alors, je dois aller retrouver mon mari à un cocktail. On peut aller à côté, dans la galerie, chez Costa et Gambini.

C'était une Caféteria assez élégante, avant l'entrée du Holiday Inn.

– Un café blanc [1], commanda Farah Nassar, tandis que Malko prenait un expresso.

La bijoutière lui jeta un long regard curieux.

– Vous vivez à Beyrouth ?

– Non, dit Malko, je suis de passage pour des affaires. Je cherche des investissements sûrs.

Farah Nassar éclata de rire.

– Vous avez raison, le Liban est le pays le plus sûr du monde…

Ce n'était pas l'avis de tout le monde.

1. Décoction de fleurs d'oranger, spécialité libanaise.

Ils discutèrent de choses et d'autres. Farah Nassar semblait assez intriguée par lui. Il décida de faire avancer son enquête.

– Voulez-vous déjeuner avec moi chez Paul, demain ? demanda-t-il. Comme ça, nous pourrons discuter de cette bague…

La jeune femme éclata de rire.

– Chez Paul ! Ah non, tout Beyrouth va croire que vous êtes mon amant et mon mari va me tuer.

– Ce serait regrettable, reconnut Malko. Alors où ?

Elle réfléchit quelques instants et proposa :

– Au Vendôme, à côté du Phoenicia, c'est plus discret, mais je n'aurai pas beaucoup de temps…

– À une heure ?

– Parfait, j'apporterai la bague…

***

Hussein et Ali qui traînaient devant la vitrine d'Aishti, regardèrent le couple se séparer.

– Mais je la connais, celle-là ! fit soudain Hussein. C'est pas la femme de Fouad Nassar ?

Un des bienfaiteurs du Hezbollah.

– Si, confirma Ali. Apparemment, c'est une salope. On sent qu'elle a envie de se faire ce mec.

Ils suivirent Malko jusqu'au Four Seasons, puis se remirent en planque devant l'hôtel. Soudain, Hussein remarqua :

– Ce ne serait pas bien de mettre dans notre rapport qu'il a dragué cette Farah Nassar. Si son mari apprend ça, il va la tuer… Nous, on est chargés de veiller sur le Parti, pas de balancer les bonnes femmes qui ont le feu au cul.

– On va voir, tempéra Ali. Il faut faire notre boulot.

Bien sûr que c'était embarrassant. Lui aussi aurait bien voulu sauter la belle Farah Nassar. Évidemment, la rencontre avec l'agent de la CIA qu'ils surveillaient semblait d'ordre privé, mais Ali, très religieux, trouvait que c'était légitime de dénoncer une salope.

CHAPITRE VI

On se serait cru en Bretagne !

Au-delà de la carcasse de l'hôtel St-Georges, jadis le plus bel hôtel du Moyen-Orient, détruit depuis une trentaine d'années et jamais reconstruit pour d'obscures questions de jalousie immobilière, les vagues se brisaient avec violence sur ce qui avait été le club nautique.

En face, les deux immeubles sérieusement abîmés lors de l'attentat contre Rafic Hariri, avaient été retapés et arboraient des façades toutes neuves.

Malko retourna à la télé. Toutes les chaînes d'information, et particulièrement Al Jezirah en anglais, relataient quotidiennement les combats en Syrie, passant en boucle des cortèges d'enterrements dont les participants criaient leur rage en hurlant « Allah ou Akbar ». Les ONG annonçaient un nombre grandissant de morts, des deux côtés. Le palais de Bachar El Assad demeurait muet, à part quelques commentaires acerbes sur les « terroristes » essayant de détruire le pays.

En réalité, on ne savait rien de précis sur la situation. Sauf qu'il y avait des affrontements sporadiques entre forces gouvernementales et « l'armée syrienne libre ». Des groupes formés de déserteurs et des Frères Musulmans syriens ayant pris les armes. Aucun chiffre fiable. C'était comme une suite de petits incendies qui s'allumaient dans différentes villes et s'éteignaient au bout de quelques heures ou quelques jours sous les coups de l'artillerie de l'armée syrienne. Comme il n'y avait pas de batailles rangées, les satellites de la NSA étaient aveugles.

Évidemment, ce prurit qui se prolongeait n'était pas bon pour le régime de Bachar El Assad, mais celui-ci était encore solide et n'avait pas à redouter des adversaires capables de le faire tomber.

Ce n'était même pas encore le Yémen.

À Damas, les télévisions montraient des foules calmes brandissant le portrait de Bachar El Assad sur fond des rideaux de fer des boutiques peints aux couleurs du drapeau syrien.

Comme cela se faisait en Libye, au temps du colonel Khadafi. Pour montrer son attachement au régime. Seulement, ici, il y avait très peu de chances que l'OTAN vienne aplatir les blindés syriens. Les Russes avaient dit « niet » une bonne fois pour toutes. Leur veto au Conseil de Sécurité était gravé dans le bronze.

Si les Américains n'arrivaient pas à modifier le régime de l'intérieur, la situation pouvait s'éterniser ou tourner à son profit. Même plus timide que son père, qui avait exterminé en deux mois 20 000 islamistes à Hama, en 1985, Bachar El Assad avait encore la main lourde.

Curieusement, une partie des Chrétiens du Liban, Samir Geagea en tête, vociférait contre les « atrocités », appuyant ouvertement les Frères Musulmans. Heureusement, ces protestations ne dépassaient pas le stade verbal. On était quand même prudent. Le Hezbollah, très gêné, semblait être parti sur une autre planète… Bref, tout le monde regardait de l'autre côté, même ceux qui souhaitaient une victoire des Frères Musulmans de Syrie. La position de certains Chrétiens du Liban était assez aberrante, sachant qu'une victoire des Islamistes aurait pour résultat la liquidation des Chrétiens de Syrie.

Ce serait le Canada ou l'égorgement.

Le téléphone fit sursauter Malko. La ligne fixe.

– Vous m'avez oubliée ? dit une voix acerbe de femme.

Farah Nassar.

Malko baissa les yeux sur sa montre. Une heure pile.

– Pas du tout ! jura-t-il, j'avais un appel important d'Europe. J'arrive !

Heureusement, le Vendôme était à deux pas du Four Seasons.

***

Farah Nassar, un foulard mauve noué sur ses cheveux noir corbeau, était rencognée sur une banquette à l'extrémité du restaurant, au sixième étage de l'hôtel

Vendôme, affable comme une porte de prison. Son regard noir se posa sur Malko.

– Au Liban, lança-t-elle d'un ton acerbe, quand un homme a rendez-vous avec une femme, il arrive un quart d'heure en avance, pour être certain de ne pas la faire attendre.

– Même si c'est un rendez-vous d'affaires ? demanda perfidement Malko.

Un peu calmée, Farah Nassar ne releva pas et tendit la main droite au-dessus de la table.

– Regardez !

La bague ornée d'une énorme émeraude brillait à son annulaire. Elle voulait *vraiment* la vendre à Malko. C'était la raison pour laquelle elle avait accepté de déjeuner avec lui. Celui-ci lui prit la main, la retenant plusieurs instants avant de la lui rendre.

– Vous avez des mains magnifiques ! remarqua-t-il.

De nouveau, le regard de Farah Nassar s'assombrit.

– Je ne vous vends pas ma main ! fit-elle avec une certaine sécheresse.

Pourtant, la bijoutière était aussi attirante que la bague. Un chemisier beige ouvert sous le tailleur, laissant deviner un soutien-gorge noir, une jupe assez courte, des bas noirs et des escarpins aux talons interminables. Aussi séductrice que commerçante.

Malko avait décidé de se détendre un peu. En attendant la réponse du colonel Halab, la présence de cette femme superbe permettait de joindre l'agréable à l'utile.

Farah Nassar était en train de commander une sole. Il opta pour une dorade.

– Au déjeuner, fit-elle, je ne mange pas d'habitude. J'ai du mal à ne pas grossir.

– Vous êtes magnifique comme ça, assura Malko.

Enfin, une lueur satisfaite passa dans les yeux sombres de la bijoutière.

– Vous êtes très galant ! minauda-t-elle, en plongeant dans la soucoupe de pistaches et en se mettant à les avaler, comme un tatou gobe des mouches.

– Vous seriez mieux sans votre foulard ! remarqua Malko.

– Nous, les Chiites, nous avons un code vestimentaire différent des Chrétiens et des Sunnites, expliqua-t-elle. Le foulard signifie que nous ne sommes pas disponibles et qu'il faut respecter notre pudeur.

En fait de pudeur, elle exhalait le sexe par tous les pores de sa peau.

Tout en buvant un Coca-Cola « zéro ».

Le restaurant était presque vide et le repas se passa très vite. Dehors, le temps ne s'arrangeait pas. Au dessert, Farah Nassar dit d'une voix caressante.

– Si cette bague vous plaît vraiment, je suis prête à vous faire un très bon prix…

Malko repensa soudain à Zenad Henniyé, la Libanaise assassinée avec son amant dans la Bekaa. Selon la CIA, Farah Nassar aurait pu être celle qui l'avait trahie. Pourtant, elle paraissait bien loin de la politique et de la rigueur du Hezbollah.

La CIA devait se tromper.

L'émeraude se balançait toujours sous son nez. Il la regarda puis croisa le regard de la Libanaise : il n'avait pas envie de l'émeraude, mais de sa propriétaire. Une idée amusante lui passa par la tête.

– Il faut que je la voie encore, dit-il.

Farah Nassar sursauta.

– Mais elle est sous votre nez !

– Ici, la lumière n'est pas bonne, expliqua Malko. Allons chez moi, c'est beaucoup plus clair.

– Chez vous !

– Oui, au Four Seasons.

Elle lui jeta un regard glacial.

– Si vous espérez me séduire en échange de cet achat, je vous dis tout de suite « non ». Je ne suis pas une pute.

– Cela ne m'a même pas traversé la tête, assura Malko, avec une sincérité évidente. Les femmes vénales ne m'attirent pas…

Il y eut un silence. Interminable. Puis Farah Nassar, la main à plat sur la table, laissa tomber.

– *Yallah* ! Mais je ne resterai que cinq minutes. Avant, je m'arrête à la boutique Aishti du Phoenicia où je dois prendre une robe. Quel est le numéro de votre chambre ?

– 1005, dit Malko.

– Je vous retrouve là-bas.

Elle se leva pendant que Malko demandait l'addition. Il la regarda regagner l'ascenseur : elle voulait vraiment lui vendre cette bague…

En bas, il demanda un taxi : la pluie n'avait pas cessé. Il sourit intérieurement. Même pour vendre la bague, Farah Nassar ne voulait pas se compromettre. Personne ne la verrait prendre l'ascenseur du Four Seasons en compagnie de Malko.

***

Plus de vingt minutes s'étaient écoulées et Malko commençait à se demander si Farah Nassar n'avait pas renoncé à vendre son émeraude lorsque la sonnette tinta. La bijoutière se tenait dans l'embrasure de la porte, un grand sac à bout de bras.

Un sac de la boutique Aishti.

– Je me suis laissé tenter, lança-t-elle gaiement. Maintenant, vous devez m'acheter cette bague parce que cette robe est *très* chère.

– Qu'est-ce que c'est ? demanda Malko.

– Une robe de cocktail. Très belle.

– Montrez.

Elle se baissa, défit les papiers de soie et brandit une robe de mousseline et dentelles noires.

– Magnifique ! approuva Malko. J'aimerais que vous la passiez.

Le regard de Farah Nassar devint fixe.

– Vous êtes fou ! Je ne vais pas me déshabiller devant vous ! Vous n'êtes pas mon mari.

– Seulement votre client, corrigea Malko. Faites-moi plaisir. Gardez votre bague et passez cette robe. La salle de bains est là.

La bijoutière eut une longue, très longue hésitation. Malko sentait qu'elle mourait d'envie d'essayer sa robe. Un désir de femme. Brusquement, elle rafla le sac Aishti et fila vers la salle de bains. Lorsqu'elle en ressortit, Malko regardait la mer démontée par la fenêtre.

Il se retourna et eut le souffle coupé.

C'était une robe de pute !

Un décolleté très bas, qui laissait dépasser le soutien-gorge, les épaules nues. Le bas de la robe en mousseline noire était presque transparent. Malko pouvait deviner le haut des bas « stay-up » et même, le triangle de la culotte.

Farah Nassar fit quelques pas vers lui. Un peu désorientée. Ils se retrouvèrent à quelques centimètres l'un de l'autre, dans un nuage de Shalimar.

Malko en avait la bouche sèche.

Son regard parcourut la jeune femme, des cheveux aux escarpins et il devait être très expressif car Farah Nassar demanda d'une voix mal assurée :

– Qu'est-ce qu'il y a ? Qu'est-ce que vous avez ?

Tout se déclencha à cette seconde. Malko, doucement, passa une main autour de sa taille.

– Vous êtes une autre femme ! fit-il. Une créature si sexuelle qu'on a envie de vous violer. Vous avez laissé votre double dans la salle de bains.

D'une voix presque croassante, Farah Nassar demanda soudain.

– Alors, vous la voulez, ma bague ?

– Non, dit Malko d'une voix égale. Je veux autre chose.

– Quoi ?

– Vous.

Elle faisait comme si elle ne sentait pas le bras désormais enroulé autour de sa taille.

Tétanisée.

Malko l'attira conte lui avec douceur, la collant à son ventre. Là, elle ne pouvait plus ignorer ses intentions. Les bras le long du corps, elle se laissait faire.

– Laissez-vous aller, murmura Malko. Vous n'êtes plus Farah Nassar, mais son double. Ce que fera ce double, personne ne le saura, pas même vous.

Les traits de la jeune femme étaient comme figés. Leurs regards se croisèrent et il posa une main sur sa poitrine. Commençant à la masser doucement.

Il s'attendait à ce qu'elle se débatte, qu'elle s'écarte, mais son regard se brouilla et elle se mit à respirer très rapidement, les lèvres entrouvertes. Il voyait les pointes de ses seins durcir à travers la mousseline et cela l'excita encore plus. Pourtant, la jeune femme ne coopérait pas vraiment. Alors, Malko n'hésita plus. Soulevant la mousseline, il effleura ses bas, puis la peau de ses cuisses, remonta de plus en plus haut, jusqu'au renflement du sexe sous la dentelle du slip noir. Il se mit à la masser avec douceur, sans trop appuyer.

Farah Nassar eut une sorte de sursaut et son corps s'amollit. Elle s'appuya au bureau comme si elle allait tomber. Malko la vit fermer les yeux et se mordre les lèvres.

Il accéléra sa caresse, sentant le clitoris gonfler sous la dentelle.

Encouragé par la passivité de la jeune femme, il écarta l'élastique du slip, et atteignit la chair délicate.

Le corps de Farah Nassar se mit à vibrer, puis elle poussa un cri aigu, la tête rejetée en arrière. Les deux mains appuyées sur le bureau.

Malko ne perdit pas de temps. En un clin d'œil, il libéra une érection qu'il avait du mal à contenir, glissa un genou entre les cuisses de la jeune femme pour les écarter légèrement. Elle ne protestait toujours pas. Molle et soumise. Lorsqu'elle sentit la chaleur de son sexe contre le sien, son corps s'amollit encore plus.

Pourtant, elle eut un violent sursaut quand il plongea dans son ventre de toute sa longueur.

Là, seulement, il prit le temps de la regarder. On aurait dit qu'elle s'était mise en congé de la vie. Les yeux fermés, les lèvres scellées, elle tremblait, les doigts crispés sur le cuir du bureau.

Malko, la poussant aux épaules, l'étendit à plat sur le bureau, puis fit décoller ses escarpins de la moquette. Ainsi, les jambes repliées, elle était encore plus excitante. Lui allait et venait dans un ventre de plus en plus onctueux. Farah Nassar semblait foudroyée par son premier orgasme. C'est tout juste si elle réagit lorsque Malko s'épancha dans son ventre. Lui, ne revenait pas de son audace. Certain que, lorsqu'elle avait accepté de le retrouver dans sa chambre, elle n'avait pas l'intention de faire l'amour, même si elle en avait envie, quelque part, très loin dans sa tête.

Il se retira et la bijoutière resta prostrée, mettant d'interminables secondes à se redresser, le regard flou.

Malko lui sourit.

– Farah, chaque fois que vous mettrez cette robe, un homme aura envie de vous violer.

Elle ne répondit pas. Puis, brusquement, son visage avança vers lui et sa bouche s'écrasa contre la sienne. Pour un baiser profond, violent, prolongé. Il sentit le ventre de la jeune femme se mettre à vibrer et elle lui mordit les lèvres.

Elle avait joui de nouveau.

Ensuite, d'une démarche d'ivrogne, elle partit vers la salle de bains.

Lorsqu'elle en ressortit, elle avait remis son tailleur. Sans un regard pour Malko, elle ouvrit la porte donnant sur le couloir et sortit. Claquant le battant derrière elle.

Un peu sonné, il alla s'allonger; jamais il n'aurait pensé faire l'amour à la bijoutière chiite ! Finalement, la CIA la lui avait apportée sur un plateau d'argent…

Il sursauta : son portable sonnait. Il décrocha.

La voix de Farah Nassar était si changée qu'il eut du mal à la reconnaître.

– Je vous hais ! Je ne veux jamais vous revoir, croassa-t-elle.

***

Bachir El Jedidé sortit de la succursale de la banque Fransa de la rue Hamra à cinq heures, comme d'habitude. Pour gagner à pied le parking en plein air où il garait sa voiture.

Il habitait beaucoup plus au sud, dans le quartier de Bir Hassan, le fief chiite.

Il parcourut une dizaine de mètres sur le trottoir encombré puis s'arrêta pour traverser la rue de Rome. Plusieurs véhicules attendaient au feu, dont une grosse moto chevauchée par deux hommes. Le feu passa au vert.

Les voitures démarrèrent, la moto en dernier, serrant le trottoir. Bachir El Jedidé allait se lancer sur la chaussée lorsque la moto s'arrêta devant lui. Il eut le temps de voir un casque intégral, puis une main gantée qui sortait d'un blouson, prolongée par un pistolet automatique au canon très long et très fin.

Ensuite, il ne vit plus rien. Deux projectiles venaient de lui traverser la tête, le foudroyant.

La moto redémarra, remontant la rue de Rome, et lui s'effondra, moitié sur le trottoir, moitié sur la chaussée.

Les gens se précipitèrent. N'ayant pas entendu les coups de feu, ils croyaient à un malaise. C'est un homme qui, en le retournant sur le dos, découvrit le visage ensanglanté. Tout le monde se figea.

Les assassinats ciblés n'avaient plus cours à Beyrouth et celui-ci évoquait de très mauvais souvenirs; on avait toujours peur de la reprise de la guerre civile. En silence, les passants regardaient le cadavre de Bachir El Jedidé, se demandant si c'était le début d'un nouveau cycle de violence. Ou autre chose.

***

La voix de Mitt Rawley était calme, mais tendue.

– Venez me voir, dit-il à Malko. Il y a du nouveau. Vous avez lu les journaux ?

– Non.

– Vous auriez dû. À tout de suite.

CHAPITRE VII

– Lisez ! lança Mitt Rawley à Malko, lui tendant le quotidien l'Orient-Le Jour.

Une photo occupait quatre colonnes : celle d'un homme étendu à terre sur lequel on avait jeté un imperméable. Le titre était explicite :

« Meurtre ciblé à Hamra. Un employé de banque abattu par des inconnus. Est-ce que cela recommence ? »

Depuis des années, il n'y avait plus eu de ces exécutions ciblées de gens généralement anti-syriens dont les auteurs n'avaient jamais été arrêtés. Évidemment, ce meurtre inquiétait. Deux hommes à moto utilisant un pistolet muni d'un silencieux, ce n'était pas un crime passionnel.

Malko posa le journal sur le bureau du chef de Station.

– Que signifie ce meurtre pour vous ? demanda-t-il.

Mitt Rawley vint le rejoindre autour de la table basse et annonça.

– Nos amis des FSI nous ont donné des précisions. La victime s'appelle Bachir El Jedidé. C'était le directeur du centre d'Affaires de la succursale de la banque Fransa de la rue Hamra. Un employé de banque sans histoires, depuis dix-sept ans. Chiite, mais modéré.

« Cela ne vous dit rien ?

– Si, dit aussitôt Malko. C'est cette succursale de la banque Fransa qui a exécuté les opérations destinées à alimenter le compte de Ghazi Canaan, il y a six ans. D'après Robert Correll, c'est là aussi que l'argent resté sur le compte après son « suicide » a été transféré au compte du colonel Ramdane Halab.

Malko revoyait l'ordre de virement qu'il avait remis à l'épouse du colonel Halab. Il comportait deux signatures et le cachet de la banque. La seconde devait être celle de Bachir El Jedidé…

– Le colonel Halab ne m'a pas donné signe de vie, remarqua-t-il, mais je crains d'être responsable de la mort de cet employé de banque.

« Ramdane Halab a voulu faire le ménage. Je suppose qu'un homme comme lui peut facilement trouver à Beyrouth des tueurs à gages.

– Sans aucun problème, confirma Mitt Rawley.

Les deux hommes se regardèrent. Puis l'Américain laissa tomber.

– Nous entrons dans le dur ! Cela aurait pu être vous qui preniez deux balles dans la tête…

Malko protesta.

– Le colonel Halab n'est pas fou. Il sait que je ne lui ai donné qu'une photocopie et que l'original reste une menace pour lui.

L'Américain hocha la tête.

– C'est quand même un avertissement : il n'est pas décidé à se laisser faire. Il a fait éliminer cet homme qui pouvait être un témoin à charge. Maintenant, il va s'attaquer à vous.

– Ce serait suicidaire.

– Pas pour un Syrien ; ils ne connaissent qu'une méthode : la terreur. Ramdane Halab se doute bien que vous n'êtes pas un individu isolé, que cela fait partie d'une conspiration, mais il en ignore la raison. Il pense probablement que c'est seulement une question d'argent. Qu'on veut le dépouiller.

« Dans ce cas, il se dit peut-être qu'en terrorisant ses adversaires, il va les décourager.

« En Syrie, ils ont toujours fonctionné comme cela.

Un ange passa, drapé dans le drapeau syrien légèrement taché de sang.

Malko savait, au départ, que cela n'allait pas être facile mais n'avait pas mesuré la férocité de celui qu'il voulait engager dans la croisade américaine.

– Qu'est-ce qu'on fait ? demanda-t-il.

– C'est votre choix. Si vous estimez que c'est trop risqué, on démonte. Sinon, je peux vous donner des « baby-sitters ».

Malko hocha la tête.

– Si cet employé de banque avait eu des « baby-sitters », cela n'aurait rien évité. Vous savez bien qu'ici, au Liban, la protection est toujours relative. Ceux qui veulent *vraiment* éliminer quelqu'un mettent le paquet. Ce n'est pas Rafic Hariri qui dira le contraire : c'était l'homme le mieux protégé du Liban. Sa Mercedes lui avait coûté 400 000 dollars.

Garantie pour affronter tous les attentats possibles, bourrée de contre-mesures électroniques. Seulement, rien ne résiste à une tonne d'explosif militaire…

– *Well*, fit le chef de Station. Je suis d'accord. Que voulez-vous faire ?

– Continuer, sans « baby-sitters ». Encore quelques jours. Si je n'ai pas de réponse, j'essayerai d'aller le voir à son bureau, au Centre Gefinor.

– Soyez extrêmement prudent, recommanda le chef de Station. Personne ne doit connaître nos contacts avec Ramdane Halab. Si les Syriens apprenaient qu'il fricote avec nous, ils le liquideraient immédiatement.

« Or, nous savons que vous êtes surveillé, sans connaître les commanditaires de cette surveillance. À Beyrouth, les Syriens ont des agents *partout*, dans tous les Services.

« Il ne faudrait pas que l'histoire Hussein Al Fahrahidi se renouvelle. Nous ignorons toujours qui l'a balancé.

– J'y travaille, dit Malko. J'ai revu Farah Nassar, mais je n'ai pas encore de résultat…

À part une récréation érotique très agréable.

– Elle est la seule à pouvoir éventuellement nous éclairer, conclut Mitt Rawley. Car elle était au courant de toute la vie de sa copine.

« Là aussi, soyez prudent.

– Je vais l'être, assura Malko, mais quand on plonge dans une rivière pleine de crocodiles, on sait qu'on est en danger.

Le chef de Station le raccompagna jusqu'au palier. Plus tard, en rejoignant l'autoroute de Tripoli, Malko surveilla régulièrement son rétroviseur. En venant la dernière fois à l'ambassade U.S., il avait été suivi. Étaient-ce les hommes de Ramdane Halab ou d'autres ? Il y avait tellement de clans et de gens armés à Beyrouth que c'était difficile de retrouver ses petits.

***

Le SMS déclencha un couinement du portable de Malko qui l'ouvrit. C'était un message très court : « Attention, il devient méchant. R.C. »

Il essaya aussitôt d'appeler Robert Correll mais tomba sur un répondeur.

La pluie fouettait les vitres. Le temps ne s'arrangeait pas à Beyrouth. On voyait les sommets enneigés du massif montagneux séparant Beyrouth de la plaine de la Baksa.

Le coup de sonnette le fit sursauter. Il était à peine dix heures du matin.

Le pouls à 200, il attrapa le Glock 27 et fit monter une balle dans le canon, avant de le glisser sous sa chemise, à même la peau, à la Libanaise et de rabattre le tissu par-dessus. Il y eut un second coup de sonnette et il s'approcha de la porte. Impossible de voir quelque chose dans l'œilleton. Doucement, il défit le verrou et tira le battant à lui. La surprise lui coupa le souffle : Farah Nassar se tenait devant lui, avec des lunettes noires qui lui mangeaient le visage, dans un imperméable vert bien coupé.

Sans un mot, elle pénétra dans la pièce et Malko referma la porte.

La jeune femme se retourna et ôta ses lunettes. Elle avait pris dix ans.

– Je n'ai pas dormi, dit-elle d'une voix âpre. Pourquoi m'as-tu baisée, salaud ?

La question était tellement idiote que Malko ne put s'empêcher d'esquisser un sourire.

– Parce que j'avais envie de toi, dit-il.

Farah Nassar tapa du talon de son escarpin sur la moquette.

– Tu mens ! Il y a des dizaines de femmes plus belles que moi à Beyrouth. Tu es un beau mec, étranger, tu peux attraper ce que tu veux. Pourquoi moi ? Ce n'est pas un hasard. C'est mon mari qui t'a envoyé ?

Inattendu.

– Sûrement pas, répliqua Malko. Pourquoi viens-tu m'agresser dans ma chambre à dix heures du matin ? Je croyais que tu ne voulais pas me revoir.

Farah Nassar ne répondit pas puis, brusquement, se jeta littéralement sur Malko. Son ventre soudé au sien. Sa bouche s'écrasa sur la sienne pour un baiser furieux. Quand elle s'interrompit, elle dit à voix basse :

– Je suis venue parce que j'ai encore l'impression d'avoir ta queue au fond de mon ventre. Mon mari ne m'a pas baisée depuis un an. Il a une petite secrétaire ouzbek qui le suce toute la journée. Il voudrait bien divorcer mais il n'a rien contre moi. Je n'avais pas eu un homme depuis des mois…

Malko commençait à comprendre.

– Ce n'est pas ton mari qui m'a envoyé, jura-t-il; juste le hasard.

Brusquement radoucie, Farah Nassar se serra contre lui, la bouche dans son cou.

– *Ayete* !

Ses mains étreignaient la taille de Malko. Brusquement, elle fit un saut comme si un serpent l'avait piquée : ses doigts venaient de se poser sur la crosse du Glock 27 !

Brutalement redescendue sur terre, elle toisa Malko.

– Pourquoi tu es armé, le matin, dans ta chambre ? Qui tu es ?

C'était la tuile.

La bijoutière le toisait, nettement suspicieuse.

– Tu es un *moukhabarat* ? Un espion israélien ? Tu sais que mon mari est proche du Hezbollah. C'est pour ça que tu m'as baisée…

« Tu veux nous infiltrer.

La hantise des Libanais.

Elle s'excitait de plus en plus. Malko tenta de la calmer.

– Je ne suis pas un espion israélien. Je te l'ai dit, je fais des affaires. Avec des gens dangereux. Je m'apprêtais à sortir quand tu as sonné. Ce n'était pas pour toi que j'étais armé.

Toute la passion de Farah Nassar était retombée. Elle gronda :

– Tu es venu, *exprès*, à la bijouterie, j'en suis sûre, et moi, comme une conne, je t'ai pris pour un vrai acheteur.

Elle n'était pas loin de la vérité.

Brutalement, elle remit ses lunettes et lui jeta :

– Je te le ferai payer !

Trente secondes plus tard, la porte claquait. La fin d'une belle histoire d'amour et aussi, pour Malko, de l'espoir de découvrir *qui* avait balancé Hussein Al Fahrahidi.

***

– La salope ! Elle vient se faire tirer même le matin. Elle a vraiment le feu au cul…

Hussein, l'agent du Hezbollah, en planque devant le Four Seasons, remonta dans sa voiture, sincèrement horrifié par l'inconduite supposée de la bijoutière. Ali rétorqua :

– *Ya habibi* [1], quand son mari va savoir ça, il va la tuer, ça, sûrement.

– Comment veux-tu qu'il le sache ? répliqua Hussein.

– On est obligés de le mettre dans notre rapport, fit platement Ali. On doit raconter tous les gens que ce chien d'Américain rencontre.

Hussein secoua la tête.

1. Mon pote.

– *Wahiet Allah* ! je suis un bon *moukhabarat*, mais pas un salaud. Moi, je ne veux pas en parler. C'est sûr, il n'y a qu'une histoire de cul entre ce mec et cette salope. Si on met ça dans notre rapport, son mari va le savoir, il est très copain avec Walid. Ce n'est pas notre boulot de balancer les femmes infidèles. Même si cela me choque, moi aussi.

« C'est moi qui vais écrire le rapport. Ça, je n'en parle pas. *Tarb*[1] ?

– *Tarb* ! fit à contrecœur Ali.

Hussein était son supérieur et, s'il le notait mal, il n'aurait jamais le stage en Iran qu'il souhaitait.

***

Le beau temps était brutalement revenu sur Beyrouth. Malko sentait les rayons presque chauds d'un soleil hivernal caresser son visage. Il était en train de déjeuner à la « Marina », en contrebas de l'hôtel Four Seasons, face à des dizaines de yachts luxueux. Les femmes étaient presque aussi élégantes que chez Paul.

Deux jours s'étaient écoulés depuis le meurtre de l'employé de la banque Fransa et les journaux n'en parlaient déjà plus. La CIA, à travers le général Ashraf Rifi, savait que les assassins n'avaient pas été identifiés et que personne ne s'expliquait ce meurtre.

Sûrement une affaire d'argent. Un racket quelconque qui avait mal tourné.

1. Ok ?

Plus de nouvelles non plus de Farah Nassar.

Malko paya son addition et reprit l'escalier pour regagner le niveau du Four Seasons. Il s'était donné encore vingt-quatre heures avant de se rendre au Centre Gefinor pour relancer directement Ramdane Halab.

Le hall du Four Seasons était toujours aussi sage, contrastant avec les essaims de putes superbement apprêtées du Phoenicia. Les gens du Golfe venaient se détendre à Beyrouth, avec une marchandise parfaitement présentée.

Dans les vêtements offerts par leurs précédents amants.

Plusieurs personnes attendaient l'ascenseur. Il monta dans la cabine avec un couple âgé et un homme seul, l'air d'un businessman. Trapu, les épaules larges, une cravate, plutôt joufflu, d'importants cheveux noirs frisés.

Un Libanais type…

Le couple descendit au sixième, et au dixième, l'étage de Malko, l'inconnu lui fit signe de sortir le premier, avec un sourire aimable. Celui-ci obéit et traversa le couloir, sa chambre se trouvant presque en face des ascenseurs. Il était en train de glisser la carte magnétique dans la serrure lorsqu'il sentit un objet dur s'enfoncer dans son cou, sous son oreille droite.

Une voix âcre, avec un fort accent libanais, lança en anglais :

– Ouvre vite cette porte, fils de chien, sinon, je t'explose.

CHAPITRE VIII

Le pouls de Malko grimpa brutalement au ciel. Le ton de la voix de cet inconnu n'incitait pas à la discussion. Il avait croisé assez de tueurs dans sa vie aventureuse pour sentir le *vrai* danger. Le souffle court de l'homme au pistolet lui chauffait la nuque.

Ce ne pouvait être que l'homme monté avec lui dans l'ascenseur. Il appuya à fond sur la carte magnétique en plastique et la porte se déverrouilla, ouvrant le battant. Aussitôt, son adversaire le poussa dans la chambre d'une violente bourrade, referma la porte d'un coup de pied et hurla à Malko.

– Mets les mains sur ta tête ! *Kalb*[1] !

Malko se retourna : c'était bien l'homme qui était avec lui dans l'ascenseur. Suant la haine et la fureur par tous les pores de sa peau.

Collant le canon du pistolet sur le cou de Malko, il le tâta rapidement, trouvant le Glock 27 et le jetant sur le lit.

1. Chien !

Ensuite, il repoussa Malko dans un fauteuil, face à lui. Le regard flamboyant de haine.

– Qui tu es ? Pour qui tu travailles ? Si dans cinq secondes tu n'as pas répondu, je t'en mets une dans le bide pour t'aider à retrouver la mémoire.

Malko comprit qu'il ne fallait pas jouer au plus fin avec son interlocuteur, parfaitement capable de mettre sa menace à exécution.

– Colonel Halab, dit-il, je suis heureux que vous soyez venu me voir.

Il crut que le Syrien allait exploser.

– *Kess Immak*[1]. On verra si tu es aussi content quand tu en auras une dans le ventre.

– Je ne viens pas en ennemi, assura Malko, je ne veux pas vous prendre votre argent. Je voulais seulement être certain que vous m'écouteriez.

Le colonel Halab sembla ne pas avoir entendu.

– C'est ce fumier de Mavros qui t'envoie, il a peur de venir lui-même. S'il me fait chier, je vais le tuer, lui avec toute sa famille. Et ils sont nombreux.

– Comme Bachir El Jedide, fit calmement Malko.

Les traits du colonel syrien se figèrent et, après un court silence, il lança.

– Qu'est-ce que tu racontes, *chasmout*[2] ? Je ne sais pas de quoi tu parles.

– Mais si, dit Malko. Bachir El Jedide avait contresigné l'ordre de virement des 7 876 000 dollars

1. Je baise ta mère.
2. Maquereau.

du compte de Ghazi Canaan au vôtre. Il aurait pu témoigner.

Au lieu de répondre, le colonel Halab tendit le bras. Malko pouvait distinguer le trou noir du canon du pistolet à quelques centimètres de son visage. Braqué sur son front.

– Écoute, *manioute*[1] ! lança le Syrien, je ne suis pas venu bavarder avec un chien comme toi. Je suis là pour que tu transmettes un message à ce fumier de Mavros. C'est toi, le message, avec un chargeur dans le ventre. Pour qu'il sache que c'est ce qui arrivera à ceux qu'il m'enverra. Je n'ai pas peur de ses miliciens.

Malko vit l'index du Syrien se crisper sur la détente du pistolet. Il était à quelques fractions de seconde de l'éternité.

Le colonel Ramdane Halab était un prédateur dangereux au cerveau peu développé. Comme les premiers dinosaures.

– Je ne connais pas votre ami Mavros, dit-il de la voix la plus calme possible. Je ne viens pas vous reprendre votre argent, mais vous faire une offre. J'appartiens à la Central Intelligence Agency et je travaille pour le gouvernement américain.

Il vit l'index desserrer légèrement sa pression sur la queue de détente du pistolet.

Il avait gagné un sursis. Il en profita.

– Vous pouvez parfaitement me tuer, reconnut-il, mais ce serait une erreur. Derrière moi, il y a une des

1. Enculé.

plus puissantes Agences Fédérales américaines. Qui me vengera. *Eux*, balanceront tout à votre ami Mavros Nilatis et à d'autres personnes aussi… Je pense que certains Syriens du Moukhabarat, s'ils connaissaient vos véritables liens avec le général Ghazi Canaan, n'auraient pas envie de vous laisser en vie…

« Alors, vous feriez mieux de m'écouter.

Il se tut. Réalisant qu'il était en sueur. La peur.

En face de lui, le colonel Halab semblait désarçonné. D'une voix moins acerbe, il demanda :

– De quoi tu parles, chien ?

Les mots étaient les mêmes, mais le cœur n'y était plus.

– Lorsque vous étiez l'adjoint de Ghazi Canaan qui avait mis en coupe réglée le Liban, vous étiez chargé par lui du racket des hôtels, expliqua Malko. C'est-à-dire de recueillir la dîme mensuelle qui allait directement dans la poche de Ghazi Canaan. Vous avez gagné du galon lorsque vous avez « traité » le patron du Summerland, un Chiite pourtant, qui refusait de payer. On l'a retrouvé flottant dans sa piscine, une balle dans la nuque. Du coup, Ghazi Canaan vous a accordé *vraiment* sa confiance.

« Bien entendu, les Forces de Sécurité Intérieures ont su ce qui se passait, mais vous étiez un officier syrien, donc intouchable…

– C'est pas vrai ! protesta faiblement le Syrien.

Malko balaya l'objection d'un geste sec. Il se sentait reprendre la main.

– Peu importe, je ne suis pas ici pour faire votre procès. Simplement pour vous faire comprendre que nous ne bluffons pas. Ou vous coopérez avec nous, ou vous aurez de gros ennuis. Maintenant, si vous en avez toujours envie, vous pouvez me tuer, mais je pense que ce serait une mauvaise idée…

L'autre se tassa légèrement et son pistolet pointa vers le bas.

– Qu'est-ce que vous voulez ? lança-t-il. Des renseignements ?

Malko secoua lentement la tête.

– Non, des choses concrètes. Nous voudrions que vous trouviez un autre Ghazi Canaan.

– Quoi ?

Visiblement, il ne comprenait pas.

– Le général Ghazi Canaan voulait faire un coup d'État, expliqua Malko. Remplacer Bachar El Assad par un gouvernement dont il aurait tiré les ficelles. En retirant d'énormes bénéfices. Vous l'avez aidé pour cela en le finançant. Heureusement pour vous, les Syriens n'ont rien su de votre rôle. Ce qui vous a évité le sort de Ghazi Canaan.

« Aujourd'hui, les Américains veulent aussi se débarrasser de Bachar El Assad pour former un gouvernement plus souple et mettre fin à la contestation. Ils ne veulent pas la chute du régime alaouite, mais un « ajustement » qui lui permettrait de durer.

« Et d'éviter le chaos. Vous connaissez la devise des Frères Musulmans Syriens : « Les Alaouites au cimetière, les Chrétiens à Beyrouth. »

« La Maison Blanche veut éviter cela.

« Je ne vous demande donc pas de jouer contre votre camp, au contraire.

Le colonel Halab semblait frappé par la foudre. Le canon de son pistolet s'était complètement abaissé. D'un ton incrédule, il demanda :

– Vous voulez faire un coup d'État en Syrie ?

– C'est un peu cela, reconnut Malko.

Le Syrien secoua la tête avec accablement.

– Vous êtes fous à lier ! Ghazi Canaan avait mis des années à prendre sa place dans le système. Il avait des appuis locaux dans la garde présidentielle. Vous ne connaissez rien. Tous ceux qui pourraient faire quelque chose sont des Alaouites, fidèles par obligation à Bachar El Assad, ou quelques Sunnites qui se sont goinfrés grâce au régime.

– C'est vrai, reconnut Malko, mais vous oubliez une chose : l'ambition et l'appât du gain. Ghazi Canaan était un homme extrêmement puissant et riche quand il a décidé d'être Calife à la place du Calife...

« Le tout est de trouver celui qui, à Damas, peut préparer cette opération. Il va de soi, qu'en dehors du silence sur l'origine des fonds qui vous ont servi à rebondir, vos intérêts seront protégés...

« Cette fois, vous avez un allié puissant : l'Amérique...

Ramdane Halab secoua de nouveau la tête.

– Vous êtes fou ! répéta-t-il. La Syrie est en pleine crise et tous les *moukhabarats* sont sur les dents. Prêts à dézinguer le premier qui bouge une oreille.

« Je crois ce que vous dites : vous n'êtes pas venu me voler. Donc, je ne vais pas vous tuer. Nous allons nous quitter et oublier nos existences réciproques.

« Je vous souhaite bonne chance dans votre entreprise et je ne dirai rien à personne.

Il se leva et remit son pistolet dans un petit holster G.K. Malko ne bougea pas, mais lança :

– Colonel Halab, je vous comprends mais *vous* m'avez mal compris. Je ne vous ai pas fait une offre que vous pouvez refuser. Vous devez accepter de nous aider. Sinon, votre vie est terminée… Si votre ami Mavros Nilatis ne vous tue pas, les Forces de Sécurité Intérieures ressortiront le dossier du Summerland. Vous savez sûrement que le général Ashraf Rifi n'a rien à refuser aux Américains et n'aime pas particulièrement les Chiites. Ce serait dommage que votre ravissante épouse soit obligée de se remarier…

– Chien ! Maquereau !

Le Syrien avait redressé son pistolet. Cette fois, Malko n'eut pas la même montée d'adrénaline. Le colonel Halab était un homme violent, mais pas suicidaire…

D'ailleurs, les doigts se desserrèrent très vite autour de la crosse de l'arme. Le Syrien lui jeta un regard haineux.

– Vous avez de la chance, je ne vais pas vous tuer !

Il se tourna et marcha vers la porte. La voix de Malko le rattrapa.

– Colonel Halab, vous avez un délai de vingt-quatre heures pour réfléchir. Si vous refusez notre offre, nous mettrons en route le plan B. C'est-à-dire la fin de votre existence heureuse.

Le dernier mot coïncida avec le claquement de la porte, mais Malko fut certain que le Syrien avait entendu le reste de sa phrase.

Désormais, tout reposait sur l'ambition du colonel Ramdane Halab. Perpétrer un coup d'État avec le soutien d'un grand État avait quelque chose de grisant. Tout en comportant certains risques.

Il n'avait plus qu'à annoncer la bonne nouvelle à Mitt Rawley.

Même si tout était encore en pointillé.

Le plus facile était fait.

Parce que le colonel Halab pouvait *aussi* échouer, même avec beaucoup de bonne volonté. Le système sécuritaire syrien était une redoutable machine à éliminer les opposants et n'hésitait jamais à tuer.

***

– Attendons vingt-quatre heures avant de prévenir Langley, conseilla Malko. Le colonel Halab peut aussi disparaître pour quelque temps, après avoir viré son argent hors du Liban, mais je crois qu'il tient à sa vie ici.

– Vous pensez qu'il a encore assez de contacts en Syrie, pour monter cette affaire ? interrogea Mitt Rawley. On touche au cœur du pouvoir.

– Je n'en sais rien, avoua Malko. C'est l'opinion de

Robert Correll. Malheureusement, nous n'avons pas d'autre alternative…

Le chef de Station de la CIA soupira.

– C'est vrai, longtemps, on a courtisé Assef Chawkat, le beau-frère du président qui était plutôt proche de nous, mais notre Chargé d'Affaires a dû battre en retraite : Chawkat est soudé au reste de la famille. Espérons que Robert Correll ne se trompe pas.

– On n'aura pas longtemps à attendre, remarqua Malko. Si dans vingt-quatre heures Halab ne donne pas signe de vie, on déclenche « La colère de Dieu ».

– Ça ne résoudra pas notre problème, remarqua tristement l'Américain.

***

Farah Nassar poussa un petit cri : l'Iranienne qui lui épilait le ventre venait de lui arracher un poil. L'esthéticienne s'excusa aussitôt platement. Farah Nassar referma les yeux, macérant dans un rêve morose. Tout se bousculait dans sa tête.

Qui était vraiment l'homme à qui elle s'était donnée sans réfléchir, à la suite d'une simple pulsion sexuelle ? Ce n'est pas le fait d'avoir trompé son mari infidèle et absent qui la troublait, mais plutôt la personnalité de cet amant. Elle ne se l'avouait pas, mais elle se demandait si elle n'était pas tombée amoureuse. Seulement, elle naviguait au milieu d'un océan de dangers. Son mari, déjà, qui ne rêvait que de se débarrasser d'elle. Et puis, elle avait peur ; le Liban lui avait appris la méfiance. Un homme qui se promène avec un pistolet, ce n'est jamais neutre. Elle se creusait la tête pour savoir comment en apprendre plus sur lui.

Discrètement.

Ce qui n'était pas évident…

Personne ne devait savoir qu'il avait été son amant.

De plus en plus, elle pensait que c'était un espion israélien. Si on apprenait ce qui s'était passé, elle était perdue. Son mari en profiterait pour la répudier.

Elle n'avait donc qu'une chose à faire : prouver sa fidélité au Hezbollah.

***

Cela avait passé très vite. Vingt-quatre heures de silence et de repos. Farah Nassar ne s'était plus manifestée. Quant à Tamara Terzian, elle semblait totalement bouclée par son amant moustachu.

Malko regarda sa montre : onze heures.

Cela faisait vingt-cinq heures qu'il avait transmis son ultimatum à Ramdane Halab. Il avait décidé de lui laisser quelques heures de marge. Jusqu'à la fin de la journée.

La sonnerie du téléphone lui envoya une formidable décharge d'adrénaline dans les artères.

Hélas, ce n'était qu'une voix féminine pleine de timidité.

– Monsieur Linge, je suis envoyée par madame

Farah. Elle m'a demandé de venir vous montrer encore une fois la bague en émeraude qui vous tente.

« Est-ce que je peux monter ?

Malko faillit éclater de rire. Farah Nassar ne renonçait pas…

– Bien sûr ! fit-il.

Il tenait la porte ouverte lorsque la vendeuse de la bijouterie sortit de l'ascenseur. Enveloppée dans un imperméable beige, très maquillée, une grosse bouche rouge et des cils qui n'en finissaient plus.

Malko l'aida à ôter son imperméable, découvrant une silhouette fine dans une robe de lainage vert qui moulait des formes parfaites, et surtout une croupe étonnamment callipyge que Malko n'avait pas remarquée à la bijouterie. Il avait des excuses : elle lui avait toujours fait face.

Elle tendit la main droite aux longs ongles rouges, où brillait l'émeraude.

– Vous ne voulez pas vous décider ? demanda-t-elle.

– Je crois qu'elle est un peu chère pour moi ! avoua Malko Il faut m'excuser auprès de madame Farah.

La vendeuse n'insista pas. Sa main retomba et elle soupira.

– Alors, je suis venue pour rien !

Elle ne semblait pas trop déçue, pourtant.

Après quelques secondes, la jeune femme remit son imperméable, plongea la main dans son sac, puis tendit une carte à Malko.

– Si vous changez d'avis, téléphonez-moi.

Il la raccompagna à la porte puis examina la carte. En sus des numéros commerciaux, il y avait un numéro de portable : (03)634752 ;

Pas imprimé, mais rajouté à la main. Sous son nom : Naeh Jna.

Visite étrange.

*
* *

Malko s'apprêtait à sortir quand un des employés de la réception se précipita sur lui, une enveloppe à la main.

– On vient d'apporter cela pour vous, dit-il.

Malko ouvrit l'enveloppe. Un rectangle blanc avec une seule ligne :

« Société FDR. Centre GEFINOR. Seizième étage. Trois heures. »

Le colonel Halab avait décidé d'accepter l'offre de la CIA. Ou de se dégager brutalement.

CHAPITRE IX

Malko avançait au pas dans l'étroite rue Clémenceau, pare-chocs contre pare-chocs. Il aperçut enfin la façade de verre ultra-moderne du Centre Gefinor. Un building de bureaux luxueux. Il jeta un coup d'œil dans son rétroviseur. Une Mercedes, puis un 4X4. Difficile de savoir s'il était suivi.

En plus, impossible de se garer.

Heureusement, il aperçut juste avant le building, l'entrée d'un parking souterrain. Il s'y engagea et la barrière retomba aussitôt derrière lui. Si ceux qui le suivaient étaient à quatre ou cinq voitures derrière, il leur serait impossible de savoir où il se rendait. Or, le centre Gefinor abritait des dizaines de sociétés.

Coup de chance, il se glissa dans la place d'une voiture qui partait. Deux minutes plus tard, il était dans un des ascenseurs et appuyait sur le bouton du 16e.

Émergeant dans un couloir avec des dizaines de portes, il le parcourut rapidement et ne vit aucune plaque indiquant la Société FDR. Il revenait sur ses pas, vers l'ascenseur, intrigué, lorsqu'il se heurta presque à Ramdane Halab, descendant de l'escalier, en jean et pull jacquard. Le Syrien lança à Malko :

– Venez.

Il prit le couloir de droite. Malko le suivit, remarquant la bosse sous le pull, révélant une arme. Le Syrien mit une clef dans la serrure d'une porte vitrée et les deux hommes pénétrèrent dans un petit bureau désert, donnant sur l'arrière du bâtiment. Après avoir refermé soigneusement la porte, Ramdane Halab se tourna vers Malko.

– Mes bureaux sont au-dessus, mais je ne tiens pas à ce qu'on vous voie. Ici, c'est une annexe.

Il s'appuya à un bureau poussiéreux et laissa tomber :

– Je me suis renseigné sur vous. Désormais, je sais que vous appartenez vraiment à la CIA. Cela change tout. Je n'ai rien contre les Américains. Même si je trouve votre projet complètement fou.

– Pourquoi ? demanda Malko.

Le Syrien secoua la tête.

– Parce que le clan Assad est extrêmement soudé, de la veuve d'Hafez El Assad, désormais le chef de famille, jusqu'aux cousins Maklhouf qui s'occupent du business et financent les *chahibas*, les miliciens du régime. Ils fonctionnent un peu au jugé. Il n'y a pas de commandement central, seul le Comité Militaire Baassiste, présidé par le Président.

– Ce n'est pas Bachar qui commande ?

Ramdane Halab eut un sourire méprisant.

– Bachar est un mou. Il ne prend aucune décision seul. Il n'était pas fait pour ce job. L'homme fort, c'est Maher, son frère, le patron de la Quatrième Brigade, celui qui mène la répression. Et c'est la veuve d'Hafez El Assad qui est la plus dure. Ils sont décidés à tenir coûte que coûte.

« À tuer tous leurs adversaires.

« Je ne vois pas qui pourrait les faire dévier de leur but.

– Vous ne voyez personne susceptible de changer de camp ? insista Malko. De jouer contre Bachar ?

– Jouer contre Bachar n'est pas le problème, rétorqua le Syrien. Personne n'est attaché à lui. Mais ils ont peur d'un changement et ne se font pas confiance. Ce que vos amis américains cherchent est hors de portée. C'est comme essayer de s'attaquer à une meute de chacals. Ils tuent d'abord et réfléchissent ensuite.

– Donc, vous refusez de vous impliquer dans cette opération ? conclut Malko.

Ramdane Halab lui jeta un regard glacial.

– Si je pouvais, je refuserais. Mais vous savez bien que je ne peux pas.

– Alors ?

– Je vais aller à Damas. J'ai un vieil ami qui a été chef du moukhabarat de l'armée et que je rencontre régulièrement. Je lui apporte du Viagra de Beyrouth, qu'il ne veut pas acheter sur place. Donc, ma visite ne surprendra personne ; c'est un des rares hommes en qui j'ai confiance. Si quelqu'un a une idée, ce ne peut être que lui.

– Pourquoi ?

Le Syrien eut un mauvais sourire.

– Sa fille vit ici, à Beyrouth. Elle est danseuse orientale. Très bonne d'ailleurs, elle adore cela. Cela rend son père fou furieux, mais il ne peut pas l'en empêcher. Mon ami sait que, s'il me nuisait, sa fille pourrait en subir les conséquences. Or, il y tient beaucoup.

Il avait énoncé sa menace d'un ton calme, ce qui le rendait encore plus dangereux. Ici, on vivait dans un autre monde. Celui de la violence absolue. Malko ne fit aucun commentaire. On ne choisit pas ses alliés.

– Quand partez-vous pour Damas ?

– Demain, j'y resterai un ou deux jours. Ne cherchez surtout pas à me contacter là-bas. C'est moi qui vous appellerai à mon retour.

Malko dissimula son soulagement : le colonel Halab était un homme pragmatique.

– Vous avez pris la bonne décision, dit-il.

Le Syrien lui jeta un regard brûlant de haine.

– Ne vous faites pas d'illusions ! lâcha-t-il. Si je pouvais vous mettre une balle dans la tête sans risques, je le ferais immédiatement. Nous ne serons jamais amis, mais je vais tenter d'aider ce projet auquel je ne crois pas.

« Inutile de vous dire que je connais mes risques, mais ce n'est pas votre problème.

Il se dirigea vers la porte. L'entretien était terminé. Les deux hommes se séparèrent sur le palier. Ramdane

Halab remontant par l'escalier et Malko prenant l'ascenseur.

Lorsqu'il émergea dans la rue Clémenceau, après avoir parcouru cinquante mètres, il remarqua une Toyota blanche avec deux hommes à bord. Semblable à celle repérée par les « Marines » de l'ambassade américaine, quelques jours plus tôt. Il vit dans son rétroviseur qu'elle demeurait derrière lui. Ce qui n'avait aucune importance. Ses suiveurs ne pouvaient pas savoir qu'il avait été au centre Gefinor.

***

Mitt Rawley semblait modérément enthousiaste, après le compte-rendu de Malko.

– J'espère que le colonel Halab ne cherche pas à gagner du temps, remarqua-t-il. Il est capable de prendre langue avec Mavros Nilatis, de lui avouer la vérité, quitte à lui rendre une partie de l'argent, et ensuite de vous mettre une balle dans la tête.

– Rien n'est à exclure, reconnut Malko. Mais il faut suivre le fil. Voir ce qu'il rapporte. Nous n'avons pas d'autre piste. Vous avez des nouvelles sur ce qui se passe en Syrie ?

L'Américain fit la moue.

– Fragmentaires. Ce n'est pas fameux. Il y a des foyers d'infection un peu partout dans le pays, même si le régime tient encore solidement les grandes villes. La livre syrienne a perdu 50 % de sa valeur en deux mois.

« Les commerçants sunnites se tiennent tranquilles pour l'instant, mais tout le monde a peur.

– À propos, je suis toujours suivi, dit Malko. Je voudrais savoir par qui.

– Je vais demander à Ashraf Rifi, promit le chef de Station. Il est assez malin pour agir discrètement. Même s'il ne peut pas s'y opposer. Ici, les différents Services sont indépendants et, même, se détestent… Soyez *très* prudents. Vos précédents séjours au Liban vous ont fait pas mal d'ennemis, qui ne demandent qu'à se venger.

– Vous surveillez les Syriens de Beyrouth ?

– Non, trop difficile. Le FSI le fait pour nous.

– Il n'y a plus qu'à attendre le retour du colonel Halab de Damas, conclut Malko.

***

Ramdane Halab regarda sa femme, éblouissante dans une robe du soir en tulle, maquillée comme la Reine de Saba, et sentit son cœur se serrer : au moindre faux pas, il la perdrait, elle et beaucoup d'autres choses.

– Tu es prêt ? demanda-t-elle. On va être en retard.

Ils allaient au mariage de la fille d'un grand commerçant sunnite de Damas, un importateur de sucre, riche à millions, qui avait organisé une fête au « Music-Hall », un restaurant-salle de spectacle de Beyrouth.

– On ne rentrera pas trop tard, avertit Ramdane Halab. Demain, je pars tôt pour Damas.

Asma Halab ne demanda pas ce qu'il allait y faire. Dès le premier jour de leur mariage, son mari lui avait annoncé qu'il ne lui parlerait *jamais* de ses affaires. Qu'elle se contente d'avoir une carte AMEX platine, sans limitations des dépenses, et d'être une épouse fidèle.

Ils gagnèrent la voiture. La Mercedes 500 attendait dans le parking de l'immeuble et le chauffeur se hâta de leur ouvrir la portière.

Dans la voiture, Ramdane Halab posa la main sur la cuisse de sa femme.

– Tu es magnifique, *ayete*.

La jeune femme posa la tête sur son épaule.

– Je suis si heureuse. La vie est belle.

***

Malko se dirigeait vers l'ascenseur lorsqu'il aperçut dans le petit lounge du Four Seasons une silhouette familière. Naeh Jna, la vendeuse de Farah Nassar, en compagnie d'un homme jeune en dichdacha et calot blanc. Elle aperçut Malko et se leva aussitôt. Sa tenue à elle était beaucoup plus modeste. Chemisier bleu épais et jean assez moulant pour faire saliver n'importe quel sodomite. Il s'arrêta : la jeune femme le rejoignit, arborant un sourire timide.

– Je ne pensais pas vous voir, dit-elle, je suis avec un client…

– J'espère qu'il va vous acheter beaucoup de choses, dit gentiment Malko.

La jeune femme sourit.

– Pour le moment, c'est surtout moi qu'il veut acheter ! Il me propose d'aller examiner les bijoux dans sa suite.

Malko sourit intérieurement en pensant à sa patronne qui, elle, n'avait pas hésité à le suivre.

– Bonne chance ! fit-il.

Naeh Jna repartit vers sa dichdacha qui regardait Malko d'un œil suspicieux.

De nouveau, il se retrouvait en chômage technique… Remonté dans sa chambre, il tenta d'appeler Tamara Terzian, en vain. Puis, son amie, la jeune Saoudienne. Un domestique lui apprit qu'elle se trouvait en Arabie Saoudite et nota son numéro.

Il se préparait à appeler son vieil ami, le général Mourad Trabulsi, quand le téléphone fixe sonna.

– C'est moi, Nael, fit une voix timide. J'ai fini avec mon client. Il n'a rien acheté…

– Donc, vous avez préservé votre vertu, conclut Malko.

La jeune femme soupira.

– Je déteste ces Arabes du Golfe, ils prennent les femmes pour du bétail…

– Vous êtes arabe aussi, remarqua Malko.

– Moi, je suis chiite, protesta-t-elle. Les Chiites et les Chrétiens s'entendent bien.

Malko sentit qu'elle n'avait pas envie de cesser de parler.

– Vous avez le temps de prendre un verre ? demanda-t-il.

– Oui, mais où ? Pas à l'hôtel.

– Vous connaissez la Marina, en face ?

– Bien sûr.

– Alors, on se retrouve là-bas.

Elle avait accepté sans difficulté. Soudain, il se demanda si cette rencontre était vraiment un hasard.

***

Le temps s'était un peu éclairci et un vague rayon de soleil éclairait les yachts de la marina. Des familles libanaises se goinfraient de mézés, à toutes les tables autour d'eux. Naeh Jna commanda un jus de pamplemousse.

– Votre patronne n'a pas été trop déçue de ne pas me vendre cette bague ? demanda Malko.

Naeh Jna esquissa un sourire.

– Oh, c'est une très bonne commerçante. Elle se donne beaucoup de mal pour vendre.

Malko préféra ne pas lui dire jusqu'où elle avait poussé le dévouement commercial.

La jeune femme regarda sa montre.

– Il faut que je retourne à la boutique, dit-elle, je dois remettre les bijoux au coffre.

Son regard accrocha une fraction de seconde celui de Malko et ce dernier se demanda s'il ne laissait pas passer une occasion.

– Vous accepteriez de dîner avec moi ? demanda-t-il. Je suis seul à Beyrouth.

– Oui, je ne sais pas. Pourquoi pas…

La jeune Chiite semblait à la fois intéressée et intimidée.

– Ce soir ?

– Non, je suis prise.

– Demain, alors.

Elle fit semblant de réfléchir, mais Malko sentit qu'elle était décidée à accepter.

– D'accord, fit-elle, mais pas trop tôt, il faut que je ferme la boutique. Neuf heures. J'habite assez loin, près du Passage du Musée. Dans le quartier de Badaro.

Un quartier chiite chic, non loin de l'ambassade de France et de l'hippodrome.

– Pas de problème, assura Malko.

– Vous pourriez venir me chercher ? demanda timidement Naeh Jna. Je n'ai pas de voiture.

– Bien sûr.

– J'habite avec mes parents rue Ibrahim-Medavar, au numéro 12. Je vous attendrai devant. À neuf heures. Maintenant, je dois y aller.

Elle lui tendit une main aux ongles rouges, douce et molle comme si elle n'avait pas d'os.

Malko suivit longuement le balancement de sa croupe, tandis qu'elle remontait l'escalier menant au niveau de la rue. Repris par ses mauvais instincts. Naeh Jna semblait à la fois délurée, timide et indépendante. Pour une Chiite, c'était assez rare. Elle ne s'était pas récriée lorsqu'il l'avait invitée à dîner.

***

Walid Jalloul, le responsable du contre-espionnage du Hezbollah, regardait attentivement les rapports de filatures de l'équipe chargée de surveiller Malko Linge, l'agent de la CIA.

Il n'y avait pas de quoi fouetter un chat…

À croire que cet homme n'était à Beyrouth que pour faire du tourisme…

Il reposa les documents, perplexe. À sa connaissance, un homme comme Malko Linge ne venait pas au Liban pour compter les cèdres. Donc, il y avait anguille sous roche. Ou il avait berné ses suiveurs ou il attendait quelque chose.

Mais quoi ?

C'était son rôle de le découvrir.

Il se demanda s'il lui était possible de « sonoriser » sa chambre au Four Seasons. Seule, une équipe technique pouvait lui répondre.

***

Ramdane Halab, au volant d'une grosse Honda, traversa rapidement le poste frontière libanais, après le village El Mansour, où patientaient des dizaines de camions, et continua vers le poste de contrôle syrien, empruntant la file réservée aux nationaux. Il avait pris soin de toujours renouveler son passeport syrien. Il n'y avait que trois voitures avant lui et, en dix minutes, il franchit la barrière lui donnant accès au territoire syrien.

La route montait vers Damas, au milieu d'un paysage désolé : des collines nues avec des plaques de neige, dont la seule végétation était la floraison de portraits d'Hafez El Assad et surtout de son fils, Bachar, plantés à flanc de coteau, pour encadrer la route.

Certains étaient démantelés, arrachés par les intempéries, trempés par la pluie.

Une demi-heure plus tard, les premières maisons de Damas apparurent. Cela ressemblait à une agglomération de l'Union Soviétique, avec ses rangées de HLM pouilleux.

Vingt minutes plus tard, Ramdane Halab se garait devant l'hôtel Carlton, confiant sa Honda au voiturier.

Il embarqua ensuite dans le premier taxi de la file et lui donna une adresse dans le quartier de Mazzé. C'était plus prudent de laisser sa voiture là. Et, ainsi, personne ne savait où il se rendait.

Le chauffeur se retourna, souriant.

– C'est Allah qui vous envoie ! Cela fait deux jours que je n'ai pas eu un client…

– Ça va mal ? demanda Ramdane Halab.

– Regardez, fit le chauffeur, montrant la chaussée déserte. Les gens ne sortent plus. Les commerçants ne vendent plus rien… Il n'y a plus de touristes.

Effectivement, beaucoup de rideaux de fer peints aux couleurs syriennes étaient baissés.

– La ville est sûre ? demanda Ramdane Halab.

Le chauffeur de taxi se retourna et dit à voix basse.

– Hier, il y a eu une explosion en face de l'Idarat Al Amm Al Amm. Beaucoup de morts. Une voiture piégée. Les gens ne sortent plus le soir, les restaurants sont vides. Qu'Allah nous protège ! conclut-il, en s'arrêtant devant la grosse villa d'Hamad Charabé.

À peine Ramdane Halab eut-il sonné que l'ancien chef du moukhabarat ouvrit lui-même, et écarta les bras.

– *Ya Habibi* !

Les deux hommes s'étreignirent, puis Ramdane Halab sortit un paquet de son sac de voyage et le tendit à son hôte.

– Je ne t'ai pas oublié !

Hamad Charabé poussa un rugissement de joie et l'étreignit de nouveau.

– Combien je te dois ?

Ramdane Halab balaya la question d'un geste méprisant.

– Profites-en bien. J'espère que tu ne te feras pas exploser.

– N'aies pas peur, assura le Syrien, en enfournant dans sa poche la boîte de Viagra, j'ai une petite qui est insatiable, un volcan. Alors, tu comprends…

– On va déjeuner ? proposa Hamad Charabé. L'Elissar est toujours ouvert. Il ne faut pas trop s'éloigner du centre. Il y a deux jours, ça tirait à Douma. Heureusement, les *Chabiha* de Maklouf ont été faire le ménage.

– *Yallah*, je sors la voiture.

Ramdane Halab remarqua une Kalach posée sur le plancher avant. Son hôte avait glissé un pistolet dans sa ceinture et lui conseilla :

– Il y a un flingue dans la boîte à gants. Prends-le. On ne sait jamais.

Effectivement, ces rues inhabituellement désertes étaient angoissantes. Ramdane Halab fut heureux d'atteindre l'Elissar, un des restaurants les plus en vogue de Damas. Il était presque vide et le maître d'hôtel les accueillit comme le Prophète. On les installa dans un box et on leur apporta aussitôt deux narguileh.

L'ambiance était lugubre en dépit de la musique et les clients parlaient à voix basse. On sentait une ville sous pression.

En attendant les chachliks, les deux hommes commandèrent de l'arak et commencèrent à bavarder.

Hamad Charabé était un des hommes les mieux informés de Damas, même s'il n'était plus aux affaires.

– Alors, demanda un peu plus tard Ramdane Halab, quelles sont les dernières nouvelles ? Pas celles qui sont dans les journaux.

CHAPITRE X

Tu connais Ahmed Al Khini ? demanda Hamad Charabé en tirant sur son narguileh.

– Le type de la garde présidentielle ?

– Oui. Maintenant, il est le N° 2, mais ça, on s'en fout. Si les Frères le piquent, ils le coupent en morceaux. En attendant, il s'amuse : il saute la femme du Ministre de l'Agriculture…

– Elle est belle ? demanda aussitôt Ramdane Halab, avec un air gourmand.

– Elle a un cul magnifique et il paraît qu'elle sait s'en servir…

– Et son mari ?

Hamad Charabé éclata d'un rire gras.

– Il est comme tous les cocus, il ne sait rien ! Et puis, il n'oserait pas s'attaquer à Ahmed Al Khini. Celui-ci a assez de tueurs pour le liquider. Ici, on se fout de l'agriculture…

« D'ailleurs, ils sont prudents, ils ne se retrouvent qu'à Beyrouth. À l'hôtel Mövenpick. Là, ils s'en donnent à cœur joie.

Ramdane Halab ne broncha pas ; il connaissait bien le directeur du Mövenpick, qui lui remettait jadis tous les mois une épaisse liasse de dollars.

– À part ça ? demanda-t-il.

– Pas grand-chose. Beaucoup de gens ont envoyé leur famille à l'étranger. Personne ne sait ce qui va se passer. Maher a beau se démener avec sa Quatrième Brigade, il a du mal à mater la rébellion.

Il eut un profond soupir.

– Ah, si Hafez était encore là, cela serait déjà fini. Tu te souviens de 1985 ?

– J'étais tout jeune…

– Moi aussi, mais on m'a raconté. En deux mois, Hafez a liquidé 20 000 de ces fils de chiens de Frères Musulmans à l'arme lourde. Heureusement que les Russes lui ont fait des prix sur les munitions.

Il baissa la voix.

– Notre Raïs est une couille molle… C'est Maher et Assef Chawkat qui font tout le boulot.

On apportait les chachliks, ce qui calma son lyrisme.

Après le repas, ils prirent le temps de fumer un narguileh. Visiblement, Hamad Charabé broyait du noir.

– Je me demande comment tout cela va finir ! laissa-t-il tomber. Pour le moment, les autres ne sont pas assez forts pour se confronter à la Quatrième Brigade. Mais ils se rapprochent des villes.

« On m'a dit que des troupes avaient fait mouvement sur le Djebel alaouite, au-dessus de Lattaquie.

Pour éventuellement, en faire un réduit adossé à la mer.

– Et à la flotte russe ? ajouta le colonel Halab.

Hamad Charabé approuva.

– Les Russes nous soutiennent beaucoup, ils ne veulent pas perdre leur base de Tartous. Ils sont prêts à nous aider financièrement aussi. Mais si on se réfugie dans le Djebel alaouite, cela signifierait une partition du pays, la fin de la Syrie.

Ramdane Halab tira sur son narguileh. Il connaissait le Djebel alaouite, une région montagneuse, adossée à la mer et au port de Lattaquie, presque imprenable. Seules quelques étroites routes de montagne y conduisaient, facilement défendables. Un réseau de casemates renforçait la défense de ce réduit, le rendant inexpugnable. Pour l'argent et les armes, il y avait les Russes. D'ailleurs, depuis longtemps, les commerçants syriens faisaient leurs affaires en Irak, au Liban ou en Turquie. Ils avaient gagné tellement d'argent qu'ils pouvaient tenir presque indélimiment.

– Le Raïs est toujours à Damas ? demanda-t-il.

– Oui, mais personne ne l'a vu. On dit qu'il pourrait être tenté de se réfugier là-bas, pour ne pas être potentiellement cerné.

– Ton copain de la Garde Présidentielle doit être au courant…

– Probablement, mais il ne bougera pas une oreille. Il a trop peur. Toute la famille El Assad est sur les dents. Guettant la moindre tentative de trahison. Il paraît que des gens du SVR russe doublent certains postes du Moukhabarat, par sécurité. Eux aussi, veulent sauver le régime et les Occidentaux peuvent toujours faire la danse du ventre, ils ne nous lâcheront pas.

– Et les Américains ?

– Ils observent. Eux non plus ne veulent pas qu'on s'en aille mais ils sont timides…

Hamad Charabé regarda la grande salle qui s'était vidée.

– Viens, on va rentrer.

Pour revenir chez lui, ils ne croisèrent que deux voitures. Les rues étaient absolument désertes.

Ramdane Halab en était oppressé. Lui qui avait connu Damas tellement vivante.

Au moment où ils sortaient de la voiture, ils entendirent le bruit sourd d'une rafale d'arme légère dans le lointain. Cela rappelait Beyrouth du temps de la guerre civile.

Mais on était en Syrie, pays tenu d'une main de fer depuis plus de quarante ans, par la famille El Assad, Hafez El Assad ayant été nommé Président en 1971.

***

Il n'y avait que deux personnes chez Ghrabi, le grand confiseur de Damas. Ramdane Halab eut le temps de faire son choix tranquillement. C'était la meilleure confiserie du Moyen-Orient, et sa femme adorait ses produits. Il choisit des abricots confits, des loukoums qui fondaient dans la bouche et paya en livres libanaises.

Celle-ci s'était dépréciée de 50 % depuis son dernier passage. Dans le centre, il y avait un peu plus de vie dans les rues, sillonnées de policiers en canadiennes de cuir noir.

Pourtant, l'ambiance n'était pas la même.

Il descendit l'immense avenue Hafez El Hassad pour gagner la sortie de la ville. Il ne rapportait qu'une seule information, mais cela permettrait peut-être de tirer un fil.

Dans trois heures, il serait à Beyrouth.

***

Une fois de plus, Malko venait de franchir le check-point de l'ambassade américaine de Beyrouth. Un Blackhawk rugit au-dessus de sa tête, en partance pour Chypre. Il gara sa voiture dans le parking et gagna à pied le bâtiment où se trouvaient les locaux de la CIA.

Mitt Rawley l'accueillit avec un visage soucieux.

– Les FSI se sont intéressés aux gens qui vous surveillent, annonça-t-il. C'est le Hezbollah. Ils ont identifié les deux hommes qui ne vous lâchent pas. Deux tueurs, spécialistes des liquidations.

Malko éprouva quand même un petit frisson désagréable dans la colonne vertébrale. On avait déjà essayé de le tuer plusieurs fois à Beyrouth et les moyens pouvaient être très sophistiqués, ou très brutaux.

– Vous pensez que c'est lié à notre affaire ? demanda-t-il.

Mitt Rawley haussa les sourcils.

– Cela signifierait qu'elle est pénétrée. Ou que Ramdane Halab a parlé.

– La surveillance a commencé avant que je l'aie rencontré, souligna Malko. À moins que cela ne soit lié à Farah Nassar. Personnellement, je ne le crois pas.

– Donc, conclut le chef de Station, c'est simplement la Sûreté Générale qui vous a repéré et a sous-traité votre surveillance au Hezbollah. Ils veulent rester neutres; ils vous surveilleraient à titre préventif.

– Ils vont peut-être se lasser, espéra Malko. De toutes façons, je ne vois pas ce qu'on peut faire.

– Vous croyez qu'ils ont décalé vos contacts avec Ramdane Halab ?

– On ne peut être sûr de rien, affirma Malko, mais je ne pense pas. Il est très prudent, lui aussi et je ne l'ai rencontré que deux fois. Personne ne m'a suivi à l'intérieur du Centre Gefinor.

– Nous devons être très vigilants, rappela Mitt Rawley. N'oubliez pas que le Hezbollah est l'allié de la Syrie. S'ils apprennent quelque chose, ils vont balancer.

– Je vais faire en sorte qu'ils n'apprennent rien ! promit Malko. J'attends des nouvelles de Halab. J'ignore s'il est revenu de Damas.

« Il doit m'appeler.

Lorsqu'il ressortit de l'ambassade, il ne vit pas ses suiveurs. Ce n'est que plus loin, sur l'autoroute de Tripoli-Beyrouth qu'il repéra leur voiture. Il était détendu : il retournait simplement au Four Seasons.

***

Walid Jalloul, responsable du C.E. intérieur du Hezbollah lança à son collaborateur.

– Je veux la liste de toutes les sociétés qui ont un bureau dans le Centre Gefinor, avec le nom des propriétaires.

– Ça va prendre du temps, objecta l'agent du Hezbollah.

– Peu importe, je veux cette liste, insista Walid Jalloul.

Quelque chose lui disait que la visite de l'agent de la CIA au Centre Gefinor cachait quelque chose. Il trouverait peut-être un nom pour apprendre qui Malko Linge avait rencontré.

Il fallait bien qu'il soit à Beyrouth pour une raison précise. On ne déplaçait pas un agent de son importance pour faire du tourisme.

***

Malko était en train de se garer quand son portable sonna. Numéro inconnu, mais il reconnut tout de suite la voix de Ramdane Halab.

– Vous connaissez l'hôtel Mövenpick ? demanda le Syrien.

– Oui.

– Allez-y ce soir à six heures et descendez directement à la chambre 325. Prenez l'ascenseur jusqu'au quatrième et remontez un étage à pied.

« Je vous ouvrirai.

L'hôtel Mövenpick se trouvait sur la Corniche, à Raouché, dominant la mer. La réception était au rez-de-chaussée et les chambres, plus bas.

Malko se dit que c'était une journée faste : le retour de Ramdane Halab et le dîner avec Naeh Jna.

CHAPITRE XI

Le hall de l'hôtel Mövenpick, éclairé par un magnifique lustre, était de dimensions modestes, occupé par quelques clients installés dans des fauteuils ou sur des poufs.

Malko passa devant et gagna les ascenseurs. Il descendit jusqu'au quatrième étage et remonta un étage à pied pour s'arrêter devant la chambre 325.

Le couloir était désert et aucun bruit ne parvenait de l'intérieur. Il allait appuyer sur la sonnette quand le battant s'ouvrit silencieusement.

Ramdane Halab avait une barbe de trois jours qui lui donnait l'air d'un Islamiste. En chemise et pantalon noirs. Lorsqu'il se retourna pour précéder Malko, celui-ci vit la crosse du pistolet glissé dans sa ceinture, dans son dos. Équipement standard du Libanais.

Les deux hommes s'installèrent de part et d'autre d'une table basse, dans le sitting-room, dont les fenêtres donnaient sur la piscine et la mer.

– Personne ne vous a vu ? demanda le Syrien.

– Les gens de la réception, mais personne ne m'a rien demandé. Ce n'est pas très discret, un hôtel.

Le Syrien esquissa un sourire.

– Celui-ci, si. Il est tenu par des Syriens. Je connais bien le patron. Cette suite m'est réservée en permanence. Même si on vous a suivi, on ne peut pas savoir qui vous êtes venu voir. Vous êtes bien descendu du quatrième ?

– Oui. Alors, qu'a donné votre voyage à Damas ?

– Vous allez être déçu, fit le Syrien, je n'ai pas rapporté grand-chose.

Malko ne se troubla pas.

– Vous savez bien que vous n'avez pas les moyens de me décevoir, souligna-t-il.

Il ne dit pas « sinon », mais c'était sous-entendu.

Ramdane Halab ne chercha pas l'affrontement.

– J'ai quand même trouvé quelque chose, dit-il. Un homme qui fait partie du premier Cercle et qui vient régulièrement à Beyrouth.

– Un Alaouite ?

– Oui.

– Quel poste occupe-t-il ?

– C'est le numéro 2 de la Garde Présidentielle. C'est lui qui veille sur la sécurité du Raïs. Il organise tous ses déplacements.

– A-t-il la stature pour faire un coup d'État ?

– Non, fit nettement le Syrien, mais il peut vous apporter des informations précieuses.

– Lesquelles ?

– Je ne sais pas ce que vous cherchez.

– Comment s'appelle-t-il ?

– Ahmed Al Khini.

– Pourquoi m'aiderait-il ?

– Spontanément, il ne le fera pas, mais il est l'amant de la femme du Ministre de l'Agriculture, un Alaouite, lui aussi, proche du Raïs. Si celui-ci l'apprenait, il le ferait éliminer par un des *chabihas* de Maklouf. Question d'honneur.

– Je ne vois pas le rapport.

– Au moins deux fois par mois, la femme du Ministre de l'Agriculture vient faire son shopping à Beyrouth. Elle descend toujours dans la même suite, la 1502 de l'hôtel Bristol. C'est là que la rejoint Ahmed Al Khini. Lui habite ailleurs. Personne n'est au courant sauf, bien entendu, le directeur du Bristol qui ne dira rien.

« Si vous arrivez à obtenir des preuves *tangibles* de cette liaison, Ahmed Al Khini vous mangera dans la main. Le Ministre de l'Agriculture est un homme très jaloux et très orgueilleux. Voilà. Exploitez cette information.

Malko secoua la tête.

– C'est tout ce que vous avez ramené de Damas ?

– Une sale impression aussi, concéda le Syrien. Il y a des combats un peu partout dans le pays. La Quatrième Brigade n'arrive pas à écraser les opposants. Damas est une ville morte.

« Certaines banlieues sont prises pendant quelques heures par l'armée syrienne libre. Pour le moment, le Régime tient la ville, mais il y a des rumeurs de repli dans le djebel alaouite. Même si cela sonnait la fin de la Syrie.

– Avec Bachar El Assad ?

– Sûrement. Il ne va pas quitter le pays. Là-bas, avec l'appui des Russes et l'accès à la mer, ils peuvent tenir très longtemps.

– Cela pourrait se passer quand ?

Le Syrien haussa les épaules.

– Personne n'en sait rien. Peut-être jamais, peut-être très vite. En tout cas, le Régime ne faiblira pas. Ou il gagnera ou cela se terminera dans un bain de sang. Il faudrait un choc psychologique pour calmer les opposants et quelques concessions que ne fera jamais Bachar. C'est un faible et il a peur que s'il lâche un peu, tout foute le camp.

Il se leva et lança.

– Voila, vous avez de quoi travailler. Je vous aiderai encore si je peux.

– Je veux autre chose, insista Malko : la liste des membres du Comité militaire baassiste. Ce sont les seuls qui ont vraiment le pouvoir de décision. Cela, vous pouvez le faire.

Ils se défièrent du regard, puis le Syrien se détendit un peu.

– Je vais voir. Ce n'est pas impossible. Mais c'est un des secrets les mieux gardés du pays. Ils se cooptent et ne se réunissent jamais publiquement. Ils ont des moyens sécurisés pour transmettre leurs ordres qui sont toujours exécutés.

– Assef Chawkat en fait partie ?

– Lui, je ne sais pas, parce qu'il est en très mauvais termes avec Maher qui, *lui*, en fait forcément partie.

Un espoir s'envolait. Aux yeux des Américains, le beau-frère de Bachar El Assad était le plus accessible au raisonnement. En train d'enfiler sa veste, Ramdane Halab lui lança :

– Soyez *très* prudent. Quiconque est soupçonné de jouer contre le Raïs est immédiatement éliminé. Je suis bien placé pour le savoir.

« Voilà, allez-y.

Il avait déjà ouvert la porte.

Malko ne discuta pas ; après quelques minutes, il remonta au niveau du lobby et regagna sa voiture. Prenant aussitôt la route de l'Est.

Mitt Rawley allait enfin avoir du grain à moudre. Même si c'était un grain un peu faisandé.

Très vite, il se retrouva dans la circulation démente de l'avenue Charles-Hélou et il comprit qu'il n'arriverait jamais à la colline Akwar à temps. Il ne restait plus qu'à décommander le rendez-vous ; Mitt Rawley sembla déçu :

– Je viens prendre le breakfast avec vous demain, proposa-t-il. J'ai rendez-vous pas loin.

Malko n'avait plus qu'à faire demi-tour. Vers Beyrouth, cela roulait infiniment mieux.

Il avait largement le temps d'aller chercher Naeh Jna.

***

Ramdane Halab regardait son épouse se goinfrer des fruits confits ramenés de Damas.

Certes, il avait écarté provisoirement le danger d'être dénoncé, mais il savait que la CIA ne se contenterait pas de ce qu'il lui avait donné. Or, il ne voyait pas comment faire mieux. Son voyage en Syrie lui avait laissé un goût amer : le régime vacillait mais, pour lui, il y avait peut-être une occasion d'améliorer encore sa situation.

S'il parvenait à vraiment aider les Américains, il pouvait en tirer un profit important. Au risque de sa vie, car si les Syriens le repéraient, il était mort.

Il pensa à un vieil ami, Jamil Sayed, l'ex-patron de la Sûreté Générale, qui venait de passer quatre ans en prison, accusé d'être mêlé au meurtre de Rafic Hariri. Lui était toujours très proche du régime syrien et il avait peut-être des informations : partageant sa vie entre sa maison, près de Zahlé, dans la Bekaa, et son appartement en face du Summerland, il gardait un profil bas depuis sa sortie de prison, mais avait encore le bras très long et se rendait fréquemment à Damas.

Il avait peut-être une idée pour « cibler » l'homme capable de remplacer Bachar El Assad.

Il alla dans son bureau pour téléphoner, appela Jamil Sayed et tomba sur une femme qui lui dit qu'il était dans la Bekaa pour la semaine.

*
* *

Malko, après avoir contourné l'hippodrome, avait tourné dans la rue du Musée descendant vers le sud. Normalement, la rue Ibrahim Medawar était la première sur la gauche. Il tourna et ses phares éclairèrent une silhouette sur le trottoir, un peu plus loin.

Il stoppa à côté et jeta un coup d'œil dans son rétroviseur. La Toyota blanche, qui ne le lâchait pas, venait de tourner à son tour dans la rue Ibrahim Medawar !

Donc, ils savaient qu'il avait été au Mövenpick. Mais comme ils ne l'avaient pas suivi à l'intérieur, ils ne pouvaient pas savoir qui il avait rencontré, seulement ce petit jeu de cache-cache risquait de mal se terminer.

La portière qui s'ouvrait le fit sursauter. Il tourna la tête avec un sourire, s'attendant à voir Naeh Jna. Son pouls monta brusquement. Farah Nassar venait de monter à côté de lui !

Elle lui lança :

– Roule ! Ne reste pas là !

Sa voix était étrangement sèche et soudain, il aperçut le petit revolver au canon de deux pouces dans sa main droite, braqué sur lui.

Il décolla du trottoir, en proie à des sentiments mitigés. Ainsi, Naeh Jna l'avait trahi. Au bout de la rue, Farah Nassar lui jeta :

– Prends à droite.

C'était la rue Badaro et ils descendaient vers le sud. Il tourna la tête vers sa voisine, engoncée dans un imperméable, un foulard sur la tête.

– Pourquoi as-tu cette arme ? Je ne vais pas te violer.

– Pour que tu fasses ce que je te dis.

– C'est-à-dire ?

– Je sais qui tu es et tu vas l'avouer.

– Qu'est-ce que je suis ?

– Un espion israélien. Tu as essayé de me « tamponner » pour te rapprocher du Hezbollah. Ces salauds de Juifs font tout le temps ça.

– C'est idiot, protesta Malko, je ne suis pas un espion israélien.

– On va voir ! fit sèchement Farah Nassar. Longe la forêt des Pins et continue vers le sud.

Malko obéit.

– Où allons-nous ? demanda-t-il.

– Dans un endroit sûr, où les *chebabs* vont te faire avouer, dit-elle. Ensuite, on t'emmènera à la Générale. Avec des aveux.

Malko ne répondit pas. Cela devenait fou ! Il sentait la crosse de son Glock lui écraser le dos, mais il lui fallait faire une sacrée contorsion pour l'attraper. Comme si Farah Nassar avait lu dans ses pensées, elle enfonça soudain le canon de son petit revolver dans son flanc et menaça.

– Si tu essaies de prendre ton arme, je te tue tout de suite…

– Tu es en train de faire une grosse bêtise ! avertit Malko.

La bijoutière ne répondit pas, se contentant de lui donner des indications brèves. Ils arrivaient dans la banlieue sud, le dédale qu'il connaissait bien. Ils passèrent Bir Hassan, s'enfonçant dans le Hezbollahland. Devant l'hôpital Al Rasoul Al Azar, Farah ordonna :

– Prends à gauche.

Une rue étroite en pente qui s'enfonçait dans le quartier chiite.

Ils roulèrent une dizaine de minutes, dans un autre monde. Ici, toutes les femmes portaient l'abaya noire.

On était chez les Chiites purs et durs. Malko faisait désespérément marcher son cerveau. Farah Nassar semblait convaincue et décidée.

– Entre dans la cour, là, à gauche, ordonna-t-elle.

Malko pénétra dans une petite cour entourée d'ateliers et stoppa contre un mur. Aussitôt, plusieurs silhouettes surgirent de l'ombre. Un homme ouvrit violemment sa portière, le prit par l'épaule et le tira à l'extérieur.

Deux autres se jetèrent sur lui, le fouillèrent brutalement, lui retirant son pistolet.

Ensuite, ils le poussèrent vers une sorte d'atelier dont ils refermèrent les portes. Les bras retournés dans le dos, Malko fut obligé de s'asseoir sur une chaise en fer où on l'attacha aussitôt avec de fins cables électriques.

Farah Nassar surgit à son tour et se planta devant lui, l'air mauvais.

– Ici, personne ne va venir t'aider, lança-t-elle. Tu ferais mieux de parler.

– Je n'ai rien à dire, assura Malko.

La Chiite haussa les épaules et lança à un jeune barbu en bleu :

– *Yallah* ! Fais lui cracher ce qu'il sait, Hassan.

Elle alla s'installer sur une banquette défoncée au haut de l'atelier, croisa ses jambes gainées de bas noirs, puis alluma une cigarette.

Malko ne voyait pas comment s'en sortir.

Farah Nassar le regardait avec une haine non dissimulée. Évidemment, si elle le soupçonnait de l'avoir séduite par intérêt professionnel, elle avait des excuses.

Un ronflement fit tourner la tête à Malko. Dont le pouls grimpa au ciel.

Hassan, un grand maigre au nez proéminent et à la barbe fournie, avait branché une perceuse sur une prise électrique et faisait tourner la mèche. Il s'approcha de Malko avec une expression gourmande et attira un petit banc de bois à lui puis s'assit dessus, face à Malko.

Braquant la perceuse sur ses jambes, il lança en mauvais anglais :

– Tu vas tout nous dire, sale juif, sinon, je vais te faire autant de trous qu'il faudra.

Malko sentit son sang se glacer. C'était la méthode habituelle d'interrogatoire du Hezbollah : percer des trous dans les tibias ou les genoux des suppliciés jusqu'à ce qu'ils avouent. Hassan prit solidement la perceuse en main et approcha la mèche du genou gauche de Malko.

– *Bismallan Al Rahir Al Rahman* [1] psalmodia-t-il. Dis-nous la vérité.

1. Au nom de Dieu, le Tout-puissant et le Miséricordieux.

CHAPITRE XII

Hussein, qui conduisait la Toyota blanche, continua encore quelques mètres dans l'étroite rue, puis stoppa en se serrant au maximum contre un mur.

– Pourquoi l'a-t-elle amené là ? demanda-t-il à Ali.

L'atelier où on avait entraîné l'agent de la CIA était un des centres d'interrogatoire du Hezbollah, là où on « traitait » les membres du Hezbollah soupçonnés de trahison ou des Druzes soupçonnés d'être des agents israéliens. On en sortait rarement en bon état. Ensuite, les traîtres au Hezbollah étaient enterrés discrètement dans des chantiers, sous quelques tonnes de ciment.

– Ben, pour le faire parler ! répliqua Ali, qui n'avait pas beaucoup d'imagination.

Hussein secoua la tête.

– On a la charge de surveiller ce type. Si la Sûreté avait voulu le torturer, on nous l'aurait dit et on l'aurait enlevé depuis longtemps.

Ali ne répondit pas.

Hussein n'était pas tranquille. Il arracha son portable de sa ceinture.

– Je vais demander des ordres. C'est bizarre.

– Ils savent ce qu'ils font, objecta Ali.

Hussein ne l'écoutait pas. En deux minutes, il eut au bout du fil Walid Jalloul, le responsable du C.E., l'homme qui l'avait chargé de surveiller Malko Linge et lui expliqua la situation.

– Je ne suis pas au courant, répondit Walid Jalloul. Je te rappelle dans trois minutes.

Il appela aussitôt son contact à l'ambassade syrienne de Beyrouth, le chef des Moukhabarats. Celui qui avait donné l'ordre de Damas de surveiller l'agent Malko Linge, et lui raconta ce qui se passait.

L'autre ne le laissa même pas terminer.

– Ils vont le torturer ! lança-t-il. Vous êtes fous ! C'est un agent américain. Vous voulez qu'on ait la CIA sur le dos demain matin ! Damas n'a pas demandé qu'on y touche. Juste savoir ce qu'il faisait à Beyrouth.

« Arrêtez ça tout de suite.

***

Hussein sursauta en entendant les vociférations du patron du C.E.

– Arrêtez cette connerie immédiatement ! hurla Walid Jalloul. Je vous tiens pour responsable. Si on touche un cheveu de sa tête, vous allez avoir des problèmes.

– Reste en ligne sur ton portable, lança Hussein à Ali, avant de sauter de la voiture et de partir en courant.

Deux agents du Hezbollah tentèrent de s'interposer quand il pénétra dans la cour, mais il les écarta. Son portable toujours à la main, il fonça vers l'atelier et ouvrit la porte à toute volée.

Photographiant la scène : le barbu assis en face de Malko en train de lui appliquer la perceuse contre le genou gauche !

– Arrêtez ! hurla-t-il.

L'homme à la perceuse s'immobilisa, voyant le pistolet passé dans la ceinture du nouveau venu. Les autres se figèrent.

– Qui est le chef, ici ?

Un jeune barbu à l'air timide se leva.

– C'est moi.

Hussein lui tendit son portable.

– Tiens, c'est Walid !

La voix de Walid portait tellement loin qu'il dut éloigner l'appareil de son oreille. Le sens de ses paroles était extrêmement clair. Arrêter immédiatement l'interrogatoire du prisonnier et le relâcher avec des excuses.

Le tortionnaire attendait, la perceuse en l'air. Farah Nassar s'était arrachée de son canapé et observait la scène, visiblement furieuse.

Elle apostropha le responsable.

– Qu'est-ce qui se passe ?

– Le chef dit qu'il faut arrêter, fit platement le Hezbollah.

La bijoutière explosa.

– Quoi ! On va laisser ce salaud ! Donne-moi l'appareil.

On lui tendit le portable et elle agressa aussitôt Walid Jalloul.

– C'est un espion israélien ! hurla-t-elle en arabe J'en suis sûre. Il m'a approchée pour entrer dans le mouvement et renseigner ces salauds de juifs.

Patiemment, le patron du C.E. la laissa s'égosiller. Malko observait la scène, soulagé, mais pas rassuré. Le dialogue se déroulant en arabe, il lui était impossible de suivre.

Soudain, folle de rage, Farah Nassar jeta le portable sur le sol et se dirigea à grands pas vers la sortie de l'atelier.

Partant en claquant la porte.

Déjà, un agent du Hezbollah était en train de détacher Malko. Déçu, Hussein reposa sa perceuse sur l'établi. Il aimait bien interroger les gens. C'était plus drôle de faire des trous dans un corps humain que dans un mur. Et puis, il se sentait tout-puissant.

Le chef ramassa le portable, dit quelques mots, puis s'approcha de Malko, en lui tendant l'appareil.

– *Sidi* [1] le chef veut vous parler.

Malko entendit une voix sourde parlant anglais avec un fort accent. Un homme qui se présenta comme « Habib » et dit aussitôt :

– Je suis le responsable de la sécurité du Hezbollah. Je vous présente mes excuses : vous avez été arrêté à la suite d'une erreur sur la personne. Nous n'avons absolument rien à vous reprocher. Vous êtes libre.

1. Monsieur.

Il coupa la communication, ne laissant pas le temps à Malko de poser des questions.

Ce dernier n'avait plus qu'une idée : échapper à ce cauchemar. Arrivé dans la cour, il trouva un autre Hezbollah à côté de sa voiture qui lui dit poliment :

– Je vais vous guider jusqu'à l'avenue Camille Chamoun.

Malko se mit au volant de sa voiture comme un automate. Heureusement qu'il avait un guide : il ne serait jamais sorti seul de ce labyrinthe. Il ne respira qu'en découvrant les lampadaires de la grande avenue. Le véhicule devant lui replongea dans le Hezbollahland, tandis qu'il prenait la route du nord. Encore choqué.

Il n'avait même plus faim et se gara sous l'auvent du Four Seasons. Revenu dans sa chambre, il regarda son pantalon. Seule, la petite déchirure causée par la mèche de la perceuse lui rappelait qu'il n'avait pas vécu un rêve, ou plutôt un cauchemar…

Il n'arrivait pas à comprendre ce qui s'était passé. Qui l'avait sauvé. Pourquoi Farah Nassar était-elle aussi déchaînée. Utilisant Naeh Jna comme appât pour l'attirer dans un endroit désert.

En tout cas, il avait été sauvé par l'intervention d'un des chefs du Hezbollah. Voilà qui allait intéresser Mitt Rawley.

***

– L'homme qui s'est présenté à vous comme « Habib » doit être Walid Jalloul, le responsable du

C.E. du Hezbollah. C'est un indice intéressant. Le Hezbollah ne veut pas se brouiller avec nous. Il préserve l'avenir. En tout cas, conclut le chef de Station de la CIA, ils ne savent pas ce que vous faites à Beyrouth. C'est le principal.

– Vous avez des contacts avec Walid Jalloul ?

– Épisodiques. Nous nous parlons parfois. Même s'il nous hait, le Hezbollah est d'une grande prudence avec nous. Maintenant, le vrai sujet. Que pensez-vous de l'info communiquée par le colonel Halab ?

– Je suis certain qu'elle est exacte, dit Malko. Maintenant, il faut voir comment l'exploiter.

Cet Ahmed Al Khini peut-il réellement nous aider ?

– On ne le saura qu'après lui avoir parlé, remarqua Malko. Comme N° 2 de la Garde Présidentielle, il sait sûrement beaucoup de choses. Au minimum, il peut nous aider à trouver celui que nous cherchons.

– Il va falloir le motiver.

Malko retint un sourire.

– C'est évident. Il ne parlera qu'une fois coincé. C'est à vous de voir…

Mitt Rawley réfléchit quelques instants.

– Je peux faire venir une équipe de la TD de Chypre et les installer au Mövenpick, le temps de piéger la suite qui nous intéresse. Évidemment, c'est du travail à la russe… Cela me gêne un peu.

– On n'a pas le choix, assura Malko. Si on ne le tient pas par les couilles, il ne parlera pas… D'après Ramdane Halab, la femme du Ministre de l'Agriculture vient vendredi prochain, pour deux jours. Vous pouvez être prêt d'ici là ?

– Si la suite est libre, oui. Il faut trois heures pour installer un dispositif audiovisuel. Ensuite, ce sera facile de récupérer le matos.

– Alors, allez y ! conseilla Malko. Sinon, cela va nous faire perdre beaucoup de temps. On doit le « traiter » pendant qu'il est à Beyrouth. À Damas, ce serait trop dangereux pour lui. Il faudrait se procurer des photos de ces deux personnages.

– Pour Ahmed Al Khini, on doit avoir ça, pour la femme, c'est plus difficile.

– Faites ce que vous pouvez. Des nouvelles de Syrie ?

– Les satellites disent qu'il y a des mouvements de troupes vers Lattaquié. Pour les foyers insurrectionnels, c'est plus confus. En tout cas, le Régime se bat, le dos au mur. Il ne cédera rien.

« On attend donc vendredi.

Une fois de plus, Malko se retrouvait inactif.

En sortant de l'ambassade américaine, il surveilla particulièrement son rétroviseur. Il lui sembla que ses suiveurs avaient disparu. Il aurait aimé parler à Farah Nassar, mais c'était difficile.

Par contre, Naeh Jna lui devait des explications.

***

Farah Nassar, assise en face de Walid Jalloul, fulminait, soumise à un véritable interrogatoire ! D'autant plus gênée qu'elle ne pouvait pas dire toute la vérité à l'homme qui se trouvait en face d'elle, ami intime de son mari.

– Qu'est-ce qui vous a fait penser que c'était un espion israélien ? demanda Walid Jalloul.

– Quand il est venu dans ma boutique, ma vendeuse a remarqué qu'il portait une arme. Chez les étrangers, c'est rare. Et puis, j'ai vu qu'il s'intéressait beaucoup à moi.

– Vous êtes une très jolie femme, remarqua Walid Jalloul.

Farah Nassar balaya le compliment d'un geste sec.

– Il y a des dizaines de femmes plus jeunes et plus belles que moi à Beyrouth. Pourquoi s'est-il intéressé à moi ?

Le Libanais eut un geste d'impuissance amusé.

– Je pense toujours que c'est pour une raison privée. En tout cas, je peux vous rassurer : nous connaissons parfaitement cet homme. C'est un agent de la CIA et même s'il a pu rendre des services aux Israéliens, il ne travaille pas avec eux.

« Oubliez donc cet épisode. S'il avait été interrogé, nous aurions pu avoir de gros problèmes. Pour l'instant, nous avons une trêve avec les Américains.

Il se leva, signifiant la fin de l'entretien. Farah Nassar lui serra mollement la main et regagna sa voiture, en proie à des sentiments mitigés.

La fureur, d'abord, d'avoir été désavouée ! Et puis, quelque chose de plus profond qui coulait comme du miel dans ses veines. Cet agent américain l'avait donc draguée pour elle-même. Du coup, elle ne regrettait plus d'avoir fait l'amour avec lui.

Seulement, elle ne voyait pas comment renouer… Pas après ce qu'elle lui avait fait.

***

En passant devant la vitrine de la bijouterie de Farah Nassar, Malko crut qu'elle était vide. Même pas de vendeuse. Mais quand il appuya sur le timbre, Naeh Jna surgit de l'arrière-boutique, stoppant net en reconnaissant Malko. Il crut même qu'elle n'allait pas lui ouvrir.

Elle se décida enfin et il pénétra dans la boutique, arborant un sourire rassurant.

– Vous m'avez posé un lapin hier soir, dit-il, ce n'est pas gentil.

Il vit Naeh Jna se figer, de l'incompréhension plein les yeux.

– Vous n'avez pas vu madame Farah ? demanda-t-elle timidement.

– C'est avec *vous* que j'avais rendez-vous, remarqua Malko.

Naeh Jna esquissa un sourire d'excuses.

– J'ai voulu lui rendre service, elle m'a expliqué qu'elle voulait vous rencontrer, mais que ce soit une surprise. Je ne pouvais pas refuser.

Visiblement, elle ignorait les véritables motivations

de Farah Nassar, croyant à une simple histoire sentimentale.

– Vous me devez un dîner, dit Malko.

La jeune femme secoua la tête.

– C'est difficile. Si je sors avec vous, madame Farah va m'en vouloir.

– Vous n'êtes pas obligée de le lui dire…

C'était un comble : Naeh Jna croyait en une idylle entre Malko et Farah Nassar.

Le timbre de la porte sonna : un client arrivait.

– Il faut que je vous laisse, fit vivement Naeh Jna.

Malko n'insista pas. Une idylle avec la ravissante vendeuse serait pour plus tard.

***

Elie Khoury, un ancien des Forces Libanaises, reconverti comme « stringer » pour la CIA, installa son étal ambulant de fruits en face de l'entrée de l'hôtel Bristol, dans Hamra. Au milieu des oranges, il y avait un excellent appareil photo numérique.

Un des OT de la CIA de Beyrouth lui avait passé une commande qui pouvait lui rapporter 500 dollars. Des photos d'une femme qui allait arriver à l'hôtel dans une Mercedes immatriculée en Syrie, entre onze heures et une heure.

Les minarets commençaient à hurler leurs appels à la prière lorsqu'il aperçut une Mercedes noire aux vitres fumées ralentir. Le véhicule passa devant lui et s'arrêta devant l'entrée de l'hôtel. De loin, il vit une femme de grande taille, au profil impérieux, qui s'engouffra dans l'hôtel, tandis que le chauffeur ouvrait le coffre pour y prendre ses bagages.

Il n'avait pas eu le temps de faire de photos, mais la voiture était restée devant le Bristol : la femme allait donc ressortir. Il fit avancer son étal de quelques mètres, étala une toile dessus, comme s'il allait prier à la mosquée et alla récupérer sa moto, garée dans le parking du Mövenpick.

Il n'avait plus qu'à attendre.

***

Le portable de Malko couina et il alluma l'écran pour lire le SMS. Très court : elle est arrivée.

Ramdane Halab n'avait pas raconté d'histoires. Il allait pouvoir surveiller la suite des évènements car le dispositif installé par la TD filmait en temps réel. Il lui suffisait donc de se rendre à l'ambassade U.S. pour suivre les ébats du couple, dans la suite du Bristol.

Problème : personne ne possédait de photo d'Ahmed Al Khini. Ce dernier ne sortirait sûrement pas en compagnie de sa maîtresse. Il faudrait donc improviser pour le contacter avant qu'il ne reparte pour Damas. Avec des preuves pour le « motiver » de coopérer avec la CIA.

***

Mitt Rawley avait fait installer un petit moniteur télé dans son bureau. L'image, en noir et blanc, n'était pas fameuse, mais ils distinguaient une femme assise dans un fauteuil, en train de fumer. Très belle silhouette, avec une forte poitrine et de longues jambes.

Ils entendirent le coup de sonnette et la femme se leva pour aller ouvrir. À un homme un peu plus petit qu'elle, costaud, qui, aussitôt la prit dans ses bras. Ils échangèrent un long baiser et commencèrent à flirter debout. C'est elle qui le débarrassa de sa veste.

Peu à peu, ils se déplaçaient vers le lit. Lorsque l'homme remonta la jupe de la femme, Mitt Rawley, gêné, détourna son regard. Ils étaient maintenant en train de se déshabiller fiévreusement. Lorsqu'elle n'eut plus que son soutien-gorge et ses escarpins, l'homme installa la femme à quatre pattes sur le lit et l'assaillit par-derrière. Elle poussa un cri, suivi d'onomatopées en arabe et ils se déchaînèrent jusqu'à ce qu'ils retombent, encore encastrés l'un dans l'autre.

Mitt Rawley et Malko venaient d'assister à l'adultère de la femme du Ministre de l'Agriculture syrien avec le N° 2 de la Garde Présidentielle de Bachar El Assad.

Malko tira la conclusion. Froidement.

– Avec ces images, dit-il, cet homme devrait se montrer compréhensif.

Il ne restait plus qu'à passer à l'attaque et, cela, c'était plus délicat. Ils ignoraient même comment il était venu de Damas et où il habitait à Beyrouth.

CHAPITRE XIII

Installé dans un des fauteuils du hall de l'hôtel Bristol, Malko lisait l'Orient Le Jour. Son portable posé sur la table, dans sa poche le DVD enregistré par les caméras de la CIA, la veille. Celui-ci sonna. C'était Mitt Rawley.

– Ils viennent de terminer, fit sobrement le chef de Station de la CIA qui, de son bureau à l'ambassade, suivait les ébats du couple illégitime syrien. Il ne va pas tarder à descendre.

Le couple s'était de nouveau retrouvé, toujours filmé par la CIA.

Malko se tourna vers les ascenseurs. Il n'avait encore jamais vu en chair et en os l'homme qu'il était chargé de recruter pour la CIA. Dans la rue voisine, stationnait une voiture conduite par un des agents de la Station, un Libanais, en plaques locales.

Cinq minutes plus tard, une des cabines d'ascenseur s'ouvrit sur un moustachu aux épaules larges, en blouson de cuir et jean. Le visage carré, l'allure décidée. Il passa devant Malko d'un pas rapide et sortit : c'était Ahmed Al Khini, le N° 2 de la Garde Présidentielle du Président Bachar El Assad.

Malko prit son portable et lança :

– Il vient de sortir !

– *Roger*, fit une voix en anglais, avec un fort accent libanais, je le vois.

Malko termina son expresso, puis gagna sa Mercedes.

Il venait de prendre la direction de Minet El Hosn quand le « stringer » libanais de la CIA rappela.

– Il est en train de sortir de la ville vers l'autoroute de Tripoli. Je suppose qu'il retourne directement à Damas. La circulation est effroyable ! Essayez de nous rattraper.

La tuile inattendue !

Malko atteignit l'avenue Charles Helou et commença à se faufiler entre les voitures, gagnant l'autoroute de Tripoli. Effectivement, les voitures étaient à touche-touche. Vingt minutes plus tard, la voix du « stringer » le fit sursauter.

– Il se dirige vers Baabda. Peut-être va-t-il à l'ambassade syrienne. Ça vous permettrait de recoller.

Trois kilomètres plus loin, Malko quitta l'avenue Charles Helou, pour un embranchement à gauche menant à Baabda, là où étaient installés la Présidence et le Ministère de la Défense.

Et la circulation devint encore plus effroyable ! Des travaux partout, des déviations, pas de signalisation. Parfois, les voitures roulaient sur une seule file.

Malko rongeait son frein. Il risquait de ne jamais rattraper Ahmed Al Khini…

Cinq minutes plus tard, la voix du « stringer » lui mit du baume dans le cœur.

– Il vient de prendre le raidillon qui mène à l'ambassade de Syrie. Je pense qu'il va y rester un certain temps. Faites le plus vite possible. C'est comme pour aller au Ministère de la Défense : il y a un rond-point juste avant. Tournez autour et prenez une petite route qui descend et longe ensuite en contrebas le Ministère de la Défense. Vous verrez l'ambassade de Syrie, un grand bâtiment blanc tout neuf. Je suis garé un peu plus loin.

Malko serra les dents, jonglant avec les travaux, la chaussée défoncée, les hordes de camions et de voitures. Pourvu que le Syrien prenne son temps !

Une demi-heure plus tard, il aperçut le gigantesque monument d'Arman, à l'entrée du Ministère de la Défense, une compression de véhicules blindés, de canons, d'armes diverses de vingt mètres de haut, symbolisant la fin de la guerre civile libanaise.

À chaque seconde, il s'attendait à entendre la voix du « stringer » libanais, lui annonçant qu'Ahmed Al Khini était reparti.

Enfin, en contournant le rond-point, il aperçut en contrebas le bâtiment blanc de trois étages où flottait le drapeau syrien, avec de petites fenêtres rectangulaires.

Deux soldats libanais veillaient à l'entrée du chemin y menant.

Malko passa devant eux et, cent mètres plus loin, aperçut la voiture en plaques libanaises de la « Station » ! Il continua, fit demi-tour et se gara derrière. Aussitôt rejoint par le « stringer » libanais.

– Voilà le numéro de la BMW grise, dit-il. D'ici, vous surveillez la sortie de l'ambassade. Il n'y a qu'un itinéraire pour gagner la route de Aaley et de la frontière syrienne. Voulez-vous que je reste ?

– Non, ce n'est pas la peine, dit Malko.

Il n'avait plus qu'à trouver un moyen d'intercepter Ahmed Al Khini avant la frontière, pour engager les négociations en lui remettant le DVD prouvant sa liaison avec la femme du ministre de l'Agriculture.

En partie dissimulé derrière une cabane de chantier, il ne lâcha plus des yeux les deux sentinelles veillant sur le chemin menant à l'ambassade de Syrie.

***

La BMW grise passa devant les deux soldats libanais et tourna à droite. Cela faisait plus d'une heure que Malko attendait. Il démarra aussitôt, retrouvant la BMW d'Ahmed Al Khini bloquée dans un embouteillage, cinq cents mètres plus loin.

La bretelle menant à la route principale enjambant la montagne était hérissée de travaux, de trous, zigzaguant entre les fondrières, la circulation souvent réduite à une voie. La BMW se trouvait à deux ou trois voitures devant. La circulation ne commença à se dégager qu'avant Aaley. Une route de montagne sinueuse, avec beaucoup de circulation, de multiples villages à traverser, beaucoup de camions : c'était la seule route pour la Syrie, à partir de Beyrouth.

Ahmed Al Khini ne conduisait pas vite et Malko n'avait aucun mal à le suivre. Seulement, plus ils avançaient, moins Malko voyait le moyen de prendre contact avec le Syrien. Sauf à le doubler et lui faire une queue-de-poisson. Méthode peu indiquée : Ahmed Al Khini était sûrement armé et son premier réflexe serait de se défendre…

Ils arrivaient au col de Hammana, dominant la Bekaa. Planté sur le bord de la route, devant un champ de neige évoquant plus les sports d'hiver que le Liban, un panneau vert indiquait « Chtaura 14 km ».

Il ralentit : un check-point de l'armée libanaise filtrait vaguement les véhicules avant l'interminable descente vers la Bekaa.

De nouveau, il se retrouva derrière la BMW grise. Les lacets étaient encombrés de camions avançant très lentement pour ne pas se laisser embarquer dans la pente. Ici, il n'y avait pas de voie de dégagement. En cas de perte de contrôle, c'était le précipice.

Malko avait beau se creuser la tête, il ne voyait toujours pas le moyen d'intercepter le Syrien avant la frontière. Après Chtaura, c'était du plat, une route presque rectiligne jusqu'à la frontière.

Il était désormais derrière la BMW, bloquée par un gros camion chargé de bois descendant à vingt à l'heure. En face, il y avait une file ininterrompue de véhicules divers, remontant vers Beyrouth. La route tournait sans arrêt et, à certains endroits, on pouvait à peine se doubler.

Tout à coup, Malko vit la BMW déboîter brusquement et filer le long du camion de bois !

Prenant des risques inouïs, Ahmed Al Khini venait de doubler. Il passa tout juste entre le véhicule qu'il doublait et un camion qui montait, puis disparut aux yeux de Malko !

Celui-ci voulut doubler à son tour, mais c'était suicidaire ! Il dut ronger son frein derrière l'énorme camion.

La BMW grise avait disparu.

Il eut à patienter plusieurs minutes avant de profiter d'une courte ligne droite pour doubler le camion.

Bien entendu, la BMW n'était plus en vue, loin devant dans les derniers lacets. Elle devait même se trouver à Chtaura.

Découragé, Malko se dit qu'il n'avait plus qu'à faire demi-tour en arrivant en bas. Dieu sait quand Ahmed Al Khini reviendrait à Beyrouth.

Tout à coup, il aperçut devant lui, sur sa droite, une Station-Service LAYOUN derrière un bâtiment en construction. Plusieurs voitures faisaient la queue pour prendre de l'essence. La seconde, sur la première rangée de pompes, était la BMW grise !

Il freina si brusquement qu'il entendit un violent crissement de pneus derrière lui : il avait failli se faire emboutir. De justesse, il parvint à déboîter juste avant la Station-Service et à se garer le long des pompes réservées aux poids lourds. La BMW venait d'avancer et un pompiste commençait à faire le plein. Bien que chère au Liban, 3690 livres pour le 98, l'essence l'était encore plus en Syrie.

Malko sortit de sa voiture.

Ahmed Al Khini était resté au volant, surveillant le pompiste et ne regardait pas Malko arrivant à sa droite.

Celui-ci se rapprocha et posa la main sur la poignée de portière de la BMW. Si elle était verrouillée, c'était foutu.

***

Priant le ciel, il tira la portière à lui.

Elle s'ouvrit.

Ahmed Al Khini tourna la tête, d'abord étonné, puis furieux et lança quelques mots en arabe à Malko. Celui-ci se glissa sur le siège à côté de lui et demanda :

– Vous comprenez l'anglais ?

– *Who are you* ? demanda le Syrien, plus furieux qu'effrayé.

Malko aperçut un pistolet automatique glissé entre la console centrale et le siège du conducteur. À ce moment, le pompiste, ayant terminé le plein, s'approcha pour se faire payer. Ahmed Al Khini lui tendit une liasse de billets, sans se rendre compte que, profitant de son inattention, Malko s'était emparé du pistolet.

Se retournant vers lui, il réalisa qu'il était toujours là et hurla.

– *Get out* !

Comme Malko ne bougeait pas, il allongea la main pour saisir son arme et réalisa qu'elle avait disparu… Malko braqua alors sur le Syrien son propre pistolet et ordonna :

– Démarrez !

Un concert de klaxons commençait derrière eux : ils bloquaient la pompe.

D'un geste rageur, le Syrien passa en « drive » et jaillit de la Station-Service. Pour s'arrêter vingt mètres plus loin sur le bas-côté, fixant Malko avec fureur.

– Qui êtes-vous ? Que voulez-vous ? répéta-t-il.

Ce n'était pas le moment de finasser.

– Je veux seulement vous parler, assura Malko.

Le Syrien avait les yeux hors de la tête.

– De quoi ? hurla-t-il.

– De votre baise avec Wafa Al Zawr, dit-il calmement. La femme que vous avez rejointe deux fois au Bristol.

– Je ne sais pas de quoi vous parlez ! rétorqua le Syrien, vaguement ébranlé. Sortez de cette voiture. Je suis diplomate et je peux vous faire arrêter.

Sans se troubler, Malko prit dans sa poche le DVD des exploits sexuels des deux amants et le tendit à Ahmed Al Khini.

– Vous avez été filmé avec votre maîtresse dans la suite du Bristol, fit-il d'une voix égale. Voilà la preuve. Je pense que si le mari de Wafa l'apprenait, il vous tuerait…

Cette fois, Ahmed Al Khini ne hurla pas. Il avait assez d'expérience pour savoir quand un homme mentait.

– Qui êtes-vous ? Pour qui travaillez-vous ? demanda-t-il d'un ton plus calme. Vous voulez de l'argent ?

Malko secoua la tête.

– Sûrement pas, mais je pourrais vous en faire gagner beaucoup.

Cette fois, le Syrien ne comprenait plus du tout. Malko décida de se découvrir.

– J'appartiens à la Central Intelligence Agency, dit-il. Nous essayons de protéger le Président Bachar El Assad qui semble en mauvaise posture… Nous aurions besoin de vous.

– De moi ? Pourquoi faire ?

– C'est un peu compliqué, dit Malko. Je dois d'abord m'assurer de votre « fidélité ». Dans très peu de temps, vous serez à Damas. Vous pouvez aller raconter cette rencontre à vos supérieurs ou au Raïs. Vous serez certainement récompensé, sauf s'ils décident de vous éliminer.

« Cependant, à la première indiscrétion, ce DVD sera envoyé à plusieurs personnes dont le mari de Wafa Zwar. Nous en avons déjà fait parvenir plusieurs exemplaires à Damas par la valise diplomatique. Maintenant, voulez-vous m'écouter ?

– Je n'ai pas le temps, je dois être à Damas dans une heure.

– Cette conversation est plus importante que tout. Acceptez-vous de nous aider ?

– À quoi faire ?

– Nous avons besoin de renseignements. Précis. Que vous pouvez nous fournir.

Le Syrien semblait nerveux.

– Le Raïs m'attend au Palais, je ne peux pas être en retard.

– Très bien, dit Malko. Quand puis-je vous revoir ? Au Liban évidemment.

Il réfléchit quelques instants.

– Je reviens dans trois jours, pour une réunion. Mais je n'aurai pas beaucoup de temps.

– Très bien, accepta Malko. Je suis au Four Seasons, chambre 3015. Voilà aussi mon portable.

Le Syrien inclina la tête.

– Je le ferai.

Il avait déjà la main sur le levier de vitesse. Se ravisant, il prit le DVD et le tendit à Malko.

– Prenez. Je ne veux pas l'emporter.

– Vous ne voulez pas vérifier si ce que je vous ai dit est vrai ?

– Non. Je vous crois. Ce DVD, si on le trouve sur moi, est une bombe. Les moukhabarats sont très méfiants et j'ai des ennemis.

Il avait déjà lancé le moteur.

Malko comprit qu'il n'avait pas le choix. Il récupéra le DVD, remit le pistolet du Syrien sur la console et sortit de la voiture.

Ahmed Al Khini démarra en trombe, direction Chtaura. Malko n'avait plus qu'à retourner à Beyrouth et à prier. Si le numéro 2 de la Garde Présidentielle ne mettait plus les pieds au Liban, il pourrait, certes, lui faire beaucoup de mal, mais cela ne ferait pas avancer son projet.

Arrivé à Chtaura, il fit demi-tour devant un portrait de Hassan Nasrallah, souriant, planté sur le bas-côté.

***

Malko n'en pouvait plus. L'étroite route enjambant la montagne demandait une attention de tous les instants et la descente finale sur Beyrouth était une horreur, un magma de véhicules avançant au pas. Lorsqu'il déboucha enfin sur l'avenue Charles Helou, il avait l'impression d'avoir fait les Vingt-Quatre Heures du Mans. Et il avait très envie de se laver le cerveau. Il ne connaissait qu'un moyen : une récréation sexuelle. Ce qui le fit penser à Naeh Jna.

Il regarda sa montre : six heures. Elle devait encore se trouver à la bijouterie. Il faillit lui téléphoner, puis se ravisa.

Autant aller la voir directement.

Il était presque sept heures quand il se gara en double file devant le Holiday Inn de la rue Verdun. Les bijoux étincelaient dans la vitrine de la bijouterie Nassar. Il sonna et un vigile lui ouvrit aussitôt. Naeh Jna était là, occupée avec une cliente.

Malko se planta sagement devant une vitrine de montres grosses comme des réveils. Cinq minutes plus tard, la cliente s'éclipsa.

Il se retourna et s'approcha de la jeune vendeuse. Celle-ci semblait mal à l'aise. Elle baissa les yeux et dit d'une voix mal assurée.

– Nous allons fermer.

– Parfait, dit Malko, nous aurons le temps de boire un verre à côté.

– Non, non, protesta la jeune femme. Ce n'est pas possible.

– OK, fit Malko, sans insister. Je vous attends dans ma voiture. Je suis garé en face.

***

Vingt minutes s'étaient écoulées, quand il vit sortir Naeh Jna de la galerie du Holiday Inn. Elle hésita quelques secondes sur le trottoir, puis traversa, en direction de la Mercedes de Malko.

Pourtant, quand elle s'assit à côté de lui, elle était encore sur la défensive.

– Que voulez-vous ? demanda-t-elle, je n'ai pas beaucoup de temps, je dois rentrer chez moi.

– Vous me devez une explication, dit Malko. L'autre soir, vous n'aviez pas envie de dîner avec moi. Vous vouliez simplement rendre service à votre patronne.

Naeh Jna se troubla et dit d'une voix mal assurée.

– Je devinais que vous sortiez avec elle.

– C'est faux, assura Malko. Si elle voulait me rencontrer l'autre soir, c'est pour tout autre chose. Par contre, c'est vous que j'avais envie de voir.

Il sentit que Naeh Jna se détendait imperceptiblement. Pourtant, elle secoua la tête.

– Il faut que je vous laisse.

– Je vais vous ramener, dit Malko, je connais le chemin.

Elle ne protesta pas et il commença à descendre la rue Verdun, tournant ensuite dans le boulevard Saeb Salam, coupant Beyrouth d'Est en Ouest. Toujours une circulation intense. Naeh Jna regardait droit devant elle.

– Si nous dînions ensemble demain ? proposa Malko.

La jeune femme tourna vers lui un visage crispé.

– Je veux bien mais cela ne servira à rien.

– C'est-à-dire ?

– Je sais ce que vous voulez de moi. Seulement, je n'ai jamais fait l'amour et je ne le ferai qu'avec l'homme que j'épouserai. Sinon, je ne trouverai jamais de mari.

– Vous m'aviez dit que vous aviez un copain, remarqua Malko.

Elle se troubla légèrement, puis avoua.

– Oui, mais je ne fais pas l'amour avec lui.

Cela laissait d'autres possibilités. Comme beaucoup d'Orientales tenues par le carcan culturel basé sur la virginité, Nael devait se servir de ses reins. Sa croupe callipyge était un appel muet à ce « pis-aller ».

– Nous pouvons quand même dîner ensemble, insista Malko.

Il sentit Naeh Jna soudain plus détendue, comme délivrée d'un secret gênant.

– Je vais voir si je peux être libre, dit-elle, mais il ne faudra jamais rien dire à madame Farah.

– Cela va de soi, assura Malko.

Ils longeaient l'hippodrome. Malko tourna à droite dans la rue du Musée et la jeune libanaise lança soudain.

– Arrêtez-vous là, je continuerai à pied.

C'était un bas-côté sombre, le long de l'hippodrome. Malko obéit et se tourna vers la jeune femme. Soudain, celle-ci eut un geste inattendu. Sa main gauche partit vers Malko et se posa sur lui. Juste à la hauteur de son sexe. Sa main droite la rejoignit et, en un clin d'œil, elle l'eut libéré.

Le tout sans un mot.

Quand Malko sentit la bouche de la jeune femme se refermer sur lui, il eut l'impression que le Bon Dieu lui léchait l'âme. C'était tellement inattendu. Penchée sur lui, Naeh Jna lui administrait une fellation douce et efficace, montrant qu'elle n'était pas complètement innocente. Sans un mot, sans un geste inutile.

Une voiture passait de temps en temps, mais cela ne paraissait pas la troubler.

Ce qu'elle faisait montrait que Malko ne lui était pas vraiment indifférent et que, délivrée de l'hypothèque Farah Nassar, elle se laissait aller à ses sentiments.

Soudain, il se sentit partir, et, instinctivement, appuya sur la nuque de la jeune femme qui le laissa se déverser dans sa bouche, sans le moindre recul.

Une jeune fille bien élevée.

Lorsqu'elle se redressa, elle dit simplement.

– Il faut que j'y aille.

Elle se tenait à nouveau très droite. Comme si rien ne s'était passé.

– Je vous vois demain ? demanda Malko.

– Je vous appelle, dit-elle, en ouvrant la portière. Hâtivement, elle ajouta :

– J'étais contente de vous revoir.

***

Deux jours s'étaient écoulés. Naeh Jna n'avait pas téléphoné à Malko. Celui-ci n'avait pas recontacté le colonel Ramdane Halab. Théoriquement, Ahmed Al Khini devait arriver à Beyrouth le lendemain. Les nouvelles de Syrie étaient toujours aussi confuses, avec une guerre civile larvée, des attentats non revendiqués, des morts et des communiqués mensongers de part et d'autre.

Malko se gara devant le café Mandaloun, un resto branché d'Ashrafieh où Mitt Rawley lui avait donné rendez-vous.

L'Américain était déjà là, devant un Scotch, en train de fumer. À Beyrouth, c'était encore la liberté.

– Il faudrait vraiment que nous arrivions à un résultat, attaqua Mitt Rawley. Je reviens de Chypre, où j'ai rencontré Tamir Pardo. Les Israéliens disent avoir des informations selon lesquelles Bachar et ses amis seraient prêts à se retirer dans le djebel alaouite, autour de Lattaquié.

– En abandonnant Damas ? s'étonna Malko.

– Oui, ce qui signifierait la fin de la Syrie et l'avènement d'un régime islamiste sur la majeure partie du pays. Donc la fin des Chrétiens et une menace supplémentaire pour Israël. Il m'a demandé où nous en étions.

– C'est une mission presque impossible, vous le savez bien, répliqua Malko. Si Ahmed El Khini coopère, je pourrai peut-être avancer. Mais ce n'est que la première marche d'un escalier très long. Tant que nous n'aurons pas identifié une personne capable de remplacer *officiellement* Bachar El Assad et d'être acceptable pour les Sunnites, nous n'avançons pas ; ensuite, il faudra le convaincre…

La porte s'ouvrit sur un couple. Un moustachu corpulent et satisfait de lui, suivi d'une mince silhouette qui se débarrassa de son imperméable : Tamara Terzian. Elle aperçut Malko et vint aussitôt à sa table.

– Tiens-toi bien ! murmura-t-elle en l'embrassant chastement sur la joue, sous le regard méfiant de son amant. Tony te déteste.

Elle s'était quand débrouillée pour effleurer le bras de Malko, lui permettant de constater qu'elle ne portait toujours pas de soutien-gorge… Elle se redressa avec un sourire complice et rejoignit son moustachu.

– Qui est-ce ? demanda Mitt Rawley.

Malko n'eut pas le temps de répondre : son portable couinait. Un SMS. Son pouls fit un saut de géant en le décryptant.

– Je suis à Beyrouth. Je vous attends au Bristol, même suite, ce soir à sept heures.

CHAPITRE XIV

Malko traversa le hall du Bristol, sans un regard vers la réception et s'engouffra dans le premier ascenseur libre. Appuyant sur le bouton du quinzième étage.

Le couloir était désert et il appuya sur la sonnette de la suite 1502. Il était sept heures pile. La porte s'ouvrit presque aussitôt sur l'homme à qui il avait remis le DVD compromettant sur la route de la Bekaa, Ahmed El Khini. Sans un mot, le numéro 2 de la garde Présidentielle de Bachar El Assad le précéda jusqu'à un divan en face d'une table basse et alluma une cigarette, jetant ensuite un long regard à Malko.

Pas vraiment chargé de gentillesse.

– Vous voyez, je suis venu, dit le Syrien d'une voix calme.

– Je n'en doutais pas, dit Malko.

Ahmed El Khini, impassible, laisser tomber :

– Ce n'est pas seulement à cause du chantage dont vous m'avez menacé. J'ai toujours été fidèle à la famille El Assad. Certes, ils exercent un pouvoir absolu, mais, grâce à eux, la Syrie est restée un pays uni, et nous, les Alaouites, nous avons échappé au sort des Chrétiens dans d'autres pays de la région.

– Où voulez-vous en venir ? demanda Malko.

Le Syrien se tourna vers lui.

– À ceci : nous sommes dans une situation difficile. Toute la famille Assad fait bloc, sourde à toute négociation. Personnellement, je pense que c'est une attitude dangereuse, même si, dans un avenir proche, nous ne craignons rien.

« Si vous m'aviez proposé d'assassiner Bachar El Assad, je ne serais pas venu à ce rendez-vous, quels que soient les risques pour moi.

« Je me suis renseigné : je sais que les Américains ne veulent pas de la chute du régime alaouite. Simplement, un changement de tête, avec la nomination d'un président de transition pour mener quelques réformes et calmer l'opinion publique internationale.

« Connaissez-vous un homme qui s'appelle Mohamed Makhlouf ?

– Non, avoua Malko.

– C'est le vrai patron des Moukhabarats. Un homme de l'ombre, membre du Comité Militaire Baassiste. Il a toujours veillé sur la dynastie El Assad et a toute leur confiance. J'ai déjeuné avec lui hier. Il m'a avoué qu'il perdait le moral. Qu'il avait essayé de discuter avec Bachar et Maher, son frère, le patron de la Quatrième brigade, le fer de lance militaire du régime, mais que c'était impossible.

« Soudés, autistes, ils comptent sur leur force pour écraser l'insurrection. Seulement, c'est très difficile : à peine a-t-on éteint un incendie qu'un autre se rallume. En plus, les Saoudiens et les Qatari jettent de l'huile sur le feu : ils nous haïssent.

Malko écoutait : jusque-là, Ahmed Al Khini ne l'avait pas « enfumé ». Il posa la question qui lui brûlait les lèvres :

– Vous pensez que Mohamed Makhlouf pourrait coopérer avec nous ? Pour sauver le régime.

Ahmed Al Khini secoua la tête.

– Je n'en sais rien, mais il en a le pouvoir, comme membre du Comité Militaire Baassiste. Il a la confiance totale du chef. Pour le reste, je ne lui en ai pas parlé, bien entendu.

« Cependant, je pense qu'il verrait d'un bon œil la mise à l'écart de Bachar et de Maher et la mise en orbite de l'ancien vice-président, qui serait acceptable pour l'opposition. Seulement, il faut faire vite. Pour le moment, la majorité de la population sunnite n'a pas basculé. Ils soutiennent toujours Bachar El Assad, mais cela risque de ne pas durer…

« Quant à Mohamed Makhlouf, si les Frères prennent le pouvoir, ils le découperont en morceaux et le donneront aux chiens.

– Si ce que vous dites est vrai, lança Malko, pourquoi ne le contactez-vous pas vous-même, pour tenter de le convaincre ?

Ahmed Al Khini ne cilla pas.

– À Damas, dit-il, c'est impossible. Les différents moukhabarats surveillent *tout*. Même les gens les plus fidèles au régime. À leurs yeux, seuls les Assad ont le droit de penser et ils le font pour le reste de la population. Je ne suis pas assez intime avec Mohammed Makhlouf pour lui faire cette ouverture.

« Il faut le « traiter » ici, à Beyrouth.

Malko était quand même méfiant.

– Vous m'avez parlé de le contacter à Beyrouth. Comment ?

Ahmed Al Khini se tendit imperceptiblement.

– Je vous le dirai lorsque vous vous serez engagé auprès de moi à ne pas utiliser les documents que vous avez en votre possession. Il ne s'agit pas de chantage, mais c'est tout ce que je peux vous donner.

– Je dois en parler, fit Malko.

Ahmed Al Khini secoua la tête.

– Non, vous devez prendre cette décision maintenant. Je cours déjà des risques énormes en vous rencontrant ici. Les Syriens ont sûrement des mouchards dans l'hôtel. Je n'ai pas l'intention de vous revoir.

Malko le fixa et le Syrien soutint son regard : il ne bluffait pas. Comme pour décider Malko, il ajouta :

– De toutes façons, il ne faut pas perdre de temps. Les Assad sont à bout de nerfs. Bachar a fait revenir au Palais présidentiel le vieil Ali Douba, un des conseillers de son père, qui a plus de soixante-quinze ans et s'était retiré dans son village.

« Tout le monde joue contre la montre.

Il regarda sa montre et dit :

– Je vais devoir partir.

Malko comprit que cela ne servirait à rien de tenter de gagner du temps.

– Très bien, dit-il, communiquez-moi cette information et je vous donne ma parole que ce DVD ne sortira jamais de nos mains.

Ahmed Al Khini lui jeta un long regard intense et laissa tomber :

– Mohammed Makhlouf sera à Beyrouth vendredi prochain pour assister au mariage de son fils qui vit ici. C'est très rare qu'il quitte la Syrie. La fête aura lieu au « Music-Hall » dont il a loué la salle, avec plusieurs centaines de personnes. Il ne restera que peu de temps.

– Comment avez-vous eu cette information ?

– Il m'a invité à cette fête, mais je ne viendrai pas.

« Attention, il traînera sûrement avec lui une nuée de moukhabarats et ne sera pas facile à aborder. N'oubliez pas que c'est un des hommes les plus puissants de Syrie.

– C'est tout ? demanda Malko. Vous n'avez aucune idée de la façon dont je pourrais entrer en contact avec lui ?

– Non, admit le Syrien, mais vous êtes un professionnel, vous trouverez un moyen. Voilà. Maintenant, je vous demande de me laisser. Je pense que nous ne nous reverrons pas. À propos, j'ai interrompu ma liaison avec Wafa.

Il s'était levé et se dirigeait vers la porte. Ils se firent face quelques instants, puis il ouvrit le battant et Malko se glissa dans le couloir.

En regagnant sa Mercedes, il se dit que l'opération Mohammed Makhlouf était un fusil à un coup. Si elle ratait, il n'y aurait pas de seconde chance. De son portable, il appela Mitt Rawley, à l'ambassade américaine, et lui annonça son arrivée. Il avait besoin du soutien logistique de la CIA.

***

– Il n'y a qu'une seule personne qui puisse nous aider, dit Mitt Rawley. Le général Mourad Trabulsi. Vous avez son portable ?

– Bien sûr, dit Malko. Il connaît Mohammed Makhlouf ?

– Je ne sais pas, mais il sera de bon conseil.

Malko n'hésita pas et appela immédiatement le général Trabulsi.

– Mon cher ami, vous êtes de retour à Beyrouth, lança le Libanais en reconnaissant la voix de Malko.

– Absolument. J'aurais un conseil à vous demander.

Le général pouffa à sa façon habituelle.

– Un conseil. Avec plaisir. Voulez-vous prendre un café au bar du Vendôme vers six heures ?

– Avec joie, confirma Malko.

***

Malko redescendait vers Beyrouth lorsque son portable sonna. Pas de numéro affiché, mais il reconnut tout de suite la voix de Robert Correll.

– J'étais absent ces jours-ci, dit celui-ci. Si vous voulez qu'on fasse le point, c'est possible.

– Je ne suis pas très loin, annonça Malko. Maintenant ?

– Pas de problème.

Vingt minutes plus tard, il montait la route escarpée menant à Anjaltoun. Comme la fois précédente, la porte de la maison s'ouvrit avant même qu'il ait sonné. Robert Correll avait toujours ses lunettes fumées et un petit sourire amical éclairait son visage.

– Le temps n'est pas fameux, remarqua-t-il. Vivement le soleil !

Comme les Anglais, il pouvait parler du temps interminablement. À l'intérieur, il lança :

– Asseyez-vous, je vais faire du café.

Lorsqu'il revint, Malko était assis en face de la grande cheminée : la vaste maison était à peine chauffée. Il but son café avec plaisir et Robert Correll demanda :

– Alors, le colonel Halab s'est-il montré compréhensif ?

Malko lui résuma la situation, terminant sur le « retournement » d'Ahmed Al Khini et sa suggestion d'entrer en contact avec Mohammed Makhlouf.

– Vous le connaissez ? demanda-t-il.

– Pas personnellement mais je sais qu'il a beaucoup de pouvoir. Son frère, Rami, a amassé une énorme fortune dans les affaires.

« Il faut se méfier si vous l'approchez. Il n'acceptera jamais de faire assassiner Bachar. Il faut lui présenter la chose comme un sauvetage du système alaouite : l'opinion publique internationale a besoin d'un bouc émissaire. Vous devez donc lui promettre que Bachar El Assad sera exfiltré vers le pays de son choix avec sa famille et que cela suffira probablement à calmer les opposants en Syrie, avec, en plus, quelques réformes cosmétiques.

– Où voulez-vous exfiltrer Bachar ? demanda Malko.

Robert Correll eut un petit rire sec.

– En enfer ! Vous savez bien que c'est impossible de le garder. Il ne voudra pas aller en Russie, les Anglais n'en voudront pas et les Iraniens non plus.

« Cependant, c'est facile à régler. On lui annoncera son transfert dans le réduit alaouite, au-dessus de Lattaquié et il arrivera quelque chose à son hélicoptère. Nos amis de Tel Aviv savent très bien faire ce genre de choses…

Malko écoutait, glacé. On était dans la « real politique », pas dans le sentiment. C'était toujours impressionnant d'entendre programmer la mort d'un homme. Même s'il avait du sang sur les mains jusqu'aux épaules.

Robert Correll enchaîna :

– Vous avez oublié Assef Chawkat. Il déteste Bachar qui le lui rend bien, mais vous connaissez son surnom à Damas : « L'homme aux trois couilles. » Il n'a peur de rien. Au départ, il n'avait pas d'avenir, sorti de l'école militaire à 26 ans comme simple lieutenant. Comme il était intelligent et cultivé, Hafez El Assad l'a remarqué.

« Du coup, il a rencontré sa fille qui est tombée follement amoureuse de lui. Il l'a enlevée ! Ils sont partis vivre en Turquie et à Dubai.

« On pensait qu'on ne le reverrait jamais à Damas… Ou coupé en morceaux, mais son épouse a convaincu son père de lui donner sa chance. Il est revenu en Syrie et a été mis à la tête des commandos. Son job consistait à aller chercher en plein milieu hostile, à Homs ou à Hama, des responsables des Frères Musulmans et de les liquider… Ensuite, Hafez El Assad lui a donné une liste d'opposants vivant en Europe, à liquider aussi. Assef Chawkat s'est acquitté parfaitement de cette tâche et, du coup, a été nommé par le Raïs chef du Moukhabarat Al Ascariya. Le plus puissant.

Ensuite, il a été viré, pour d'obscures raisons familiales… Mais il est toujours là. S'il renifle la manip, il va tout faire pour prendre la place de Bachar. Et là, aux yeux des Islamistes et de l'opinion internationale, ce serait pire : c'est le plus féroce de la famille…

« On aurait travaillé pour les Frères.

– Donc, conclut Malko, il faut le mettre hors d'état de nuire, lui aussi.

– C'est relativement facile, assura Robert Correll, il a toujours des contacts avec les Américains. Il suffira de le convoquer et de faire savoir à la Présidence qu'il a voulu trahir. Ils se chargeront de faire le ménage.

« Ils savent faire.

Malko but un peu de son café trop fort et mal sucré. Le chemin de Damas n'allait pas être pavé de roses…

***

Il entrait dans Beyrouth quand un SMS s'afficha sur son portable :

« Vous pouvez passer à la boutique. Je suis là jusqu'à sept heures. »

C'était inattendu. Malko n'avait eu aucune nouvelle de la bijoutière depuis qu'elle l'avait « kidnappé » pour le faire torturer par ses amis du Hezbollah. Et il ne s'attendait pas à en avoir…

Coincé dans la circulation, il se tâtait sur la conduite à tenir quand les propos de Robert Correll lui revinrent en mémoire, concernant le rôle d'Assef Chawkat, le beau-frère de Bachar El Assad.

Et sa neutralisation éventuelle en le faisant passer pour un traître.

Grâce à Farah Nassar, il avait un accès au Hezbollah, donc aux Syriens. C'était peut-être une possibilité de faire « fuiter » des informations compromettantes.

De toute façon, il était intrigué par le changement d'attitude de Farah Nassar qui, après avoir voulu lui faire faire des trous dans les genoux, le conviait à sa boutique.

Il avait largement le temps d'aller la voir avant son rendez-vous avec Mourad Trabulsi.

***

À travers la glace de la porte, il aperçut Farah Nassar en train de montrer des bijoux à une cliente. Elle était apparemment seule dans la boutique, aucun vigile n'étant en vue. Il sonna, elle leva les yeux et déclencha aussitôt l'ouverture de la porte.

Tandis qu'elle terminait sa présentation, il s'absorba dans la contemplation des vitrines. Cela ne dura pas longtemps : elle expédia rapidement sa cliente et se tourna vers Malko.

– Je suis contente que vous soyez venu, dit-elle d'un ton mondain.

Comme s'ils s'étaient quittés la veille sur un baise-main… Avant que Malko ne réponde, elle se dirigea vers la porte, prit un petit panneau rédigé en arabe et en anglais annonçant « fermé provisoirement », le fixa avec une ventouse sur la porte, ferma le verrou et se retourna vers Malko avec un sourire.

– Maintenant, nous sommes tranquilles. Venez.

Il la suivit dans une petite arrière-boutique encombrée de cartons où ils tenaient tout juste à deux. Invisibles de la rue. Appuyée à une petite table, elle fit face à Malko. Toujours aussi provocante dans son chemisier vert avantageusement rempli, sa courte jupe droite, ses longues jambes gainées de noir et ses interminables escarpins.

Sans parler du nuage de Shalimar.

Leurs regards se croisèrent, celui de farah Nassar était indéchiffrable.

– Il fallait que je vous parle, dit-elle.

– De quoi ? demanda Malko.

– D'abord, je vous dois des excuses. Je croyais sincèrement que vous étiez un espion israélien, que vous vous étiez moqué de moi. Maintenant, je sais que je me suis trompée et je voulais m'en excuser auprès de vous.

Ce dialogue était un peu irréaliste, avec ce vouvoiement appuyé avec un homme qui lui avait fait l'amour. D'ailleurs, son attitude était ambiguë. Si ses mots étaient maîtrisés, son corps semblait s'offrir, le ventre en avant.

Appuyée à la table, ses jambes légèrement ouvertes tiraient sur sa jupe étroite, moulant ses cuisses charnues. Sa poitrine semblait avoir encore augmenté de volume.

– J'accepte vos excuses, dit Malko. Tout le monde peut se tromper…

– Mais, dit Farah Nassar, il y a autre chose : j'ai reçu une visite hier. Mohammed Chamar. C'est le chef des Moukhabarats installés à l'ambassade. Il reçoit ses ordres d'Ali Mamlouk, à Damas.

« Il a entendu parler de ce qui s'est passé l'autre jour. Il m'a félicitée pour ma vigilance envers les espions israéliens. Lui aussi, m'a confirmé que tu n'en étais pas un, mais que tu travaillais pour les Américains.

Elle reprenait le tutoiement.

– Ça t'a rassurée ? demanda Malko.

– Je le savais déjà. Il m'a aussi dit que Damas voulait savoir ce que tu faisais à Beyrouth.

Un frisson désagréable descendit le long de la colonne vertébrale de Malko.

– C'est pour cela que tu m'as envoyé un SMS ? demanda-t-il.

Le regard de Farah Nassar s'assombrit.

– Non, je voulais te prévenir.

– Merci, dit Malko.

– Attends ! fit la bijoutière. Ce n'est pas tout. Il m'a dit qu'il savait que j'étais ta maîtresse et que, si je n'arrivais pas à savoir ce que tu faisais, il dirait la vérité à mon mari.

Toujours les vieilles méthodes…

– Il bluffait…

– Non, fit Farah Nassar. Il faut que je te dise quelque chose. J'avais une très bonne copine, Zenad Henniyé, une Chiite comme moi, elle était amoureuse d'un Syrien du Moukhabarat Al Ascariya. Il venait souvent la voir à Beyrouth, parce qu'à Damas, il était marié. Sans penser à mal, j'en ai parlé au responsable du Hezbollah, Walid Jalloul. Celui qui est intervenu pour toi. Il a noté son nom et celui de son amant.

« Moi, je n'y ai plus pensé. Et puis, un jour, j'ai appris par la radio, que la voiture transportant les deux amants avait été mitraillée, près de la frontière syrienne. Personne ne m'a plus jamais parlé de rien, mais je suis indirectement responsable. J'ai été imprudente. Je m'en veux.

Malko venait d'obtenir la réponse à la question posée par Mitt Rawley concernant la mort de Zenad Henniyé et de Hussein Al Fahrahidi. Alerté par la dénonciation involontaire de Farah Nassar, le Moukhabarat syrien avait dû enquêter et découvrir la manip de la CIA qui avait « tamponné » Hussein Al Fahrahidi.

Malko souriait intérieurement. Lui qui avait pensé utiliser Farah Nassar pour « enfumer » le Hezbollah, se trouvait confronté à une situation similaire.

Il allait devoir jouer finement.

– Merci, dit-il, tu diras à tes amis syriens que tu ne me vois plus.

Il fit un mouvement pour sortir de la pièce. Aussitôt, Farah Nassar l'arrêta d'une interjection jetée d'une voix rauque.

– Attends ! Moi, je veux te voir !

Elle avait décollé de la table et passé les bras autour de la nuque de Malko. Il sentait son ventre contre le sien. Sa bouche collée à son oreille, Farah fit à voix basse :

– Caresse-moi.

Ce fut facile pour Malko de glisser une main sous la jupe étroite, de remonter le long des cuisses et de trouver le sexe. Farah Nassar avait fermé les yeux et respirait rapidement. Une de ses mains partit à tâtons, se plaquant contre Malko. Elle dégagea son membre et entreprit de le masturber lentement.

– Viens dans mon ventre, demanda-t-elle d'une voix mourante.

Elle le guida elle-même et poussa un profond soupir quand il fut entièrement en elle.

Sans un mot, ils firent l'amour lentement. Jusqu'à ce qu'ils crient presque en même temps

Farah Nassar rejeta la tête en arrière et lâcha :

– Ce que c'est bon ! Je n'en pouvais plus…

Malko se retira doucement. Aussitôt, elle le poussa contre la cloison, avec un regard allumé.

– Attends ! dit-elle, je veux me conduire comme une putain.

Elle était déjà à genoux et avait pris Malko dans sa bouche, pour lui rendre sa raideur disparue.

Ils étaient vraiment réconciliés.

Une petite idée germait dans son cerveau. À travers Farah Nassar, il allait peut-être pouvoir « enfumer » le Moukhabarat syrien.

CHAPITRE XV

Malko était déjà au bar du Vendôme lorsque le général Mourad Trabulsi débarqua, engoncé dans une vieille canadienne fatiguée, en cuir noir. Toujours aussi jovial, il alluma aussitôt une cigarette et lança un regard malin à Malko.

– Alors, quel est le problème aujourd'hui ?

– La Syrie.

Mourad Trabulsi éclata de son rire tonitruant en se pliant en deux.

– C'est un *gros* problème… Ici, nous sommes très prudents. Les Syriens sont des durs. Ils ont survécu à beaucoup de choses. On a peur d'eux. Vous voulez aller à Damas ?

– Non, dit Malko, c'est trop fermé là-bas. Est-ce que vous connaissez un certain Mohammed Makhlouf ?

Nouveau rire.

– Ce n'est pas un ami, mais nous nous sommes rencontrés. C'est un homme extrêmement puissant. Très dur.

– Il joue un rôle important ?

– Vital, mon cher ami. Vital. Il coordonne toutes les activités des moukhabarats et a la confiance du Raïs. Et puis, grâce à son frère, Rami, qui est dans les affaires, il ne manque pas d'argent… Pour qui me demandez-vous cela ?

– Il vient à Beyrouth prochainement, pour le mariage de son fils. Je dois le rencontrer.

Mourad Trabulsi se rejeta en arrière, riant à gorge déployée.

– Mais, mon cher ami, vous n'arriverez pas jusqu'à lui ! Quand il se déplace il a toujours huit ou dix gardes du corps qui l'entourent. S'ils ne vous connaissent pas, ils vont tirer… Pourquoi voulez-vous le rencontrer ?

– Pour lui transmettre un message. Vital.

Mourad Trabulsi eut un geste de défense.

– Ne me dites rien. Je ne veux rien savoir… C'est très dangereux. Vous savez, avec les Syriens, il faut être prudent. Moi, quand je suis dans une réunion ou un repas, si quelqu'un commence à dire du mal des Syriens, je m'en vais. Je ne veux pas être assimilé à un ennemi.

Malko se pencha au-dessus de la table.

– Mourad, il faut que je lui parle.

Le gros Libanais alluma sa cinquantième cigarette de la journée et secoua la tête.

– Mon cher ami, *jamais* il ne vous adressera la parole à ce mariage. Il y aura trop de monde. Tout Beyrouth sait que vous travaillez avec la CIA. Il serait liquidé en rentrant à Damas. (Il pouffa de rire.) Peut-être même sur la route de Damas…

Il riait, mais Malko savait qu'il parlait sérieusement.

– Mourad, insista-t-il. J'ai besoin de vous. Pour une idée. L'Agence est prête à investir beaucoup et ce n'est pas pour lui tendre un piège…

Il y eut un long silence. Mourad Trabulsi tirait sur sa cigarette.

– Mon cher ami, fit-il finalement, j'ai beaucoup d'amitié pour vous, vous le savez, mais j'ai *aussi* une famille. Je n'ai pas envie de retrouver ma femme et mes trois enfants égorgés quand je reviens du bureau.

– Je ne lui tends aucun piège, répéta Malko. Au contraire.

Mourad Trabulsi balaya l'objection.

– Piège ou pas, vous êtes le Diable pour eux et on ne parle pas avec le Diable. En ce moment, ils sont très nerveux. Et, quand ils sont nerveux, ils sont encore plus dangereux.

« C'est impossible.

Malko demeura silencieux. Pas moyen de lui forcer la main. Il allait abandonner, quand Mourad Trabulsi lança :

– Mon fils veut que j'achète un terrain à Broummanna, pour y faire un chalet. Il y tient beaucoup. Il me manque 300 000 dollars.

Malko n'hésita pas.

– Si vous parvenez à organiser une rencontre, c'est comme si vous les aviez.

– Je risque ma vie si la moindre chose tourne mal, soupira l'officier libanais. Mais j'aime mon fils.

– Que suggérez-vous ? demanda Malko, plein d'espoir.

Mourad Trabulsi eut un de ses rires nerveux.

– J'ai peut-être une idée.

« Voilà, fit le Libanais. Je peux facilement me faire inviter à ce mariage. Mohammed Makhlouf me connaît. Nous avons eu quelques rencontres professionnelles et je fais partie de son univers. Il considérera comme un geste amical que je vienne le saluer pour cette cérémonie. Nous, les Arabes, nous sommes très sensibles aux marques de respect. Les condoléances, par exemple. Je vais vous raconter une histoire qui va vous faire rire.

« Lorsque Ghazi Canaan est mort, j'ai immédiatement appellé son secrétaire pour lui présenter mes condoléances, lui dire tout le bien que je pensais de cette crapule…

« J'ai toujours fait cela pour les gens importants… Donc, j'ai parlé longtemps. J'étais étonné parce que le secrétaire ne disait rien. Alors, je lui ai demandé.

« Vous m'entendez ? »

« Il a dit seulement trois mots : « Kalb wa mate » [1]. Or, il avait travaillé plusieurs années avec Canaan qui le considérait comme un membre de la famille. Mais, en Syrie, il faut être très prudent. Il voulait montrer qu'il n'avait pas d'état d'âme.

1. Un chien est mort.

– Votre plan ? demanda Malko, sur des charbons ardents.

– À ce mariage, je peux m'entretenir avec Mohammed Makhlouf quelques instants, sans éveiller la méfiance. Une simple marque de respect. Nous serons en tête à tête. À ce moment, je peux lui transmettre votre message. Sans, bien sûr, lui dire de quoi il s'agit. Seulement que c'est très important. Il me connaît : il ne me posera pas de question, dira oui ou non.

– Et s'il dit « oui » ? Il repart pour Damas le lendemain.

Mourad Trabulsi sourit finement et se pencha vers lui.

– Mon cher ami, le fils de Mohammed Makhlouf est médecin à l'Hôtel Dieu. (Il pouffa :) oto-rhino, comme Bachar. Mohammed Makhlouf ne vient jamais à Beyrouth sans le voir ; s'il accepte de vous parler, c'est de ce côté-là qu'il faut voir. Il a confiance en son fils. C'est la famille.

Il alluma la dernière cigarette de son paquet et se renversa en arrière, lorgnant une ravissante brune qui venait de pénétrer dans le bar. Hautaine, sexy, les lèvres botoxées, elle se dirigea vers un box où trônait un monsieur qui aurait pu être son grand-père. Lorsqu'elle se dépouilla de son manteau noir, Malko fut ébloui par les deux obus triangulaires qui lui servaient de seins. Mourad Trabulsi l'arracha à sa rêverie.

– Je vais vous communiquer l'adresse du notaire de Broumanna. Il faut signer rapidement.

Devant le regard de Malko, il se pencha vers lui.

– Mon cher ami, j'ignore ce que vous voulez dire à Mohammed Makhlouf. Au cas improbable où cela lui attirerait des ennuis, je suis mort. Il faut au moins que mon fils ait quelque chose.

Il regarda sa montre.

– Je dois y aller, je suis en train de déménager. Je vous envoie un SMS pour le notaire…

Il remit son vieux cuir, écrasa sa cigarette dans le cendrier et s'éloigna.

Malko allait demander l'addition lorsque son portable sonna. Un SMS laconique et précis :

« Gefinor. Même endroit. Demain dix heures. »

Ramdane Halab refaisait surface. Pourvu que ce soit pour une bonne nouvelle.

***

En sortant du Four Seasons, Malko décida de ne prendre aucun risque. Il avait l'impression que le Hezbollah lui avait lâché les basques, mais ce que lui avait dit Farah Nassar des Syriens n'était pas rassurant. Au lieu de filer vers Hamra pour gagner le centre Gefinor, il prit la direction d'Ashrafieh.

Un quart d'heure plus tard, il arrivait au centre commercial ABC. Il plongea dans le parking et ressortit ensuite au niveau zéro, celui de la rue, plongeant sur le premier taxi de la file.

Comme le stationnement était interdit autour de l'ABC, il ne risquait pas d'être pris en filature.

Lorsqu'il arriva au centre Gefinor, il traversa tranquillement le hall et gagna les ascenseurs.

Ramdane Halab l'attendait sur le palier du seizième et l'entraîna dans le petit bureau où ils s'étaient déjà rencontrés. Les traits tirés, des poches sous les yeux, il semblait très nerveux. À peine entré, il lança à Malko :

– J'ai reçu une sale visite hier.

– Le Moukhabarat ? demanda Malko, déjà stressé.

– Non, ce bâtard de Mavros Nilatis. En personne. Il a commencé par me poser des tas de questions sur la mort de Bachir Al Jedidé, l'employé de banque de la Fransa Bank. Bien entendu, je lui ai dit que je n'étais pas au courant. Alors, il a mis cartes sur table.

« Il a fait une enquête et a découvert que ce Bachir Al Jedidé gérait son compte et celui de Ghazi Canaan. Il m'a dit qu'il était persuadé que je l'avais volé. Je crois que des gens de la Fransa ont parlé. Mavros a une banque aussi, donc accès à des renseignements.

« Il a compris ce qui s'était passé, sans en avoir la preuve, et m'a dit que ce n'était pas bien de voler un ami.

– Il a été menaçant ?

– Non. Seulement, une heure plus tard, j'ai reçu à mon bureau, la visite du chef de ses miliciens, Samir, un colosse de cent cinquante kilos. Un tueur qui a déjà exterminé plusieurs familles dans le nord, pendant la guerre entre les Chrétiens. Il a été très aimable. Il voulait simplement mon adresse pour envoyer des confiseries à ma femme.

Malko resta muet. Le Syrien continua.

– Cela veut dire qu'avant de me tuer, ils vont tuer ma femme et mes deux enfants. S'ils me tuent d'abord, ils n'auront jamais leur argent.

Un ange passa, confit en dévotion. Ramdane Halab n'avait pas l'air de plaisanter.

– Voilà, conclut-il. Ou je rends l'argent, ou nous sommes tous morts.

Évidemment, c'était fâcheux.

– Vous avez combien de temps devant vous ? demanda Malko.

– Une semaine, maximum. Quelques jours de plus, si je commence à payer.

– Vous voulez payer ?

– Non, laissa tomber le Syrien.

– Bien, dit Malko. Je vais voir ce que je peux faire… Je ne vous laisserai pas tomber.

Ramdane Halab ne semblait pas en être persuadé. Il regarda sa montre et se leva. Il avait les épaules voûtées et sortit sans serrer la main de Malko.

Lorsque celui-ci ressortit du centre Gefinor, il avait le moral en berne. Au stade où il était, impossible de laisser tomber Ramdane Halab. Cela pourrait déclencher trop de catastrophes.

Il devait donc l'aider. Mais comment ?

Mavros Nilatis était un féroce et ne se paierait pas de mots. Il allait donc falloir être brutal.

CHAPITRE XVI

Le Blackhawk rasait les flots calmés de la Méditerranée, à trente pieds d'altitude. Le beau temps était revenu. Malko regardait les côtes de Chypre grandir. Quelques minutes plus tard, ils se posaient sur l'aéroport de Limassol. L'habituelle Chevrolet noire les attendait et ils gagnèrent aussitôt l'ambassade américaine.

Gordon Cunningham, le responsable de la CIA pour le Moyen-Orient, les accueillit dans le hall de l'ambassade et annonça :

– Notre ami est déjà arrivé.

Ils descendirent au sous-sol et retrouvèrent Tamir Pardo, le nouveau patron du Mossad, en train d'éplucher des dossiers.

Il avait l'air fatigué, avec de grands cernes sous les yeux.

– Gordon m'a dit que vous avez bien avancé ! lança-t-il à Malko. C'est une bonne nouvelle, car la situation n'est pas bonne en Syrie.

– Que se passe-t-il ? demanda Malko.

– Sur le plan extérieur, les Russes verrouillent la situation et Bachar El Assad n'a pas à craindre une intervention étrangère. Mais sur le plan intérieur, c'est moins brillant. Certes, les Alaouites et certains Sunnites font corps, mais ils ne savent pas trop comment agir. Ils ont réglé la situation à Homs, grâce à leur puissance de feu, à Adlib, aussi, dans le nord, mais l'insurrection continue, avec des petits foyers très mobiles.

« Les Moukhabarats ont du mal à les éteindre.

« Pour le moment, cela tient encore. Mais si Bachar fait mine de reculer, ils vont le liquider et ce sont des durs comme Maher, son frère, qui prendront le pouvoir. Et là, il n'y aura plus rien à faire.

« Ou alors, ils vont se replier dans le djebel Alaouite et ce sera la partition de la Syrie, avec la plus grande partie du pays aux mains des Frères Musulmans. Ce qui, pour nous, serait une catastrophe.

– Sont-ils aidés de l'extérieur ?

– Pas beaucoup. Les Saoudiens leur donnent de l'argent, mais n'arrivent pas à faire passer des armes par l'Irak. Il en vient encore par la région de Tripoli. Les Kurdes syriens se tiennent tranquilles, à cause de l'intervention de Barzani, le patron des Kurdes irakiens qui leur a donné l'ordre de rester neutres.

« Seulement, tout cela est très fragile.

« Maintenant, dites-moi où vous en êtes.

– Vous connaissez un certain Mohammed Makhlouf ? demanda Malko.

– Oui, bien sûr, c'est le vrai patron du Moukhabarat. Ali Mamlouk lui obéit. C'est un homme très puissant, qui ne fera rien pour faire tomber le Régime ; en plus, il est impossible à contacter à Damas.

– Considérez-vous qu'il pourrait faire un remplaçant acceptable aux yeux des Sunnites pour Bachar ?

L'Israélien hocha la tête.

– Les Sunnites le haïssent, mais, sur le plan international, cela calmerait les choses. Mohammed Makhlouf n'a jamais été officiellement en première ligne. On pourrait le faire passer pour un modéré. Avec l'élimination de Bachar, cela diminuerait la pression.

« Évidemment, il reste à le convaincre…

« Et surtout, comment allez-vous le contacter ?

– Il vient à Beyrouth pour quelques jours, pour marier son fils, expliqua Malko. J'ai peut-être le moyen de lui faire passer un message.

– Qu'est-ce que vous allez lui « vendre » ? demanda l'Israélien.

– J'ai une idée, répliqua Malko. Il faudrait lui présenter notre plan comme une façon de sauver le régime et Bachar El Assad, malgré lui, en quelque sorte. D'après ce que je sais, Mohammed Makhlouf n'est pas viscéralement attaché à la personne de Bachar El Assad. Si on lui propose une solution honorable pour lui, il peut accepter…

Tamir Pardo lui jeta un regard froid.

– Que comptez vous faire *réellement* de Bachar El Assad ?

Il n'était pas tombé de la dernière pluie…

– Je pense qu'il ne peut pas rester dans le paysage, reconnut Malko.

– Vous savez comment faire ?

– Non. Je pense que nous aurions besoin de vos lumières et de votre aide.

L'Israélien ne broncha pas.

– Nous pourrons arranger quelque chose, mais il ne faut pas vendre la peau de l'ours… Si vous arrivez déjà à rencontrer Mohammed Makhlouf, s'il accepte le principe de l'opération, alors, nous entrerons dans les détails.

Un ange passa. L'élimination physique du président syrien n'était pas vraiment un détail.

Malko se tourna alors vers Gordon Cunningham.

– Si nous arrivons au stade de la décision, continua-t-il, je pense que Mohammed Makhlouf ne bougera pas sans avoir reçu l'assurance que l'Administration américaine endosse le projet.

Le responsable de la CIA pour le Moyen-Orient approuva.

– Tout à fait. Je crois pouvoir arranger cela. Je suis prêt à le rencontrer et à lui prodiguer les assurances nécessaires.

« Hélas, pour l'instant, tout cela est prématuré. Continuez donc vos travaux d'approche et tenez-moi au courant.

« Autre chose ?

– Oui, dit Malko. Deux choses : d'abord, les Services syriens s'intéressent à moi.

Il résuma les confidences de Farah Nassar, dans un silence de mort.

Malko conclut alors :

– J'ai peut-être une idée, mais elle est délicate à manier.

– Dites ! lança Mitt Rawley.

– Il faudrait faire croire aux Services syriens que nous préparons une opération avec Assef Chawkat. De façon à orienter les soupçons sur lui et à me dédouaner…

Personne n'applaudit, mais il sentit qu'il avait marqué un point. Gordon Cunningham remarqua pensivement.

– C'est une excellente idée, qui vaut la peine d'être essayée. Je pense qu'avec notre chef de Station de Damas, on pourrait arranger quelques rencontres « compromettantes » avec Assef Chawkat. Si Malko peut distiller quelques détails en même temps, comme les Syriens sont paranos, cela devrait suffire.

– Assef Chawkat ne va pas se défendre ?

Tamir Pardo sourit.

– C'est comme dans la Mafia. Ils ne préviennent pas. Un jour, il recevra une invitation à dîner de Bachar et il ne reviendra pas.

– C'est son beau-frère, remarqua Malko.

Nouveau sourire de l'Israélien.

– Dans ce cas, ce sera surtout un traître aux yeux de Bachar. Une espèce qu'ils n'aiment pas en Syrie. Souvenez-vous d'Adolph Hitler : en mars 1945, à

Berlin, il a fait fusiller le général Fegelein, pourtant marié à la sœur d'Eva Braun, sa maîtresse et sa future épouse.

« C'est la même mentalité : nous avons affaire à des gens qui ont le dos au mur. Les Alaouites savent que, s'ils perdent, ils seront massacrés.

« Ils vivent une fin de règne.

Tourné vers Malko, il ajouta :

– Allez-y mais soyez prudent. Quand les Syriens éliminent, ils ratissent large…

L'Israélien regarda sa montre et se leva.

– Je dois vous quitter. J'ai une dure journée.

Il était toujours débordé. Dès qu'il eut quitté la pièce, Malko se tourna vers les deux Américains.

– J'ai encore deux problèmes, que je ne tenais pas à évoquer devant notre ami. Le premier concerne Mourad Trabulsi. Or, il demande une compensation, en raison des risques que cette démarche lui fait courir.

– Laquelle ? demanda Mitt Rawley.

Malko lui expliqua les projets immobiliers du général libanais. Mitt Rawley échangea un regard avec Gordon Cunningham et laissa tomber.

– Je pense que cela ne devrait pas poser de problème. Nous avons un budget important pour cette opération.

– Dans ce cas, dit Malko, je vais vous communiquer les coordonnées du notaire de notre ami Mourad.

– Quel est l'autre problème ? interrogea Mitt Rawley.

– Celui-là est plus délicat, reconnut Malko.

Il relata sa rencontre avec Ramdane Halab et cette fois, les visages des deux Américains se fermèrent. Gordon Cunningham laissa tomber.

– Nous ne pouvons pas intervenir directement dans cette affaire. Il s'agit de neutraliser un businessman libanais. C'est délicat.

– C'est délicat *aussi* si Ramdane Halab se fait égorger avec toute sa famille. En plus, il peut se retourner contre nous. Ce n'est pas le moment.

– Pourquoi ne demandez-vous pas conseil à Robert Correll ? suggéra Mitt Rawley. Il a toujours de bonnes idées et il a les coudées plus franches que nous. S'il y a un investissement à faire, bien entendu, nous assumerons.

C'était toujours la C.Y.A [1]…

Malko n'insista pas. En remontant vers le rez de chaussée, Gorgon Cunningham suggéra :

– Restez dîner ici, cela vous changera de Beyrouth. J'ai un excellent cuisinier.

***

Dès neuf heures du matin, à peine rentré de Chypre, Malko avait appelé Robert Correll. Lui demandant de passer.

– Venez maintenant, si vous pouvez, dit le « retraité » du Renseignement.

1. Cover Your Ass : Ouvrez le parapluie.

Une heure après, Malko garait sa Mercedes devant la grosse bâtisse de pierres. La porte s'ouvrit aussitôt sur Robert Correll, souriant, en pull et pantalon de velours côtelé.

Il semblait toujours hors du temps.

Affable, il entraîna Malko hors de la cuisine qui s'était un peu réchauffée et lui offrit un café.

– Vous avez des problèmes ? demanda-t-il de sa voix égale.

– Moi, non, précisa Malko, mais Ramdane Halab, oui.

Il lui raconta le brusque retour de flamme de Mavros Nilatis, suite à l'élimination brutale de l'employé de la banque Fransa.

Robert Correll hocha la tête avec un léger sourire.

– Notre ami Halab a voulu être trop prudent… Il est Syrien, non Libanais, sinon il aurait su qu'ici les gens ont un sixième sens pour sentir les arnaques.

– Que conseillez-vous ? demanda Malko.

Robert but un peu de son café noir comme l'enfer.

– Mavros Nilatis est un homme dangereux, dit-il. Il a amassé une fortune considérable dans l'immobilier, a été très actif au temps de la guerre civile, n'hésitant pas à mettre la main à la pâte. Il a à sa disposition une petite milice dévouée et dangereuse. Donc, il ne faut pas laisser déraper la situation.

– C'est-à-dire.

– Il faut lui faire peur. Qu'il comprenne qu'il a affaire à plus fort que lui. Ce n'est pas un fou furieux, mais un pragmatique. S'il pense que continuer à réclamer son dû peut lui apporter des vrais problèmes, il laissera tomber. Cet argent ne l'intéresse pas vraiment, c'est le fait qu'on se soit moqué de lui qui l'agace.

« *Après*, on lui parlera.

« Donnez-moi quarante-huit heures. Je vous appelle dès que j'ai une idée qui tienne la route.

Lorsque Malko reprit le chemin de Beyrouth, il était un peu moins inquiet. Robert Correll était un homme sérieux. Le délai imposé par lui permettait de distiller son poison auprès des Syriens. Pour cela, il fallait recontacter la pulpeuse Farah Nassar.

***

Assef Chawkat sortit de chez lui et regarda autour de lui. La rue Abbas Mansour Al Aqqab était déserte et un léger brouillard la rendait encore plus sombre. Longue de cinquante mètres environ, elle abritait plusieurs dignitaires du régime syrien et la résidence du Chargé d'Affaires américain, Jim Colton.

À trois maisons de la sienne, juste à côté de l'ambassade d'Egypte.

Bien entendu, il était interdit de stationner et des gardes veillaient à chaque extrémité de la rue, aidés de caméras infra-rouges.

Ici, on était très loin des troubles qui secouaient certains faubourgs.

Le Syrien parcourut rapidement les quelques mètres qui le séparaient de la maison de l'Américain, puis se plaça devant la caméra et appuya sur la sonnette.

Quelques instants plus tard, le portail s'ouvrit automatiquement et il grimpa le perron en haut duquel l'attendait un homme souriant.

Jim Colton, le N° 2 de l'ambassade américaine à Damas, lui avait envoyé un peu plus tôt un message, demandant à lui parler. Ce n'était pas la première fois que les deux hommes se voyaient. Lorsqu'Assef Chawkat était le patron du Moukhabarat, il rencontrait souvent le diplomate. Cultivé, intelligent et féroce, les Américains le considéraient comme un interlocuteur valable.

Les deux hommes allèrent s'installer dans le living-room et l'Américain lui versa lui-même un verre de Chivas Regal.

Les Syriens adoraient le whisky.

– Que voulez-vous savoir ? interrogea Assef Chawkat.

Jim Colton eut un geste évasif.

– Ma maison me demande tout le temps des informations sur ce qui se passe réellement en Syrie. Moi, je ne sors pas beaucoup, alors, je ne voudrais pas dire trop de conneries…

« Que pensez-vous de la situation ?

– Elle est sous contrôle, assura Assef Chawkat, même s'il y a encore des poches de résistance. Les Frères Musulmans ont manipulé beaucoup de gens et amené des soldats à déserter. Heureusement, ils n'ont pas d'armes lourdes et sont coupés de l'extérieur. Et puis, la population est toujours fidèle au Raïs. La Syrie est stable et il fait bon y vivre.

Il récitait sa leçon sagement, d'un ton monocorde, presque certain que la pièce était bourrée de micros installés par les différents Moukhabarats.

Au bout d'un quart d'heure, il regarda sa montre et s'excusa.

– J'ai un dîner, je vais devoir vous quitter. J'espère que j'ai pu vous être utile…

L'Américain l'en assura et le raccompagna à la porte.

En regagnant sa résidence, Assef Chawkat se demanda pourquoi le Chargé d'Affaires lui avait demandé cet entretien. Il ne lui avait rien dit que l'autre ne sache déjà… Or Jim Colton n'était pas un homme qui parlait pour ne rien dire. Il y avait donc anguille sous roche. Pour l'instant, il n'arrivait pas à comprendre, mais il décida de se méfier. En ces temps troubles, les membres du clan Alaouite se regardaient en chiens de faïence. Agissant chacun dans leur coin. Il se promit d'être vigilant.

***

En reconnaissant sa voix, elle eut un véritable cri du cœur.

– Oh, je suis si contente que tu m'appelles !

– Je suis flatté, dit Malko, amusé.

– Il faut que je te parle.

– Cela tombe bien, répondit Malko, je voulais t'inviter à dîner. Où peut-on aller ?

– À Jounieh, chez Samy, dit-elle, là-bas, je ne suis pas connue.

Farah Nassar débarqua une demi-heure plus tard, dans un nuage de parfum et se débarrassa aussitôt de son manteau de cuir Dolce Gabbana, exhibant un pull mi-laine, mi-cuir noir, si serré qu'on se demandait comment elle avait pu l'enfiler… Elle s'approcha et soupira.

– *Ayete*, je suis si contente de te voir.

Malgré son attitude provocante, son regard était affolé et une sorte de rictus alourdissait le bas de son visage. Malko essaya un ton léger.

– Tu es amoureuse ?

Farah Nassar eut un rire, sans joie.

– Je n'ai même pas envie de baiser, lâcha-t-elle. Ce salaud de moukhabarat syrien est venu à la boutique aujourd'hui. Il m'a dit que si je ne lui donnais pas une information, demain il allait voir mon mari.

Malko sentit qu'elle ne plaisantait pas, c'était le moment de glisser son venin.

– Je ne veux pas qu'il t'arrive quelque chose, dit-il, mais, pour moi, c'est très difficile. Si on sait que je t'ai parlé, ce sera très grave pour moi.

Le regard de Farah Nassar se troubla encore plus.

– *Ayete*, je t'en prie ! Je ne mange plus, je ne dors

plus, j'ai perdu quatre kilos. Tu ne connais pas mon mari.

– Viens, allons dîner, suggéra Malko. Ça va te détendre.

***

Depuis la sortie de Beyrouth, ils avançaient au pas sur l'avenue Charles Helou. Tout le monde quittait la ville à la même heure ; Farah Nassar semblait un peu plus détendue. Elle posa la main sur la cuisse de Malko et, trois kilomètres plus tard, elle était déjà en train de le masser doucement. La visite du moukhabarat syrien ne lui avait pas ôté complètement le goût du sexe... Sentant celui de Malko grossir sous ses doigts, elle demanda :

– Tu as envie de moi ?

– Toujours ! assura-t-il.

Il n'était pas absolument certain de l'origine de la pulsion de la Libanaise. Elle était quand même venue pour lui extorquer des informations.

À l'embranchement de Jounieh, sur la gauche, ils prirent la route parallèle à l'autoroute, longeant la mer. Après avoir dépassé Kaslik, Farah Nassar dit soudain :

– Prends le chemin à gauche.

Malko obéit, débouchant trente mètres plus loin, dans une impasse, face à des rochers.

– On s'est trompés, remarqua Malko, c'est une impasse.

– Non, fit la Libanaise.

Déjà, elle descendait délicatement le zip de Malko, libérant son sexe. Elle avait décidé de mettre toutes les chances de son côté.

Elle plongea sur le sexe qu'elle tenait désormais solidement en main.

Pour une fellation rapide, consciencieuse et efficace. Malko avait l'impression de rajeunir. Farah Nassar suçait comme une collégienne assoiffée de sexe.

Lorsqu'elle se redressa après lui avoir arraché un long cri de plaisir, elle écarta ses grosses lèvres dans un sourire gourmand.

– Tu m'as donné faim, *Ayete* !

Cette fois, elle le guida par le bon chemin jusqu'au restaurant, trois kilomètres plus loin, à Monmeltain, juste en bord de mer. Il était à moitié vide et on leur donna une table tout près de la mer, surplombant, à travers des baies vitrées, une petite plage battue par les vagues.

C'est Farah Nassar qui alla choisir les poissons sur leur lit de glace, à l'entrée, pendant que les garçons apportaient les inévitables mézés et de l'arak.

Quand ils eurent terminé les mézés, Farah Nassar se pencha au-dessus de la table et dit d'une voix suppliante :

– Dis-moi quelque chose que je puisse répéter à ce salaud de Moukhabarat.

Malko fit semblant d'hésiter, puis lâcha :

– Nous sommes en train de parler à Assef Chawkat, mais je ne peux pas t'en dire plus.

« Ce n'est pas dirigé contre Bachar, au contraire.

– Les Américains ne sont pas les amis des Syriens, remarqua Farah Nassar.

– Assef Chawkat a toujours été en bons termes avec eux, répliqua Malko. Il y a quelques années, quand il était encore le patron du Moukhabarat, c'est à lui que le Chargé d'affaires américain a demandé un visa pour moi.

« Que j'ai obtenu en deux jours.

« C'est vrai, je ne venais pas travailler contre les intérêts syriens, mais Chawkat tenait à faire plaisir… Allez, ne parlons plus de cela, détends-toi.

On venait d'apporter la dorade.

Farah Nassar n'insista pas : elle avait quelque chose à raconter au Moukhabarat de l'ambassade.

Ils dînèrent rapidement et c'est elle qui donna le signal du départ. Semblant n'avoir plus qu'une idée : rentrer chez elle.

Il n'y avait plus qu'à espérer que les Syriens mordent à l'hameçon.

Après l'avoir déposée à sa voiture, Malko regagna sa chambre, satisfait.

Il avait dégusté un excellent poisson, sa libido ronronnait grâce à la fellation hors pair de Farah Nassar et, surtout, il avait ajouté une pierre aux contre-mesures américaines. Plus les Syriens se concentreraient sur Assef Chawkat, moins ils regarderaient ailleurs.

Or, Mohammed Makhlouf arrivait dans trois jours. Tout reposait désormais sur l'habileté de Mourad Trabulsi.

Une seule ombre au tableau : le général libanais avait survécu de longues années en louvoyant entre les clans les plus féroces de la région. Une seule fois, il avait trahi la CIA pour conserver des amis et Malko avait failli le liquider. Mourad Trabulsi n'ignorait pas qu'il jouait sa vie avec les Syriens. Si le Moukhabarat le soupçonnait, il était mort. Il avait donc intérêt à ce que la manip de la CIA réussisse.

Ou à trahir.

Comme disaient certains Arabes : « Mieux vaut un chien vivant qu'un lion mort. »

***

Le couinement d'un SMS réveilla Malko, qui se précipita sur son portable.

« Rendez-vous chez moi à cinq heures. Robert »

Apparemment, le « retraité » avait trouvé le moyen d'arracher les crocs du féroce Mavros Nilatis.

CHAPITRE XVII

Mahmoud Chamar, le responsable des moukhabarats syriens à Beyrouth, releva la tête, après avoir pris des notes durant le récit de Farah Nassar. La bijoutière s'était ruée à l'ambassade syrienne, à Baabda, dès le début de la matinée.

Pour raconter les confidences faites par Malko la veille au soir. Afin de les crédibiliser au maximum, elle avait expliqué au Syrien que Malko avait beaucoup bu et s'était laissé aller.

– Tu as fait du bon boulot ! laissa-t-il tomber. Ça t'évite beaucoup de problèmes.

Pour lui, ce que lui avait révélé la bijoutière était parfaitement crédible : il était de notoriété publique que Bachar El Assad et son beau-frère, Assef Chawkat, ne s'aimaient guère. Donc, que le second songe à assassiner le Président n'avait rien que de très normal. C'était, en Syrie, la meilleure façon de purger les inimitiés.

Détendu, il regarda Farah Nassar avec un autre regard. La trouvant extrêmement excitante. Et vulnérable. Il se leva et se planta devant elle.

– Pourquoi tu n'enlèves pas ton manteau ? demanda-t-il gentiment. Il fait chaud ici.

Son ton était si insistant, que la bijoutière obéit.

Le regard du moukhabarat syrien parcourut avidement les courbes de la jeune femme et il soupira.

– Il a de la chance, ce chien d'Américain. Tu es une très belle femme.

Il s'était rapproché d'elle à la toucher, le regard dans le sien.

Farah Nassar n'osait pas bouger, paralysée. Elle eut à peine un sursaut quand le Syrien posa la main sur son sein droit et commença à le malaxer.

Il avait la respiration courte et il s'attarda longuement à la poitrine de la bijoutière. Comme sa main descendait plus bas, celle-ci protesta d'une voix cassée.

– Non, j'ai mes règles…

Le Syrien sourit.

– C'est dommage ! Tu m'as mis dans un sacré état. Je ne peux pas rester comme ça…

Comme elle ne bougeait pas, il la prit par la main et l'entraîna jusqu'à un vieux canapé rose. Il se laissa tomber, ouvrant aussitôt sa braguette, exhibant un long sexe, mince et recourbé.

Farah Nassar elle, était restée debout. Mahmoud Chamar jeta d'une voix sèche.

– Qu'est-ce que tu attends, chienne !

Comme elle ne bougeait toujours pas, il la tira par le poignet et la força à s'agenouiller sur la moquette tachée et sale.

Ils se défièrent du regard, puis, domptée, la bijoutière abaissa la tête vers lui et fit ce qu'il attendait. Mahmoud Chamar en ferma les yeux de bonheur. Il faisait quand même un beau métier…

Il se dit qu'à leur prochaine rencontre, il en profiterait plus complètement. À qui irait-elle se plaindre ?

Dès qu'il en aurait fini avec elle cette fois-ci, il prendrait lui-même la route de Damas. Une information aussi importante devait être transmise personnellement à son chef, le général Ali Mamlouk. Ce qui lui permettrait, à lui, de se mettre en valeur.

***

Robert Correll semblait particulièrement en forme lorsqu'il accueillit Malko. Comme d'habitude, ils se retrouvèrent dans le grand canapé face à la cheminée de l'immense pièce carrée.

– Je me suis renseigné, annonça-t-il, et je crois que j'ai trouvé le moyen d'envoyer à Mavros Nilatis un message qu'il comprendra. Ensuite, ce sera à vous de jouer.

– Quel message ? demanda Malko.

Robert Correll eut un sourire qui évoquait un chat en train de se pourlécher les babines.

– Voilà, dit-il. Mavros Nilatis est un homme d'habitudes. Tous les soirs, vers six heures, il va prendre un apéritif à Byblos, non loin de sa propriété, chez Pépé Abed, le « must » de Byblos. Il y reste une heure, seul, à tirer sur une « chicha » ou avec des amis. Il s'y rend à partir de son bureau de Beyrouth, en voiture.

« Pas n'importe quelle voiture. Mavros Nilatis est un homme très prudent et sait qu'il a quelques ennemis. Alors, il a fait fabriquer un modèle spécial sur un châssis de Bentley, entièrement blindé, y compris le dessous de la carrosserie, avec des glaces réduites à des hublots, qui doit peser dans les trois tonnes…

« Il adore cette voiture qui n'a pas de plaques, mais seulement ses initiales, devant et derrière. Les sièges sont des Chesterfield rouges.

« Tout le monde la connaît à Beyrouth.

« Quand il se déplace, il est escorté d'une Hummer également blindée, avec six hommes, lourdement armés. Bien entendu, tout cela est totalement illégal, mais nous sommes au Liban…

« Cela m'a donné une idée.

« Nous allons aller à Byblos, vers six heures. Il gare toujours sa voiture le long du port, dans un endroit assez excentré, ses gardes du corps restant avec lui, chez Pépé Abed. Il suffira de passer lentement devant et de s'arrêter quelques secondes, comme pour l'admirer.

« J'ai préparé un petit engin avec un pain de C.4. [1] de 500 grammes et un détonateur-retard de trois minutes. Il suffit de le coller sous la carrosserie où il tiendra, grâce à son aimant.

« Lorsque l'explosion aura lieu, nous serons déjà loin. Étant donné le poids de la voiture et son blin-

1. Explosif militaire.

dage, cela ne fera pas de gros dégâts, mais Mavros Nilatis sera furieux qu'on ait osé toucher à son jouet.

« De cette façon, lorsque vous lui rendrez visite à son bureau de l'immeuble Starco, il vous écoutera avec attention.

– Il va me tuer, objecta Malko.

Robert Correll lui adressa un sourire rassurant.

– Non, il va d'abord vouloir savoir *qui* lui a manqué de respect. Et, quand il le saura, il n'aura plus envie de vous tuer. C'est un homme colérique, mais pragmatique.

Il semblait enchanté de sa blague. Après avoir jeté un coup d'œil à sa montre, il lança :

– Bon, il faut y aller. On roule mal à cette heure-ci.

Ils sortirent de la maison et Robert Correll se dirigea vers une vieille Toyota à la peinture écaillée, garée à côté d'une grosse Chrysler noire.

– Laissez la vôtre ici, dit-il à Malko. Je vous ramènerai.

Malko regarda la plaque de la Toyota. Libanaise. Robert Correll suivit son regard et sourit.

– Ce numéro ne mènera à rien. Cette Toyota m'a été offerte par les Forces Libanaises, il y a très longtemps. Son propriétaire est mort. À propos, vous connaissez Byblos ?

– J'y ai déjà été, répondit Malko.

– Alors, vous allez conduire. On gagnera du temps sur place.

***

Ils avaient quitté l'autoroute de Tripoli pour emprunter la route parallèle longeant la côte, dominant la mer. Malko ralentit, ils surplombaient le minuscule port de Byblos, occupé par quelques voiliers et des petits bateaux de pêche.

– Continuez, dit Robert Correll et descendez sur la gauche.

Malko obéit et se retrouva en face de l'entrée du port. Une voie qui le contournait, passant devant les restaurants comme Pépé Abed, en surélévation et, ensuite, se scindant en deux branches. L'une montant vers la vieille ville et ses boutiques, l'autre suivant le pourtour du port, et rejoignant ensuite la sortie.

Juste avant d'arriver en contrebas de la terrasse de Pépé Abed, Malko aperçut une Hummer noire garée en dessous.

– C'est bien, il est là ! fit Robert Correll. Continuez, prenez l'embranchement qui longe le port.

Ils passèrent devant Pépé Abed, longeant ensuite une terrasse où étaient installés quelques soldats de l'armée libanaise. La route tournait légèrement. Malko aperçut alors un petit parking, à gauche de la route, où se trouvaient quelques voitures.

La première rappelait la « batmobile » du film Batman. Une sorte de tank, avec les roues carénées presque jusqu'au sol, très basse, d'un noir mat profond.

La partie supérieure des glaces était renforcée de métal, ce qui ne laissait que des ouvertures restreintes. À l'arrière, pas de plaque mais une sorte de blason avec les lettres M. et N entrelacées.

– Arrêtez-vous ! demanda Robert Correll.

Dès que Malko eut stoppé, il sortit de la Toyota et retourna sur ses pas sans se presser. Dans le rétroviseur, Malko le vit s'approcher de la « batmobile », tourner autour, puis revenir. Lorsqu'il regagna la Toyota, Robert Correll dit simplement.

– Voilà, on peut y aller.

L'explosion survint alors qu'ils contournaient le port pour regagner la route principale. Une déflagration sourde et puissante, étouffée par les maisons surplombant le port.

– Désormais, fit Robert Correll, vous pouvez engager le dialogue avec Mavros Nilatis. Il vous écoutera.

***

Mavros Nilatis, son calot brodé bien enfoncé sur le front, la barbe noire en éventail, drapé dans une sorte de djellaba pleine de dorures, savourait sa « chicha », en regardant le soleil se coucher, de la terrasse de « Pépé Abed ». Ses six gardes du corps s'étaient répartis sur deux tables voisines, veillant respectueusement sur le repos du chef.

La déflagration le fit sursauter.

Mavros Nilatis arracha la « chicha » de ses grosses lèvres et rugit.

– Qu'est-ce que c'est ?

Les six s'étaient levés d'un bloc. Leur chef, Mourad, désigna le port.

– Ça vient de là-bas !

À cause du virage, on ne pouvait rien discerner, mais des volutes de fumée noire s'élevaient dans le ciel bleu.

– Allez voir ! lança Mavros Nilatis. Pas tous.

C'est Mourad qui se dévoua, avec un autre, et partit en courant. Mavros Nilatis avait recommencé à tirer sur sa « chicha ». Cela ne pouvait pas le concerner.

Cinq minutes plus tard, il vit ses deux hommes revenir en courant. Lorsqu'ils grimpèrent les marches menant à la terrasse, il comprit à leurs visages défaits qu'il y avait quelque chose.

Mourad avala sa salive et lança d'une voix mal assurée :

- *Sidi*, c'est votre voiture !

Mavros Nilatis sursauta.

– Ma voiture ! Qu'est-ce qu'elle a, ma voiture ?

– Quelqu'un a mis une bombe dessous. Elle flambe !

Cette fois, Mavros Nilatis sauta sur ses pieds, les traits convulsés de fureur, et poussa le hurlement d'une chatte à qui on arrache ses petits.

Déjà, il dévalait l'escalier menant au port. Encadré de ses six hommes qui avaient tous sorti leurs armes au cas où le malfaisant qui s'était attaqué à la « batmobile » soit encore dans les parages.

Juste après le virage, Mavros Nilatis s'arrêta net. D'ailleurs, il ne pouvait pas aller plus loin : des volutes de fumée noire empêchaient de s'approcher du véhicule incendié. La belle peinture neuve mate brûlait allégrement. Deux pneus arrière, pourtant à l'épreuve des balles, étaient à plat.

L'explosion avait soulevé les trois tonnes, défonçant le plancher, pourtant blindé, et arrachant la porte du coffre. Des soldats accouraient. Mavros Nilatis leur jeta.

– Vous avez vu le chien qui a fait cela ?

Il en aurait pleuré. Ce n'était pas les 400 000 dollars du véhicule qu'il regrettait, mais l'affront fait à sa personne le plongeait dans une rage sans bornes. Celui qui avait commis cette offense voulait l'humilier !

C'était trop dur de regarder sa voiture brûler. Faisant demi-tour, il lança à Mourad.

– On rentre. Laisse deux hommes ici.

Il fallait qu'il rumine sa vengeance, et, surtout, qu'il comprenne. Il connaissait assez le Liban pour savoir que c'était un message... Évidemment, il évoqua Ramdane Halab, pensant à aller l'exterminer immédiatement, lui et sa famille, mais se dit que le Syrien n'aurait jamais osé commettre un tel sacrilège.

Cela venait d'ailleurs.

***

Malko monta les quelques marches de marbre menant à l'entrée de l'immeuble Starco, non loin du Four Seasons. La veille, après leur expédition à

Byblos, il avait invité Robert Correll à dîner chez Samy, à Jounieh, puis était rentré se coucher. C'est maintenant qu'il fallait capitaliser sur leur expédition.

À sa droite, une porte d'acajou entrouverte donnait sur un grand hall tout en longueur, décoré de statuettes variées. Partout, des blasons avec les deux lettres M. et N entrelacées. Si ce n'était pas le culte de la personnalité, ça y ressemblait…

Une ravissante réceptionniste, les lèvres botoxées et la poitrine siliconée, exhiba une dentition magnifique dans un sourire de bienvenue.

– Je viens voir Mavros Nilatis, annonça-t-il.

Le sourire s'effaça.

– M. Nilatis n'est pas encore là, fit la Libanaise. Il vous attend ?

– Non, mais je pense qu'il sera heureux de me voir. C'est au sujet de ce qui est arrivé à sa voiture hier soir, à Jbail.

Les traits de la réceptionniste se défirent. Tous les employés de Mavros Nilatis étaient au courant du crime de lèse-majesté commis la veille contre le businessman.

– Attendez une seconde, bredouilla-t-elle.

Elle s'empara du téléphone et lâcha quelques phrases en arabe. Deux minutes plus tard, une des portes du hall s'ouvrit comme si elle était pulvérisée par une explosion. Sur deux malabars au crâne rasé qui devaient peser deux cents kilos à eux deux. Ils se ruèrent sur Malko, dans un concert de vociférations en arabe.

L'un, en blouson de cuir, se pencha et prit un revolver dans son anckle-holster G.K. et l'appuya sur la gorge de Malko en l'insultant dans sa langue. Le second le souleva du sol, pour l'entraîner vers un ascenseur dont la réceptionniste tenait complaisamment la porte ouverte.

À peine dans la cabine, les deux hommes se mirent à frapper Malko à coups de poing, de pieds, de crosse de pistolet, tout en le couvrant d'injures.

Heureusement, il n'y avait qu'un étage. En sortant, il avait quand même l'arcade sourcilière fendue et mal partout. Les deux brutes le traînèrent jusqu'à un bureau somptueux, orné de plusieurs statues, dont les baies donnaient sur le Hyatt en construction, et le jetèrent sur la moquette. L'homme au blouson lui posa un pied sur la gorge pour l'empêcher de bouger, tout en le menaçant de son arme. Étourdi, Malko ne réagissait pas.

Il entendit un bruit de voix et le pied s'éloigna de sa gorge. Il redressa la tête et aperçut dans l'embrasure de la porte un colosse qui devait mesurer deux mètres et peser cent cinquante kilos.

On le força à se relever et le nouveau venu l'interpella en arabe.

– *I don't speak arabic* [1], répondit Malko.

Le nouveau venu continua dans un anglais rocailleux.

– C'est toi, le chien qui a détruit la voiture du patron, à Jbail ? Il faut que tu sois fou pour venir ici.

1. Je ne parle pas arabe.

« On a prévenu le patron, il va venir. Après, je vais te conduire à la scierie. C'est dans la montagne. Là, on a une grande scie circulaire pour les gens comme toi. Tu diras si tu veux commencer par la tête ou par les couilles…

Il parlait calmement, mais la méchanceté qui filtrait de tout son corps massif glaçait le sang. Il menaçait bien Malko de le couper en deux.

Dans le sens de la longueur.

Quand on connaissait les horreurs auxquelles s'étaient livrés les Libanais durant les quinze ans de guerre civile, cela n'avait rien d'invraisemblable. La férocité c'était, chez eux, une seconde nature.

Une femme se faufila dans la pièce et dit quelques mots en arabe au colosse. Celui-ci lança à Malko.

– Le patron vient d'arriver.

Trente secondes plus tard, une silhouette massive s'encadra dans la porte.

Un homme corpulent, très grand, coiffé d'une toque en tapisserie marron, les cheveux attachés en queue-de-cheval, une barbe noire fournie, une chemise verte sous une djellaba brodée, un long bracelet d'argent au bras gauche.

Il toisa Malko et lâcha en excellent anglais.

– C'est toi qui as fait sauter ma voiture, hier soir ?

– Pas exactement, reconnut Malko, mais j'y suis pour quelque chose.

Le géant sembla décontenancé par ce cynisme.

– C'est ce chien de Ramdane qui t'a payé ?

– Personne ne m'a payé, assura Malko et je suis venu ici, volontairement. Pour vous parler.

– De quoi ? suffoqua Mavros Nilatis.

– Je préférerais que nous soyons seuls, fit Malko en tamponnant son arcade sourcilière.

Mavros Nilatis hésita quelques secondes, puis jeta un ordre en arabe à ses hommes qui refluèrent vers la porte.

– Je t'écoute ! Qui es-tu ?

– Peu importe, fit Malko. Je voulais vous voir pour vous dire de laisser Ramdane Halab tranquille. L'explosif déposé sous votre voiture était seulement un avertissement. Pour vous convaincre de m'écouter.

Le regard de Mavros Nilatis vacilla et il jeta :

– Tu veux que je laisse tranquille ce chien de Ramdane Halab qui m'a volé ! Je vais lui arracher les yeux, violer sa femme et égorger ses enfants.

La rage suintait de tous ses pores. Au Liban, on ne plaisante pas avec les questions d'argent.

Malko secoua la tête.

– Monsieur Nilatis, vous auriez tort de faire cela. Je n'ai aucune sympathie particulière pour Ramdane Halab, mais si vous mettiez ces menaces à exécution, il vous arriverait des choses très désagréables. Vous savez comment procèdent les Syriens avec leurs ennemis…

Mavros Nilatis fronça les sourcils.

– Les Syriens ! Pourquoi les Syriens ?

Malko le regarda bien en face.

– Parce que s'ils apprenaient que vous avez financé le complot de Ghazi Canaan, ils vous liquideraient comme ils ont fait pour Rafic Hariri. Je ne suis pas certain que vous soyez aussi bien protégé que lui…

Les yeux globuleux de Mavros Nilatis lui sortaient de la tête. Son visage était devenu gris. Il dit d'une voix sifflante.

– Qui vous a dit cela ? C'est faux.

Il avait peur et cela se voyait… Malko enfonça le clou.

– Personne, Monsieur Nilatis, continua Malko. J'ai en ma possession les virements bancaires que vous avez faits sur le compte de Ghazi Canaan à la banque Fransa par le biais de votre société de transport maritime L.I.T. Les Syriens savent très bien qu'elle vous appartient. Certes, vous avez une milice privée, mais contre eux, cela ne suffira pas. Ils vous extermineront, avec toute votre famille, s'ils apprennent ce secret.

Mavros Nilatis respirait lourdement. Il demeura silencieux d'interminables secondes, avant de laisser tomber.

– Combien voulez-vous ?

– Rien, dit Malko. Simplement, vous oubliez l'existence de Ramdane Halab et les Syriens ne sauront jamais. Si vous doutez de ma parole, je vous fais parvenir les copies de ces virements. Il est évident que si vous décidiez de m'exécuter ici et maintenant, ces documents se retrouveraient demain au Moukhabarat de l'ambassade syrienne de Beyrouth.

Mavros Nilatis souffla comme un hippopotame qui sort de l'eau et lança.

– Qui êtes-vous ?

– Mon nom n'a pas d'importance, répliqua Malko. Disons que je représente les intérêts d'une très puissante organisation américaine. Celle-ci ne veut pas qu'il arrive quelque chose à Ramdane Halab. Pour des raisons que je ne suis pas autorisé à révéler. Je pense que la perte de cet argent ne changera pas votre train de vie.

Le Libanais lui jeta un regard noir.

– Qu'est-ce qui arrivera si je vous coupe en morceaux ?

Malko ne broncha pas, précisant seulement.

– Je vous l'ai dit : les Syriens seront au courant de votre aide à Ghazi Canaan. Vous pouvez imaginer leur réaction. En plus, vous vous serez fait des ennemis *très* puissants qui ne se paient pas de mots, comme vous avez pu le constater hier soir.

« C'est à vous de jouer.

Affalé dans son fauteuil, Mavros Nilatis, avait fermé les yeux. Il demeura ainsi un long moment, comme s'il était en catalepsie, puis les rouvrit.

– Qui me dit que vous tiendrez votre promesse ? demanda-t-il.

– Nous n'avons rien contre vous, souligna Malko. Nous voulons seulement éviter des problèmes à Ramdane Halab.

Nouveau silence. Les paupières mi-closes, le Libanais essayait de jauger Malko. Finalement, il lâcha d'une voix tendue.

– D'accord, j'oublie la dette de ce chien de Ramdane Halab !

– C'est un geste qui vous honore, dit Malko, et qui vous permettra de continuer à vivre tranquille. Je crois que nous n'avons plus rien à nous dire.

– Attendez ! fit le Libanais.

Il retourna à son bureau et décrocha un téléphone. Trois minutes plus tard, le clone botoxé et siliconé de la réceptionniste pénétra dans le bureau, une trousse de pharmacie à la main.

Avec des gestes délicats d'infirmière, elle s'attaqua à l'arcade sourcillière de Malko.

Cinq minutes plus tard, la blessure pansée disparaissait sous un mince sparadrap. Pendant que Malko se faisait réparer, le Libanais sortit du bureau sans un mot.

– Monsieur Nilatis a mis une voiture à votre disposition, annonça l'infirmière. Elle vous attend devant le building.

Chez les Libanais, on tuait mais on savait vivre.

– Merci, déclina Malko, j'ai la mienne.

Robert Correll avait raison. Les Libanais obéissaient à des règles qui n'étaient pas celles du commun des mortels.

Il était soulagé d'avoir stoppé une catastrophe, mais la partie était loin d'être gagnée. Tout allait dépendre de la venue de Mohammed Makhlouf à Beyrouth.

CHAPITRE XVIII

– On a mis une rustine, laissa tomber Mitt Rawley, mais on n'a pas avancé…

Malko venait de lui relater la façon dont, avec Robert Correll, il avait désamorcé la « bombe » Mavros Nilatis.

Sans mouiller la CIA.

– Sans la rustine, il n'y avait plus de projet, remarqua Malko. Désormais, il faut attendre la venue de Mohammed Makhlouf à Beyrouth. Même en admettant que Mourad Trabulsi arrive à arranger une rencontre avec lui, que va-t-on lui dire ? On a affaire à un des membres du clan alaouite qui sont très soudés.

– J'ai fait virer les 300 000 dollars au notaire de Mourad Trabulsi, répondit le chef de Station de la CIA. J'espère qu'il ne nous enfume pas pour résoudre son problème immobilier.

« Pour la suite, j'en ai parlé à Langley. Si on arrive à lui parler, il faut lui expliquer que nous voulons préserver le régime alaouite d'un effondrement qui mettrait la Syrie à feu et à sang.

« Que les Etats-Unis seraient prêts à reconnaître un nouveau gouvernement syrien, même alaouite, à condition que Bachar El Assad n'en fasse plus partie. Qu'on lève l'état d'urgence et qu'il y ait quelques réformes.

Malko hocha la tête.

– Vous savez bien que, dans ce domaine, nous ne pouvons pas aller loin, sinon, les Alaouites ne marcheront pas. Déjà, le départ de Bachar serait un traumatisme pour le clan alaouite. Il y a sa mère, son frère Maher, qui est encore plus féroce que lui, sa sœur mariée à Assef Chawkat. Plus tous les autres.

« Aux premiers craquements, tout s'effondre…

« Il faut agir avec des doigts de fée.

– Vous avez raison, approuva Mitt Rawley. On ne peut pas aller plus loin qu'un départ de Bachar dans le réduit alaouite, au-dessus de Lattaquié, « pour réfléchir ».

« Cela devrait calmer les choses.

– Vos alliés saoudiens vont hurler, remarqua Malko.

L'Américain esquissa un sourire.

– Nous sommes moins alliés avec eux qu'avec les Israéliens. Et eux vont hurler aussi. De joie.

– OK ! accepta Malko, c'est un autre problème. Dites-m'en plus sur Mohammed Makhlouf.

– Il est intelligent, pas trop marqué politiquement, lié à aucun carnage. Il n'a jamais occupé une fonction de premier plan qui le « grille », même s'il supervise la Sécurité d'État.

« Il ferait un Président presque convenable.

– Et Maher ? demanda Malko, qui réfléchissait tout haut.

Mitt Rawley hocha la tête.

– Lui, c'est un féroce et il est très proche de son frère. Il risque de poser un problème. On ne peut pas l'éliminer, les Alaouites paniqueraient…

Bref, le chemin de Damas était extrêmement étroit, pour ne pas dire plus.

Malko pensa qu'il y avait beaucoup de non-dit entre eux. Certes, si Bachar El Assad se retranchait dans le réduit alaouite, il n'en bougerait plus, mais Mohammed Makhlouf aurait-il la poigne de tenir tête aux autres clans ?

Si cela commençait à se détricoter, cela irait très vite et ce serait le sauve-qui-peut général.

– Qui va « vendre » cela aux Frères ? demanda Malko.

– Nos amis saoudiens. Il faudra leur tordre un peu le bras. Il faut espérer que le timing sera bon. Tout cela ne peut fonctionner que si la Quatrième Brigade arrive à écraser le plus gros de la rébellion. Il faudra se glisser dans la fenêtre de tir.

Malko remarqua.

– Il y a encore beaucoup de « si ». Dans trois jours, on y verra plus clair. Si Mohammed Makhlouf refuse le contact, ce ne sont que des plans sur la comète.

***

Les six hommes s'étaient retrouvés dans un bureau discret du Palais Présidentiel. Il manquait Bachar El Assad, membre de droit du Comité Militaire Baassiste. L'instance informelle qui gérait tous les problèmes de sécurité et décidait des mesures à prendre. C'était elle qui avait voté l'élimination de Ghazi Canaan. Certes, ce dernier n'était pas encore passé à l'action, mais il avait commencé à penser.

Dans un pays où il était interdit de penser, sauf ce qu'on vous dictait.

Penser d'une façon personnelle, c'était déjà du déviationnisme…

C'est Ali Mamlouk, le patron de la Sécurité d'État, qui ouvrit le débat :

– Nous avons deux sources distinctes qui ont fait état de contacts entre Assef Chawkat et les Américains. Des hommes de chez moi qui surveillaient le domicile de l'Américain l'ont vu aller chez lui.

– Il est écouté ? demanda aussitôt Maher El Assad.

Ali Mamlouk secoua la tête.

– Non, hélas. Ils dératisent toutes les semaines sa résidence. Donc, on ne sait pas ce qu'ils se sont dit… mais Assef n'a parlé à personne de cette rencontre.

« Ensuite, une source proche de la CIA à Beyrouth a mentionné son nom comme celui d'une personne que les Américains aimeraient bien « pousser » pour remplacer le Raïs.

Le visage de Maher El Assad s'était fermé. Il adorait son frère et détestait Assef Chawkat, l'homme qui avait trois couilles… Il n'aurait pas été marié à la sœur du Raïs, rien qu'avec ces deux éléments, on lui aurait déjà envoyé des tueurs qui l'auraient poussé au suicide. Seulement, il faisait partie de la famille…

Le frère de Bachar El Assad laissa tomber d'une voix glaciale.

– Il faudrait, au minimum, l'éloigner…

Cela voulait souvent dire « définitivement »…

Ali Makhlouf le comprit parfaitement.

– Je pense que pour l'instant, dit-il, il faut le surveiller de très près, tenter d'avoir d'autres précisions par la source de Beyrouth. Je fais affecter une équipe à sa surveillance ici.

– Attention, souligna Maher El Assad, il a été le patron du Moukhabarat. Il a encore beaucoup de sources. Il faut qu'il ne se doute de rien.

Tous pensaient à la même chose : Assef Chawkat pouvait difficilement déclencher une opération militaire, la garde présidentielle était verrouillée, mais il était un des rares à avoir un accès direct au Raïs. Bien entendu, personne ne le fouillait quand il entrait dans le bureau du patron…

Rien ne l'empêchait de mettre deux balles dans la tête de Bachar El Assad et de se proclamer ensuite le nouveau Raïs. Il aurait des réseaux pour le soutenir et tout le monde connaissait sa férocité.

Ali Mamlouk regarda sa montre. Il attendait le retour d'une unité partie nettoyer la ville de Zabadani, tombée provisoirement aux mains des insurgés. Il allait y avoir des prisonniers à interroger et il voulait être là.

– Je vais relancer Beyrouth, promit-il.

Les six hommes se dispersèrent dès la sortie de la réunion informelle. Le Comité Militaire Baassiste n'avait ni réunions fixes, ni QG, ni programme privé.

C'était juste une structure informelle où on se cooptait, la qualité essentielle étant la fidélité au Raïs.

***

Les voitures faisaient la queue pour accéder au parking « Rolls-Royce », situé juste en face de l'immeuble où se trouvait le « Music-Hall ».

Une nuée de voituriers emmenaient les véhicules dans les sous-sols, tandis que leurs occupants remontaient un tapis rouge d'une trentaine de mètres, encadré par des cordelières en velours, menant à l'entrée du « Music-Hall ». C'était la cohue devant le vestiaire, à gauche, la plupart des femmes s'étant emmitouflées dans des fourrures coûteuses, en dépit de la température relativement clémente.

Il fallait bien amortir…

Beaucoup de plaques étaient syriennes. Les limousines crachaient en série des couples endimanchés, les femmes décorées comme des arbres de Noël, les hommes en costume sombre, l'air sérieux.

C'était une des premières fêtes de la saison de printemps et elle avait failli être annulée sur ordre du

Moukhabarat syrien. Avec ce qui se passait en Syrie, cela faisait désordre. Finalement, l'ordre était venu du Raïs : il fallait faire comme si tout était normal.

Malko, mêlé à la foule qui attendait devant le vestiaire, observait les arrivants, avançant sur le tapis rouge.

Ne connaissant pas Mohammed Makhlouf, il lui était impossible de le repérer. Mourad Trabulsi se trouvait forcément dans les parages mais il ne l'avait pas encore vu.

Soudain, il aperçut un miniconvoi de trois BMW grises entrer dans le parking, et stopper en face du tapis rouge. Les reflets sur leurs glaces indiquaient le blindage. Aucune n'avait de plaque d'immatriculation.

Plusieurs hommes jaillirent du véhicule de tête et de celui qui fermait la marche. L'un d'eux ouvrit la portière arrière de la BMW du milieu et un homme de haute taille, le visage barré d'une grosse moustache, les cheveux rejetés en arrière, en émergea.

Seul.

Se dirigeant aussitôt vers l'entrée du « Music-Hall ».

Ses gardes du corps le rejoignirent, l'encadrant immédiatement et écartant sans ménagement les invités déjà engagés sur le tapis rouge, pour lui frayer un passage rapide.

Ils étaient huit, formant un mur humain de visages sévères et de corps athlétiques.

En plus, personne ne pouvait voir le gilet pare-balles G.K dissimulé sous le costume du Syrien, qui lui donnait une allure un peu engoncée.

Malko fut aussitôt persuadé d'une chose : il avait devant lui l'homme qu'il voulait rencontrer, celui que les Américains espéraient convaincre de remplacer Bachar El Assad. Le tuyau d'Ahmed Al Khini était bon. Il fallait maintenant que Mohammed Makhlouf accepte de le rencontrer, et, ensuite, de participer à leur manip.

Ce dernier était arrivé à l'entrée du « Music-Hall ». Malko regarda autour de lui. Où était le général Mourad Trabulsi ?

Le seul espoir de le contacter.

CHAPITRE XIX

Malko s'engouffra à la suite de Mohammed Makhlouf et de ses gardes du corps dans le « Music-Hall ». La salle était déjà presque pleine. Au fond, sur toute la longueur, un bar avec des milliers de bouteilles, des clients entassés sur des tabourets.

Le parterre plongeait jusqu'à une scène de théâtre, surmontée d'une guirlande de roses dorées en stuc, avec des rangées de tables ne laissant même pas la place à une piste de danse. Les gens étaient serrés comme des sardines et, s'ils voulaient danser, devaient le faire sur place, devant leur table.

Mohammed Makhlouf descendait sur le côté gauche, jusqu'à une grande table carrée collée à la scène, réservée aux mariés et à la famille. Malko vit les invités se lever d'un bloc à son arrivée, alors qu'il était déjà en train d'étreindre son fils. La fiancée se tenait respectueusement à l'écart, comme il se doit.

Les gens continuaient à arriver, la salle contenant près de cinq cents personnes. Un fond de musique orientale faisait se trémousser les invités sur leurs sièges. À deux pas de Malko, un couple s'embrassait goulûment, collés comme des timbres poste.

Le rideau rouge s'ouvrit, découvrant la scène où se trouvaient deux Syriaques, à la barbe taillée en triangle qui commencèrent une chanson très rythmée, en s'accompagnant de tambourins.

À la table d'honneur, tout le monde s'était rassis. Le ballet des serveurs commençait.

Malko n'arrivait toujours pas à repérer Mourad Trabulsi.

Enfin, il aperçut une silhouette en uniforme descendre dans l'allée de gauche.

C'était la première fois depuis que Malko le connaissait que le général libanais arborait son uniforme d'apparat.

Arrivé le long de la scène, il attendit que les deux Syriaques aient terminé leur numéro pour s'avancer vers la table où se trouvait Mohammed Makhlouf.

Ses gardes du corps l'aperçurent et deux se levèrent. Arrivé près d'eux, Mourad Trabulsi leur dit quelques mots, inaudibles évidemment pour Malko qui se trouvait à quarante mètres. Un des gardes du corps alla alors se pencher à l'oreille de Mohammed Makhlouf. Ce dernier se leva aussitôt et marcha vers le général libanais, arborant un grand sourire.

Mourad Trabulsi l'attendait, pratiquement cassé en deux, avec toutes les marques du respect le plus absolu. Cela sembla plaire à Mohammed Makhlouf, qui passa familièrement un bras autour de ses épaules.

Malko vit les deux hommes échanger quelques mots puis, après une dernière courbette, Mourad Trabulsi s'éloigna à reculons et se perdit dans la foule, tandis que le général syrien se rasseyait.

Malko eut l'impression d'avoir un poids de moins sur la poitrine. Le message était forcément passé. La suite ne dépendait plus que de Mohammed Makhlouf.

Comme il n'avait pas faim, il se glissa vers la sortie et regagna le Four Seasons, où Mourad Trabulsi devait venir lui rendre compte.

***

Ce n'est qu'à neuf heures qu'il entendit gratter à sa porte.

Mourad Trabulsi s'était remis en civil, mais il avait les traits tirés. Il se laissa tomber dans un fauteuil avec un soupir.

– Mon cher ami, qu'est-ce que vous me faites faire ! Si les choses tournent mal, je suis mort.

« Donnez-moi un whisky.

Malko sortit du mini-bar une bouteille de Chivas Regal et lui emplit un verre. Attendant que le général libanais se soit remis pour dire :

– J'ai assisté de loin à votre rencontre avec Mohammed Makhlouf. Que lui avez-vous dit ?

– Qu'un ami très important désirait lui faire passer un message, de la part du gouvernement américain. Qu'il s'agissait d'une démarche totalement secrète qui pouvait changer le sort de la Syrie.

– Qu'a-t-il dit ?
– Rien. Il a souri.
– Vous devez le revoir ?
– Non.
Un ange passa, volant bas.
Malko ne comprenait plus.
– Que peut-il se passer ? demanda-t-il.
Mourad Trabulsi eut son habituel fou-rire nerveux.
– Probablement rien. Mohammed Makhlouf est un homme très prudent. Vous pouvez être certain qu'un ou plusieurs de ses gardes du corps l'espionnent. Donc, il doit faire très attention.
– Qu'espérez-vous dans ce cas ? demanda Malko.
Mourad Trabulsi hocha la tête.
– S'il veut donner suite, il va trouver un moyen de vous rencontrer, mais j'ignore comment. C'est lui qui doit se manifester.
– Il reste combien de temps à Beyrouth ?
– Il repart demain soir.
Cela ne laissait pas beaucoup de temps…
Le Libanais posa son verre vide.
– Bien, j'ai fait mon devoir. Je suis épuisé, je vais me reposer. Il n'y a plus qu'à attendre.
Il sortit, laissant Malko sur sa faim.

***

Mourad Trabulsi avait du mal à émerger lorsque son portable s'activa. Pas de numéro affiché. Il décrocha quand même et quand il reconnut la voix de Mohammed Makhlouf, fut complètement réveillé.

– Général Trabulsi, j'ai été très sensible à vos vœux. En ce moment, nous comptons nos amis et nous n'en avons pas beaucoup au sein des FSI.

Mourad Trabulsi se récria violemment.

– Je ne suis pas de cet avis ! protesta-t-il. Certes, le général Rifi ne porte pas le Hezbollah dans son cœur, mais il n'est pas seul aux FSI. Moi, vous savez que je ne ferai jamais rien contre votre pays.

– Je sais, approuva le Syrien. J'aimerais bien vous revoir pour discuter de ces choses.

– Je suis à votre disposition, assura Mourad Trabulsi.

– Pas aujourd'hui, réfuta le général syrien. J'ai déjà plusieurs rendez-vous. Je dois aller voir mon fils à l'Hôtel Dieu à 11 h 30 et ensuite, je déjeune avec notre ambassadeur. Ensuite, je repars pour Damas. Pourriez-vous m'y rendre visite ces jours-ci ?

– Avec plaisir, assura le général libanais. Faites-moi savoir quand vous souhaitez me recevoir.

– Vous n'attendrez pas longtemps, assura Mohammed Makhlouf. Je vous dis à bientôt. Inch Allah.

Après qu'il eut raccroché, Mourad Trabulsi se prit la tête à deux mains. Mohammed Makhlouf n'avait pas téléphoné par hasard. Il n'avait sûrement aucune envie de le faire venir en Syrie. Donc, sa conversation contenait la réponse à sa demande de rencontre.

L'allusion à son fils donnait une indication, mais ce n'était pas suffisant.

Vers midi, il n'avait toujours pas trouvé la réponse. Quand son portable sonna à nouveau. Une voix de femme.

– Je suis Samia el Yalé, l'assistante du docteur Makhlouf, dit-elle. Je crois que vous avez un ami qui souhaite avoir une consultation avec lui.

Mourad Trabulsi bredouilla « oui », surpris.

– Je peux vous proposer aujourd'hui, à une heure moins le quart. Il va le caser entre deux rendez-vous.

– C'est parfait, réussit à dire Mourad Trabulsi.

– Comment s'appelle votre ami ?

Là, il eut un blanc, puis baissa les yeux sur le journal posé devant lui : Al Nahar.

– Ibrahim Nahar, dit-il.

– Très bien, qu'il vienne avec son dossier médical… C'est au deuxième étage, dans le bâtiment Pierre Madet, à gauche en sortant de l'ascenseur.

Mourad Trabulsi sauta de son lit, il avait envie de crier de joie : Mohammed Makhlouf acceptait de rencontrer Malko. C'était une première victoire.

Il n'avait que quarante-cinq minutes pour arranger le rendez-vous.

***

Malko descendait la rue Alfred Naccache, coincé dans les embouteillages, lorsqu'il aperçut enfin sur sa droite un bâtiment blanc portant sur sa façade l'inscription « HÔTEL DIEU de France. Centre Hospitalier Universitaire ».

Évidemment, impossible de se garer.

Il vit heureusement, juste après l'entrée piétonnière, un carré bleu indiquant un parking souterrain.

Une employée lui tendit un ticket et il constata que la chance était avec lui : une voiture partait, juste devant lui. Trois minutes plus tard, il entrait dans l'ascenseur. Personne ne pouvait l'avoir suivi.

Au rez-de-chaussée, il s'orienta : le hall desservait les deux bâtiments, celui où il se trouvait et l'aile Jean Ducruet, sur la droite. Il prit l'ascenseur et descendit au deuxième étage, sous le regard sourcilleux d'une vigile en bleu, et de deux moustachus athlétiques.

Le pouls de Malko bondit. Cela pouvait être les gardes du corps de Mohammed Makhlouf.

Un panneau indiquait : Oto-Rhino. Dc Hassan Makhlouf.

L'entrée de la salle d'attente se trouvait juste après la machine à café. Cinq personnes y patientaient déjà, dont deux clones des moustachus du couloir. Il s'assit et regarda sa montre : 12 h 45. Il était pile à l'heure.

Les deux Moukhabarats syriens, après l'avoir examiné, se replongèrent dans leurs magazines. À leurs yeux, il ne représentait pas un danger.

Un silence pesant régnait, comme dans toutes les salles d'attente du monde. Malko repassait dans sa tête ce qu'il allait dire à Mohammed Makhlouf.

La porte s'ouvrit sur une jeune femme en blouse blanche qui lança :

– Ibrahim Nahar ?

Malko se leva aussitôt. Avant qu'il ne passe la porte, la secrétaire précisa en anglais, lui montrant une sorte de cagibi :

– Attendez ici, il y a un autre patient avec le docteur.

Les deux moukhabarats qui avaient levé la tête ne réagirent pas. Ils ne devaient pas comprendre l'anglais. Cinq minutes plus tard, la jeune femme revint et le précéda dans un court couloir débouchant dans un cabinet médical aux murs couverts de diplômes. Un seul homme s'y trouvait, debout, appuyé au bureau. Mohammed Makhlouf.

Une autre porte, derrière le bureau, était entrouverte, donnant sur une autre pièce où avait dû se retirer son fils. Le Syrien dévisagea longuement Malko, les bras croisés et lui jeta en anglais :

– Qui êtes-vous ?

– J'appartiens à la Central Intelligence Agency, dit Malko. Je suis chargé de vous transmettre un message de la part de l'Administration américaine. Mon nom est Malko Linge.

Le Syrien, visiblement sur ses gardes, eut un sourire teinté d'amertume.

– Les États-Unis ont adopté une position très hostile au régime de Bachar El Assad. Le Président Obama a même demandé sa démission. C'est de cela que vous voulez parler ?

– Non, dit Malko. Le Président Obama est en campagne électorale pour sa réélection et ce qu'il dit ne correspond pas forcément à la réalité.

« Celle-ci est plus nuancée. Les Américains ne souhaitent pas la fin du régime alaouite, pour de multiples raisons, mais ils voudraient avoir quelque chose à jeter en pâture à l'opinion publique mondiale.

– Quoi ? jappa le Syrien.

– Un changement cosmétique, lâcha Malko. Un peu ce qui s'est produit en Égypte avec le départ d'Hosni Moubarak, qui cristallisait le rejet du régime. Il a été mis de côté et l'armée égyptienne tient toujours le pays.

– Oui, et alors ? demanda Mohammed Makhlouf.

C'était le moment de se lancer.

– L'Administration américaine a eu une idée que je vous soumets, dit Malko. Remplacer Bachar El Assad par un autre alaouite, moins « marqué » politiquement. Comme vous.

Mohammed Makhlouf plissa les yeux.

– Que voulez-vous dire par *remplacer* ?

En syrien, cela voulait dire liquider définitivement.

– Écarter Bachar El Assad du pouvoir, précisa Malko. Par exemple, en l'amenant à se réfugier dans le réduit alaouite, du moins dans un premier temps. Tandis qu'une autre personne le remplace à la tête du pays.

Un sourire ironique jaillit sous la grosse moustache.

– Vous croyez qu'il suffira de demander au Raïs de s'effacer pour qu'il obéisse ? Je vous signale qu'il est très proche de son frère, Maher, le chef de la Quatrième Brigade et de la Garde présidentielle.

– Bien sûr, reconnut Malko, cela exige une certaine dose de coercition…

Le regard de Mohammed Makhlouf se glaça.

– Vous me demandez de fomenter un coup d'État, pour plaire aux Américains ? De trahir mon Président.

Il devenait nettement menaçant…

Malko réussit à demeurer impassible.

– Pas du tout, contra-t-il. Je vous demande de participer à une manœuvre pour sauver le régime alaouite. Si rien ne se passe, tôt ou tard, il s'effondrera et ce sera la fin de la Syrie. Vous, les Alaouites, serez massacrés et les Chrétiens forcés de quitter le pays, comme en Irak. Les Frères Musulmans y prendront le pouvoir.

« Le vœu de l'Amérique c'est de sauver votre régime. Évidemment, si on soumettait cette proposition au président Bachar, il ne pourrait que refuser.

« Donc, il faut sauver les Alaouites malgré lui.

« J'ai aussi un engagement à vous transmettre. Si cette opération avait lieu, le nouveau président, c'est-à-dire vous, serait reconnu immédiatement par les États-Unis, ce qui musèlerait l'Arabie Saoudite.

« Je sais que tout cela est compliqué, dangereux et presque infaisable, mais il fallait que je vous transmette cette offre. Bien entendu, il n'est pas question d'une intervention sous quelque forme que ce soit des États-Unis : tout se résume à cette conversation.

« Je ne vous demande pas de trahir, simplement d'assurer la continuation du régime.

« C'est à vous de voir.

Il se tut. Mohammed Makhlouf demeura silencieux un long moment.

– Très bien, finit-il par dire. Je vous ai écouté. Il y a peu de chances que je donne suite à votre proposition. Si je changeais d'avis, c'est mon fils qui vous transmettrait ma réponse.

Au moment où il finissait de parler, un jeune homme, avec un bouc qui dissimulait son menton fuyant, réapparut.

Lui et Mohammed Makhlouf échangèrent quelques phrases en arabe, puis le Syrien se tourna vers Malko.

– Laissez-lui un numéro de téléphone où il pourra éventuellement vous joindre.

Malko inscrivit le numéro de portable communiqué par Mitt Rawley. Un numéro libanais utilisé par la CIA qui, en cas de contrôle, ne conduirait qu'à un innocent commerçant, client du docteur Makhlouf.

Puis, après un bref signe de tête, Mohammed Makhlouf sortit de la pièce, regagnant la salle d'attente. Son fils lança à Malko.

– Attendez un peu.

Cinq minutes plus tard, Malko retraversa à son tour la salle d'attente : les deux moukhabarats avaient disparu et Mohammed Makhlouf devait déjà être en route pour Damas.

Les dés étaient jetés : tout était désormais entre ses mains.

CHAPITRE XX

Mitt Rawley avait écouté le rapport de Malko en prenant quelques notes. Il releva la tête.

– Quelle impression vous a faite ce Syrien ?

– Difficile à dire, reconnut Malko. Rien que le fait qu'il ait accepté de me voir prouve qu'ils sont aux abois. Lui, en tout cas, est conscient de la situation. Vos analystes disent tous que le régime Bachar est foutu si on ne fait pas quelque chose. Ce qui ne veut pas dire qu'ils saisissent notre offre.

« Ils doivent se souvenir du précédent de Ghazi Canaan. Pour se lancer contre le Raïs, il faut avoir des couilles comme des melons…

« D'autant qu'il n'y a pas que Bachar. Maher, son frère, est aussi dangereux, Assef Chawkat aussi, sans compter le réseau de moukhabarats.

– Mohammed Makhlouf connaît bien, dit l'Américain. Je ne voudrais pas être dans sa peau. C'est comme plonger dans un bassin plein de crocodiles. S'il fait quelque chose, ce sera dans la férocité. Et, à mon avis, il sera aussi obligé d'éliminer Maher…

Un ange passa, les ailes dégoulinantes de sang. Cela promettait un beau massacre…

– On en parle aux Israéliens ? demanda Malko.

Mitt Rawley secoua la tête.

– Attendons d'avoir un retour. Pour le moment, on tire des plans sur la comète. Nous ignorons à peu près tout ce qui se passe à Damas, surtout depuis que notre ambassadeur a été rappelé.

– Vous avez encore quelqu'un sur place ?

– Le chef de Station, qui, bien entendu, n'est au courant de rien…

– Il n'y a plus qu'à attendre, conclut Malko. Je vais demander son impression à Mourad Trabulsi.

***

Assef Chawkat fit signe à son chauffeur de stopper. Ils étaient arrivés à la massive villa de Maher El Assad, dans le quartier de Mouhajirine.

Plusieurs sentinelles, en uniforme et béret noir, étaient retranchées derrière des sacs de sable d'où pointaient les canons de deux mitrailleuses lourdes. Assef Chawkat, lui, était en civil. Il marcha d'un ton décidé vers les sentinelles. Avec ses cheveux noirs courts, son visage massif, sa moustache fournie et son regard froid, il inspirait le respect.

Les hommes de son petit convoi s'étaient déployés dans la rue. Certains en civil, d'autres en uniforme. En tant que chef d'État-Major adjoint, il était toujours escorté par des militaires.

La porte de la maison s'ouvrit, avant même qu'il eût frappé, sur un jeune officier de la Quatrième Brigade qui le salua respectueusement.

– Le patron est là ? demanda Assef Chawkat.

– Il vous attend, fit l'ordonnance.

Ils traversèrent la cour ornée de deux néfliers et pénétrèrent dans le salon meublé de Louis XV syrien rehaussé de nacre. Maher El Assad se trouvait sur un profond divan recouvert de tissu brodé, en train de fumer un cigare. Il se leva et étreignit longuement son beau-frère. Même si les deux hommes ne s'aimaient pas, ils faisaient partie du même clan…

– Je suis content de pouvoir te parler tranquillement, dit Assef Chawkat, en s'installant à côté de Maher.

Celui-ci lui versa du thé et lui offrit un cigare… Lui laissant le temps de l'allumer. Grâce aux Russes, ils avaient les meilleurs cigares cubains…

Assef Chawkat avala voluptueusement la fumée, observé par son hôte. Ce dernier avait juste reçu un messager porteur d'un pli demandant un rendez-vous discret qu'il avait accordé aussitôt. Il se tourna vers Maher et demanda :

– Comment ça s'est passé à Homs ?

– Ça a été dur, reconnut Maher, ces chiens de sunnites se sont retranchés dans trois quartiers centraux. Ils ont percé des murs de façon à communiquer les uns avec les autres. Comme jadis, à Beyrouth. On a beau les taper, ils se terrent. Il faudrait utiliser l'aviation.

– Tu as des Migs, remarqua Assef Chawkat.

– C'est vrai, reconnut son beau-frère, mais le Raïs ne veut pas qu'on les utilise.

– Demande des Russes.

– Alors là, on a piétiné : ces salauds n'ont que des armes légères, mais beaucoup de munitions…

Assef Chawkat hocha la tête.

– J'ai connu ça quand je commandais les Forces Spéciales. On allait les chercher au couteau. Bon, je ne suis pas venu te parler de ton travail, mais de quelque chose qui est peut-être grave.

– Quoi donc ?

– J'ai été « tamponné » par les Américains.

Maher El Assad demeura impassible.

– Comment ? demanda-t-il.

– Le Chargé m'a demandé de passer le voir à son domicile. J'y étais déjà allé et nous avons de bons rapports…

– Que voulait-il ?

– C'est ça qui est bizarre, expliqua Assef Chawkat. Je m'attendais à ce qu'il m'interroge sur la situation ou qu'il me demande de transmettre un message au Raïs. Rien. Nous avons bavardé de choses sans intérêt.

Maher El Assad l'écoutait attentivement.

– Pourquoi es-tu inquiet, alors ?

Assef Chawkat tira une bouffée de son cigare.

– Je connais ce type. Il n'a pas l'habitude de parler pour ne rien dire et de perdre son temps. Donc, il avait une raison de me voir.

– Laquelle ?

– Ce n'est qu'une hypothèse, mais je pense qu'il voulait que l'on sache que je l'avais rencontré. Bien entendu, les moukhabarats qui surveillent la rue m'ont vu.

– Mais pourquoi ?

– Je suis peut-être parano, mais les Américains sont très malins. Celui-là connaît bien les Syriens. Il sait que le Moukhabarat surveille tout, surtout en ce moment. Une rencontre entre lui et moi ne peut être innocente…

– Elle ne l'est pas ? interrogea d'une voix égale Maher El Assad.

– Pour moi, si.

Un silence s'établit entre les deux hommes, rompu par le frère de Bachar El Assad.

– Alors, quel était son but ? demanda-t-il.

– Je te l'ai dit : me compromettre, laissa tomber Assef Chawkat. Faire croire que je prépare quelque chose avec les Américains.

– Quoi ?

– Comme Ghazi Canaan, ils n'aiment pas le Raïs… Voilà pourquoi je suis venu te voir. Que tu saches qu'il y a peut-être quelque chose en préparation. Maintenant, je vais retrouver ma femme. Nous dînons avec Ali Douba.

Maher El Assad se leva et raccompagna son invité jusqu'à la porte, l'étreignant longuement avant de le regarder monter dans sa BMW noire.

Lorsqu'il regagna son salon, il était perplexe. La visite de Assef Chawkat pouvait avoir deux buts. Ou bien, il était totalement innocent et tenait à se couvrir ; ou alors, il prenait les devant sur de possibles soupçons… Il était assez intelligent pour cela.

Maher El Assad prit son portable et appela Ali Mamlouk.

Le patron du Moukhabarat.

– Viens me voir, dit-il, je suis chez moi.

***

Mourad Trabulsi regardait sans cesse autour de lui, comme s'il était traqué. Il avait à peine touché à son poisson, pourtant choisi sur un lit de glace à l'entrée du restaurant « Al Sultan Brahim ». L'endroit était presque vide.

– Non, cher ami, commença Mourad Trabulsi, je n'aurais pas dû accepter de vous rendre ce service.

– Pourquoi ? demanda Malko.

– Parce que j'ai peur, dit simplement l'officier libanais. Quand je monte dans ma voiture, je prie Dieu quand je tourne le contact. Les voitures piégées, c'est la spécialité des Syriens…

– Vous n'avez rien fait, protesta Malko.

Mourad Trabulsi eut un rire nerveux.

– Oh si ! Aux yeux des Syriens, j'ai commis un crime. Leur code pénal officieux est simple : ils ne connaissent qu'une seule peine et ils n'avertissent jamais.

– Vous avez peur que Mohammed Makhlouf vous trahisse ?

– Même pas ! Il se mettrait lui-même en danger. Mais qu'on découvre ce qu'il prépare peut-être. Et alors, dans ce cas, les Syriens ratissent large… Je serais un des premiers à partir…

Il sursauta : deux hommes venaient d'entrer dans le restaurant. Des jeunes en veste de cuir, qui allèrent s'installer au fond, rejoignant deux filles très maquillées.

Du coup, Mourad Trabulsi but une grosse gorgée de Chivas Regal. Il ressemblait à un lapin affolé.

– Vous croyez que Makhlouf va donner suite ? demanda Malko.

– Tout est possible ! reconnut le Libanais. Déjà, qu'il vous ait accordé ce rendez-vous, c'est extraordinaire. Car, lui aussi, en dépit de sa position, risque sa vie…

– Il n'a rien fait, remarqua Malko.

– Il vous a écouté… Espérons qu'à Damas, il n'a pas tout de suite raconté l'histoire.

– Comment le savoir ? interrogea Malko.

Mourad Trabulsi eut de nouveau son rire nerveux.

– Si vous êtes encore vivant dans quelques jours, c'est qu'il n'a rien dit…

Un ange passa en se tordant de rire. C'était de l'humour syrien.

– Sérieusement, insista Malko, vous pensez qu'il peut passer à l'acte ?

– Sincèrement, répliqua Mourad Trabulsi, je n'en sais rien. Cela dépend du niveau de risque qu'il est prêt à assumer. Moi, je vais aller quelques jours à Broumanna. Il y a de la neige, cela me fera du bien…

Visiblement, il n'avait qu'une idée : rentrer chez lui ; lorsqu'il se leva, Malko aperçut la crosse d'un pistolet émergeant de sa ceinture.

Il avait vraiment peur.

***

Ali Mamlouk parcourut le salon de Maher El Assad, pratiquement plié en deux. Il avait beau être le chef de la puissante Sécurité d'État, il tremblait devant Maher, frère du Raïs, connu pour sa férocité. Il accepta le thé mais déclina le cigare. L'estomac tordu d'avance. Pourquoi cette brusque convocation ?

Maher El Assad ne perdit pas de temps.

– Je veux que tu convoques pour demain ton responsable de Beyrouth, ordonna-t-il. Qu'il vienne avec tout ce qu'il sait sur Assef Chawkat. Je veux connaître les sources qui l'impliquent dans un complot.

– Ce sera fait, assura Ali Mamlouk. Je retourne au bureau et lui envoie un message protégé dès maintenant.

– Je t'attends demain matin à neuf heures à la colline, fit sèchement le frère de Bachar El Assad.

– Recommande le silence à ton type…

Ce n'était même pas la peine de faire la recommandation.

Dire qu'on soupçonnait un homme comme Assef Chawkat était déjà un blasphème.

***

Malko avait mal dormi la veille. Il avait trouvé un message de Farah Nassar, mais ne l'avait pas rappelée.

Pourtant, en attendant l'hypothétique réponse de Mohammed Makhlouf, il n'avait strictement rien à faire à Beyrouth…

Il allait entrer dans sa douche lorsque le portable intraçable donné par la CIA sonna.

Son pouls grimpa au zénith. Une seule personne avait ce numéro. Lorsqu'il enclencha la communication, une voix féminine demanda :

– Monsieur Ibrahim Nahar ?

– Oui, dit Malko.

– Le docteur Makhlouf a pu dégager un rendez-vous pour demain à six heures. Vous connaissez son cabinet ?

– Bien sûr, dit Malko. J'y serai.

Lorsqu'il eut raccroché, il se dit qu'il était peut-être en train de faire avancer l'Histoire.

CHAPITRE XXI

Mahmoud Chamar, le chef de l'antenne libanaise du Moukhabarat syrien, arriva à huit heures pile au siège de la Sécurité d'État, en face de l'hôtel Carlton de Damas. Après avoir garé sa voiture dans la cour, il gagna le bureau d'Ali Mamlouk qui l'avait convoqué la veille au soir. Il avait dû partir de Beyrouth à six heures du matin, traversant des nappes de brouillard dans le massif montagneux avant la Bekaa.

Ali Mamlouk, déjà en train de signer des dizaines de parapheurs, l'accueillit froidement.

– Tu as amené tout le dossier ? demanda-t-il.

– Tout, confirma Mahmoud Chamar, pas rassuré.

Bien entendu, il n'avait jamais abordé le sujet avec le grand chef. Quelque chose le tracassait : devait-il avouer qu'il avait eu un rapport sexuel avec sa « source » ? Il décida de n'en rien dire : cela aurait pu polluer toute l'opération, et, au fond, n'avait aucune importance. Farah Nassar n'irait pas s'en vanter…

Ali Mamlouk quitta son bureau et vint s'asseoir en face de lui.

– Raconte, dit-il.

Mahmoud Chamar s'exécuta, racontant comment il avait récupéré une source du « Hezbollah » qui avait commis un excès de zèle en croyant avoir découvert un espion israélien. Et comment, en faisant chanter Farah Nassar vis-à-vis de son mari, il en avait fait sa « source ». Qui lui avait révélé l'intérêt de la CIA pour Assef Chawkat…

Ali Mamlouk jeta un coup d'œil sur sa montre.

– On y va !

Il ne fallait pas faire attendre Maher El Assad. Ils mirent à peine dix minutes à gagner son QG, protégé par des blindés et un vaste espace découvert.

Pris en main par des militaires, ils suivirent d'interminables couloirs, passèrent des check-points soupçonneux pour arriver enfin au couloir peint en vert qui desservait le bureau du N° 2 du Régime.

Un capitaine leur ouvrit la porte capitonnée de cuir, après s'être fait annoncer.

Au fond d'un bureau immense, trônait Maher El Assad, derrière un bureau Louis XV damascène. En civil. Mahmoud Chamar était mort de peur. Il avait en face de lui le N° 2 du Régime syrien, un homme tout-puissant.

Maher El Assad quitta son bureau et installa les deux visiteurs de part et d'autre d'une table basse, tandis qu'Ali Mamlouk lui tendait respectueusement le dossier amené de Beyrouth, qu'il se mit à feuilleter. Muets, les deux hommes du Moukhabarat attendaient sans même toucher à leur thé.

Cela dura dix interminables minutes, puis Maher El Assad referma le dossier, le posa devant lui et fixa Mahmoud Chamar, qui se sentit rentrer sous terre.

Il ne posa qu'une seule question.

– Ta « source », elle a couché avec cet agent américain ?

Mahmoud Chamar, la gorge serrée, inclina affirmativement la tête et dit d'une voix presque inaudible :

– Oui, *sidi*.

– Et tu n'as jamais pensé qu'il ait pu l'enfumer ? demanda sèchement Maher.

Non. Mahmoud Chamar n'y avait jamais pensé. C'était trop complexe pour lui. Maher El Assad comprit qu'il était de bonne foi, mais qu'il n'en sortirait pas grand-chose.

– Cet homme est-il sous surveillance ? demanda-t-il.

– Il l'était, par nos frères du Hezbollah, mais ils ont cessé de le suivre quand ils ont su que ce n'était pas un espion israélien.

– Bien, conclut Maher El Assad, je veux que, dès aujourd'hui, cet homme soit surveillé. Je veux connaître tous ses contacts, tous ses faits et gestes. Repars pour Beyrouth. Tu rendras compte chaque jour à ton chef. Par messager. Je ne veux aucune indiscrétion possible. Tu as dit que tu venais à Damas ?

– Non.

– Très bien. On ne doit pas le savoir.

« Maintenant, tu peux repartir. Une de nos voitures te ramènera à la tienne.

Mahmoud Chamar osa demander :

– Et la femme ?

– Convoque-la régulièrement. Poses-lui des questions.

Le moukhabarat se cassa en deux et partit à reculons vers la porte molletonnée de cuir.

Il ne respira mieux qu'une fois dans le couloir peint en vert et s'aperçut qu'il transpirait à grosses gouttes.

***

– C'est une manip ! laissa tomber Maher El Assad, lorsqu'il fut seul avec Ali Mamlouk.

– Quelle manip ? demanda le chef du Moukhabarat.

– Les Américains essayent de faire croire qu'Assef Chawkat prépare un coup d'Etat. Je l'ai rencontré. Il est venu me voir spontanément. J'ai une totale confiance en lui. Cet agent de la CIA de Beyrouth a enfumé cette Farah Nassar. Elle a l'air assez naïve.

– Pourquoi ? demanda Ali Mamlouk.

Maher El Assad ne répondit pas immédiatement, tirant sur sa cigarette, puis laissa tomber.

– Il y a deux raisons possibles. Ou bien, sachant qu'Assef Chawkat, dans le passé était relativement proche d'eux, ils veulent le compromettre pour jeter le trouble. Si c'est cela, ce n'est pas très grave.

« Cependant, il y a une autre possibilité : l'opération Chawkat n'est qu'un rideau de fumée pour couvrir une *autre* opération, celle-là bien réelle.

– Une trahison ? demanda Ali Mamlouk.

– Peut-être. En ce moment, beaucoup de gens se posent des questions. Les Saoudiens mettent une pression terrible sur nous. Les Américains cherchent peut-être à remplacer le Raïs et ils essaient de détourner l'attention…

– Qui cibleraient-ils ? demanda Ali Mamlouk.

Maher El Assad écrasa sa cigarette dans le cendrier.

– C'est ce qu'il faut découvrir, conclut-il. Si cette hypothèse est la bonne, la liste des suspects est très courte. Mais on risque de ne le savoir que trop tard…

« Il reste une seule possibilité. Découvrir quelque chose à travers cet agent de la CIA, Malko Linge.

« Bien sûr, il y a une chance qu'il se soit contenté d'enfumer cette idiote de Farah Nassar, mais cela m'étonne.

– Pourquoi ? osa demander Ali Mamlouk.

– Je connais le dossier de cet agent. C'est un chef de mission expérimenté qui ne s'occupe que des grosses affaires. S'il est à Beyrouth, ce n'est pas pour tamponner une idiote et l'enfumer ; des tas de gens peuvent faire cela. J'aurais tendance à penser qu'il joue un rôle beaucoup plus important.

« Qu'il est mêlé à une véritable opération, celle d'Assef Chawkat n'étant qu'un leurre.

« C'est ce que vos hommes doivent découvrir.

Il fixait Ali Mamlouk avec une expression presque féroce et le chef du Moukhabarat se sentit fondre.

Si Maher El Assad le soupçonnait de tiédeur ou de laxisme, il était mort ; un jour, il serait convoqué à une réunion et ne reviendrait jamais.

– Je le découvrirai ! dit-il en se levant. Je le jure !

Il avait hâte de se retrouver dans son bureau. Tout en se demandant s'il y avait vraiment un traître potentiel. Tous les responsables qui avaient la possibilité de s'attaquer au Raïs étaient des fidèles parmi les fidèles, liés au clan par le sang et l'argent.

Pourquoi trahiraient-ils ?

***

Malko s'engagea dans le parking souterrain de l'Hôtel-Dieu. Il était six heures moins le quart.

Dans le rétroviseur, il aperçut une voiture entrer derrière lui. Hélas, il ne pouvait plus reculer…

Encore une fois, il se glissa dans une place juste libérée.

Quand il gagna l'ascenseur, il vit la voiture entrée derrière lui qui continuait à tourner.

Deux grosses Libanaises en foulard se trouvaient à l'intérieur.

Il était en avance de cinq minutes quand il poussa la porte de la salle d'attente du docteur Hassan Makhlouf, pleine à craquer.

Il s'assit et, cinq minutes plus tard, la porte s'ouvrit sur l'infirmière, qui lui adressa un sourire.

– Monsieur Nahar. Le docteur vous attend.

Malko se leva et prit le couloir qu'il avait déjà emprunté la première fois, débouchant dans le cabinet médical.

Le fils de Mohammed Makhlouf l'accueillit, en blouse blanche.

La secrétaire s'était éclipsée.

– J'ai eu un contact avec mon père, annonça le médecin. Il m'a fait parvenir un message. Il a décidé de suivre votre conseil. Pour le bien de son pays.

– Que dois-je faire ? demanda aussitôt Malko.

– Rien, surtout, lâcha le médecin. Vous ne le reverrez pas jusqu'à ce qu'il y ait des changements, s'il y en a. Vous lui feriez courir le plus grand danger en essayant de le contacter. D'ailleurs, à ce stade, il n'a pas besoin de vous.

Malko ne savait que penser. C'était à la fois merveilleux et frustrant.

Il avait l'impression de ne servir à rien…

Le docteur Hassan Makhlouf regagna son bureau et lui griffonna une ordonnance, qu'il pousse vers lui.

– Voilà, dit-il. Mon père m'a dit aussi qu'il espérait que vous tiendriez la promesse faite de l'aider éventuellement sur le plan international. Il en aura besoin.

Il lui tendit la main et dit d'une voix enrouée :

– J'espère qu'il prend la bonne décision.

Malko le sentait noué, anxieux. On ne s'attaquait pas impunément à la famille El Assad. Walid Joumblat, Ghazi Canaan, ou Rafik Hariri l'avaient payé de leurs vies. Sans parler des innombrables anonymes, torturés, exécutés, disparus pour avoir été imprudents.

Malko y pensait en regagnant le parking. C'était presque irréel, mais il était persuadé que le fils de Mohammed Makhlouf lui avait dit la vérité. Hélas, ce n'était encore qu'une porte entrouverte.

***

Mahmoud Chamar lisait attentivement le rapport de filature de l'agent de la CIA Malko Linge. Une journée apparemment sans histoire, avec une visite à l'Hôtel Dieu. Ceux qui le surveillaient n'avaient pu le suivre à l'intérieur de l'hôpital et on ignorait qui il avait été voir.

Le moukhabarat reposa le dossier et regarda le mur orné du portrait en couleurs de Bachar El Assad.

Quelque chose l'intriguait. Pourquoi un étranger allait-il se faire soigner dans un hôpital libanais ?

Certes, l'Hôtel Dieu était un excellent hôpital, mais un homme comme Malko Linge, lié à l'ambassade américaine, aurait pu utiliser un de leurs médecins.

Il décrocha son téléphone.

– Tarak, viens me voir.

C'était un jeune moukhabarat, grillant de faire des prouesses. Il déboula dans la pièce, tout content, mais se refroidit quand son chef lui dit :

– Tu vas aller à l'Hôtel Dieu et relever le nom de *tous* les médecins qui y consultent. C'est secret et très important.

– *Yallah* !

Cela ne déboucherait peut-être sur rien, mais il en aurait le cœur net. L'autre était à peine sorti, que le garde du rez-de-chaussée lui annonça la visite de Farah Nassar, qu'il avait convoquée la veille.

– Qu'elle monte ! lança Mahmoud Chamar.

Il en avait déjà l'eau à la bouche ; désormais, il n'avait plus vraiment besoin d'elle, mais c'était bien agréable de voir arriver une créature aussi pulpeuse dans son bureau.

La bijoutière débarqua les yeux baissés et les seins en avant. Cette fois, elle portait une jupe, juste au-dessus du genou et ses habituels bas noirs.

Ils s'installèrent tous les deux sur la large banquette.

– Tu l'as revu ? demanda Mahmoud Chamar.

– Non, avoua Farah Nassar. Je lui ai laissé un message, mais il ne m'a pas rappelée.

– Il faut que tu le revoies, insista-t-il.

– Je vais le faire, promit la bijoutière.

Mahmoud Chamar lorgnait sur sa poitrine, révélée en partie par la veste entrouverte. Il pouvait voir le chemisier de mousseline rose et, dessous, le soutien-gorge de dentelles noires. D'un geste naturel, il allongea la main, effleura le sein droit et emprisonna la longue pointe entre ses doigts.

– Aïe ! tu me fais mal, protesta Farah Nassar.

La remarque agaça Mahmoud Chamar. Méchamment, il serra encore plus fort. Il sentait qu'il commençait à bander.

– Tu veux qu'on te fasse *vraiment* mal ? demanda-t-il. Je te fais descendre au sous-sol et là, mes hommes vont s'amuser avec toi. Ils ont beaucoup d'imagination.

– Lâche-moi, je n'ai rien fait ! lança Farah Nassar. Tu sais que mon mari est très puissant.

– Ton mari est un chien ! lança le Syrien. S'il vient ici, on l'enculera avec un balai…

Furieux, il empoigna l'autre pointe et commença à presser et à tordre. Farah Nassar en avait les larmes aux yeux.

– Je croyais que tu t'étais faite belle pour moi, fit Mahmoud Chamar.

Son regard glissa sur les jambes de la jeune femme et, soudain, pris d'une pulsion irrésistible, il plongea la main entre les cuisses de Farah Nassar. Jusqu'à ce que ses doigts atteignent sa culotte.

La jeune femme sursauta, essaya de retirer la main qui l'agressait, mais le Syrien avait déjà attrapé l'élastique de la culotte et la tirait vers le bas.

Il la fit glisser le long des jambes de la bijoutière et lui lança un sourire féroce.

– Tu n'es pas mieux comme ça ?

Brutalement, il la poussa en arrière, calant sa tête contre le côté du canapé. Puis, rapidement, il se défit, exhibant son sexe déjà tendu.

D'un bond, il s'agenouilla sur le canapé, entre les cuisses de Farah Nassar, remontant sa jupe vers ses hanches. Elle ne cherchait même plus à lutter.

Mahmoud Chamar, le sexe à la main, se pencha en avant, jusqu'à ce qu'il sente la chaleur de celui de la jeune femme. Alors, il donna un coup de reins, s'enfonçant violemment en elle. Aussitôt, il lui prit les deux cuisses et les releva, pour être mieux installé.

Calé contre le bout du canapé, pesant sur les cuisses repliées, il se mit à aller et venir dans le ventre de sa victime, jusqu'à ce qu'il explose avec un rugissement de bonheur.

Quand il se redressa, il se sentait mieux.

– Tu vois, on a encore beaucoup de choses agréables à faire, dit-il. Maintenant, débrouille-toi pour revoir ce type. Sinon, on te descendra au sous-sol.

***

Tamir Pardo, le nouveau patron du Mossad, buvait les paroles de Malko. Celui-ci était arrivé en hélicoptère de Beyrouth avec Mitt Rawley, pour rejoindre Gordon Cunningham, le patron de la CIA pour la région. Lorsque Malko eut terminé son exposé, Mitt Rawley se tourna vers l'Israélien.

– Qu'en pensez-vous ?

Le chef du Mossad, impassible, laissa tomber.

– Je ne peux pas vous répondre encore. Je ne connais pas le dossier de Mohammed Makhlouf. Je vais m'en imprégner dès ce soir mais cela ne m'apportera peut-être rien. Je ne pense pas qu'il ait jamais fait montre de tendances « déviationnistes », ajouta-t-il en souriant. Malko, qui l'a rencontré, peut avoir un meilleur jugement que moi.

– Je pense qu'il est sincère, résuma ce dernier. Les arguments que je lui ai donnés n'ont pas paru le choquer. Lui aussi semble penser que le régime alaouite est en grand danger. Le sacrifice involontaire de Bachar El Assad pourrait déboucher sur un assainissement de la situation…

– Je vais demander leur avis à nos analystes, répliqua l'Israélien. Ils suivent la Syrie au jour le jour.

– C'est tout ce qu'on peut faire ? demanda Gordon Cunningham.

– Non, je vais activer tous nos moyens électroniques et les sources que nous avons sur place, continua l'Israélien. Cependant, il faut être extrêmement prudent. Si quelque chose se produit, ce sera rapide et brutal.

– C'est-à-dire ? demanda Malko.

– Personne, et Mohammed Makhlouf le premier, ne pense sérieusement que Bachar El Assad va se laisser faire. Pas plus que son frère Maher.

« Il faudra donc les éliminer.

« Mohammed Makhlouf est certainement très puissant, mais j'ignore s'il a les moyens de faire un coup d'État passant par l'élimination physique des deux frères. N'oubliez pas que Maher est le patron de la Garde Présidentielle, ceux qui veillent sur le Raïs. Il faudra que Makhlouf puisse passer par-dessus lui pour atteindre Bachar dans son Palais.

Visiblement, il était sceptique…

Mitt Rawley tira la conclusion de l'entretien.

– De toutes façons, nous n'avons rien à faire qu'à attendre… Transmettez-moi tout ce que vous apprendrez sur l'évolution de la situation à Damas.

– Il n'y aura pas de signes avant-coureurs, avertit l'Israélien. C'est comme dans la Mafia : cela se passe très rapidement. Il faudrait savoir qui va se rallier à Makhlouf, c'est vital. Il ne peut pas rester tout seul.

– Envisagez-vous une intervention ?

L'Israélien secoua la tête.

– Je ne vois pas comment, ni au profit de qui ? Les Syriens ont l'habitude des coups d'État. Ils n'ont besoin de personne. J'espère que Mohammed Makhlouf va réussir. Cela résoudrait beaucoup de problèmes.

C'est sur cette note d'espoir qu'ils se séparèrent. Malko avait trouvé sur son portable un nouveau message de Farah Nassar.

***

Ils étaient cent trente-six médecins à consulter à l'Hôtel Dieu. Mahmoud Chamar en avait mal aux yeux de parcourir l'interminable liste. En plus, ce n'était pas par ordre alphabétique !

Lorsqu'il fut arrivé au bout, il n'était pas plus avancé. Rien ne l'avait accroché. Il se dit qu'à Damas, ils trouveraient peut-être.

Il appela Ali Mamlouk sur sa ligne sécurisée et lui annonça :

– J'ai peut-être quelque chose d'intéressant. Je serai là dans deux heures.

***

Ali Mamlouk parcourait attentivement la liste que Mahmoud Chamar venait de lui apporter. À la troisième page, il marqua une pause en tombant sur le nom de Hassan Makhlouf, oto-rhino, comme le Raïs. *Lui*, savait que c'était le fils de Mohammed Makhlouf.

Il reposa la liste et lança à Mahmoud Chamar.

– C'est bien. On va voir ce qu'on peut faire de ça. Repose-toi un peu et repars à Beyrouth.

CHAPITRE XXII

Ali Mamlouk ne tenait plus en place. C'est tout juste s'il ne mit pas dehors le jeune moukhabarat. Dès que ce dernier fut sorti, il appela sa secrétaire et demanda le dossier de Mohammed Makhlouf. Bien entendu, sur un personnage aussi puissant, il y avait peu de chose. Tout avait été écrémé depuis longtemps. Ali Mamlouk apprit quand même que le puissant Mohammed Makhlouf possédait un « diwan » [1] où il recevait régulièrement des femmes. Il était marié depuis près de trente ans et avait trois enfants, dont le fils médecin exerçant à Beyrouth.

Ignorant comment cette affaire se terminerait, il valait mieux que Mahmoud Chamar ignore qu'il avait déniché une information de première importance. Pour sa propre sécurité.

Ali Mamlouk décrocha son téléphone et appela le secrétariat de Maher El Assad.

Celui-ci devait absolument être mis au courant, car il était encore plus puissant que l'homme soupçonné.

1. Garçonnière.

Ensuite, Ali Mamlouk décida immédiatement de mettre le « diwan » de Mohammed Makhlouf sous surveillance. Seulement, étant donné la puissance du personnage, il ne pouvait pas prendre cette décision seul. En plus, il n'était pas assuré que certains de ses hommes ne soient pas liés à Mohammed Makhlouf. Seul, Maher El Assad disposait de gens absolument sûrs.

Sans parler de la méfiance naturelle de Mohammed Makhlouf. Un homme comme lui, même innocent, était forcément sur ses gardes. Piéger son « diwan » n'allait pas être une partie de plaisir.

Le téléphone sonna. Maher El Assad rappelait lui-même.

– J'ai des plans à vous soumettre, proposa Ali Mamlouk.

– Viens, dit aussitôt le frère du président.

***

Malko, après avoir trouvé trois messages pressants de Farah Nassar, l'avait invitée à dîner au Grey. La boîte de nuit d'Ashrafieh était toujours aussi bruyante, avec une chanteuse qui s'égosillait au milieu de la salle, appuyée au piano.

Les couples, entassés sur des banquettes, ne semblaient même pas s'en apercevoir. L'éclairage tamisé encourageait les flirts, mais la plupart des clients étaient des bandes bruyantes et alcoolisées.

Malko glissa un œil vers Farah Nassar qui ne paraissait pas apprécier l'ambiance.

– Qu'est-ce qu'il y a ? demanda-t-il.

– J'ai peur, dit la jeune femme.

– De qui ?

– De mon mari. Si quelqu'un me voit ici avec toi, on le lui dira. Et puis…

Elle laissa sa phrase en suspens et il insista.

– Et puis, quoi ?

– Le type du Moukhabarat syrien. Il me harcèle. Il me convoque tout le temps. Il veut que je te fasse dire des choses.

– Je t'ai déjà tout dit, fit Malko.

C'était le moment de jeter de l'huile sur le feu.

– Je pense qu'il y a un coup d'État en préparation, lança-t-il, mais je n'ai aucun détail.

– Je peux leur en parler ? demanda avidement Farah Nassar.

– Si tu veux… fit Malko.

Elle posa la main sur sa cuisse et la serra très fort.

– Merci. Je dois voir ce salaud de Mahmoud demain matin. Au moins, j'aurai quelque chose à lui dire.

– Qui est Mahmoud ?

– Le chef du Moukhabarat syrien à Beyrouth. Chaque fois que je le vois, il me torture.

Malko fronça les sourcils, étonné.

– Qu'est-ce qu'il te fait ?

Farah Nassar se troubla.

– Je ne peux pas te le dire. C'est horrible, ce type me dégoûte, mais une fois que je suis à l'ambassade, il est tout-puissant. Tu sais de quoi il m'a menacée ?

– Non.

Elle baissa la voix.

– De m'enfoncer un tuyau dans l'anus, ensuite d'y glisser un fil de fer barbelé et de retirer le tuyau. Avant de tirer le barbelé vers l'extérieur. Je serais estropiée à vie…

C'étaient bien les méthodes du Moukhabarat…

Farah Nassar soupira.

– Je maudis le jour où je t'ai pris pour un agent du Mossad ! Ça a tout déclenché.

– Avant, remarqua Malko, tu as causé la mort de ta copine, Zenab, et de son amant.

– C'est vrai, reconnut Farah Nassar, je suis idiote, trop impulsive.

C'était peut-être tout simplement un déficit de neurones.

– Viens, dit soudain la bijoutière. Je ne veux pas rester ici, j'ai l'impression que tout le monde me regarde.

À peine dans la rue étroite, où le voiturier lui apporta sa Mercedes, elle glissa à Malko.

– Je veux rester avec toi, ce soir. J'ai peur. Je dirai que j'ai dormi chez des amis.

Pour une fois, elle ne se recroquevilla pas en passant devant la réception du Four Seasons. À peine dans la chambre, elle se débarrassa de son manteau de cuir bordé de fourrure, apparaissant en pull jaune canari et jupe relativement longue. Malko comprit vite pourquoi.

Quand la jeune femme fit glisser sa jupe, il découvrit qu'elle avait mis une magnifique guêpière noire et rouge, d'où sa croupe cambrée jaillissait avec indécence. Devant le regard de Malko, elle soupira.

– J'ai ressorti ça de mes tiroirs ! Au début de notre mariage, mon mari adorait ce truc. Et toi ?

– Moi aussi ! assura Malko.

Ils flirtèrent quelques instants, jusqu'à ce qu'il se débarrasse du triangle de dentelles noires qui protégeait son ventre et qu'il l'agenouille sur le lit. En femme avisée, Farah Nassar ne sembla pas alarmée du choix de Malko.

Même, plutôt surprise quand il s'enfonça d'abord dans son ventre. Il eut la galanterie de lui faire l'amour assez longtemps pour l'entendre gémir, puis se retira sur la pointe des pieds, si l'on peut dire, avant de lui faire subir ce dont le moukhabarat l'avait menacée, mais sans fil de fer.

***

Le « diwan » de Mohammed Makhlouf se trouvait au milieu de plusieurs villas attribuées à des huiles du Régime, le long de la route de Beyrouth. À la sortie sud de Damas.

C'était, avec le quartier Al Mazzah, l'endroit le plus sécurisé de la ville, réservé aux responsables des Moukhabarats.

Toutes ces villas se trouvaient à moins d'un kilomètre de l'ancien aéroport militaire de Qunaitra, où stationnaient encore quelques hélicoptères, au cas où on aurait besoin d'une évacuation accélérée…

Mohammed Makhlouf arriva dans son convoi de trois BMW, directement de son bureau. Il congédia ses gardes du corps, leur donnant rendez-vous pour le lendemain à huit heures. Il n'avait pas l'intention de ressortir. Les trois véhicules repartirent. En apparence, la maison n'était pas gardée. Mohammed Makhlouf avait toujours refusé les gardes statiques : elles vous surveillaient autant qu'elles vous protégeaient.

En revanche, des caméras infra-rouges ceinturaient la maison, opérées par des hommes à lui, considérés comme sûrs. En Syrie, personne ne l'était à 100 %. L'homme avec qui vous aviez grandi dans le même village et qui vous baisait la main quand vous arriviez, pouvait vous tirer une balle dans la tête pendant votre sommeil, s'il en recevait l'ordre d'un homme ayant plus de pouvoir sur vous.

C'était le pouvoir vertical, dans toute sa nudité : tout remontait au Raïs. Un ordre de Bachar El Assad ne pouvait qu'être exécuté.

Mohammed Makhlouf gagna son living-room, s'installa dans un profond canapé, alluma un cigare et commença à réfléchir. Depuis qu'il avait transmis le « OK » aux Américains, il savait que tout reposait sur ses épaules. Il en était à la fois grisé et terrifié car, à ce stade, il ne pouvait compter sur aucune aide extérieure.

Le tort de Ghazi Canaan avait été de s'appuyer sur Rafic Hariri et d'autres.

Ce qui avait généré des indiscrétions.

Lui, s'il voulait avoir une chance de réussir, devait compter uniquement sur lui-même et frapper à la vitesse de la foudre.

Sa réflexion s'était affinée. Il ne voyait qu'un plan possible. En effet, l'idéal aurait été de contrôler brutalement le Palais Présidentiel, de l'occuper sous prétexte de protéger Bachar El Assad contre un hypothétique coup d'Etat. Seulement, pour cela, il devait donner un ordre à la Garde Présidentielle qui demanderait aussitôt confirmation à Maher El Assad, qui sentirait le complot…

Il ne lui restait donc qu'une solution.

Chaque semaine, il y avait une réunion informelle dans le bureau du Raïs, avec Maher, Ali Mamlouk, le chef d'État-major et lui-même.

Il y arrivait avec son escorte habituelle, six hommes, tous dévoués. Détail important : il était une des rares personnes à pouvoir se trouver avec le Raïs, en possession d'une arme.

Son plan était donc très simple.

Dès le début de la réunion, il sortirait son pistolet et abattrait Bachar El Assad et son frère, Maher. Ensuite, protégé par ses gardes du corps, il expliquerait la situation aux autres, convoquerait le numéro 2 de la Garde Présidentielle, Ali Al'Khini, à qui il annoncerait qu'il était le nouveau Raïs. Il savait qu'Ali

Mamlouk se rallierait : ce n'était pas un politique et la personnalité de Mohammed Makhlouf était rassurante. Alaouite, pilier du Régime, fidèle entre les Fidèles ; il ne pouvait que jouer la continuité.

Les transitions en Syrie avaient toujours été violentes. Lui-même, avait déjà exécuté de sa main, de nombreux opposants, sans le moindre état d'âme. On ne sacrifiait pas les personnages, mais les postes. Tous avaient du sang sur les mains. Tous savaient qu'ils étaient exposés à une mort violente.

Évidemment, par la suite, il serait probablement amené à élargir le champ des règlements de compte pour éviter des vengeances. Dieu merci, à part la mère de Bachar, veuve de Hafez El Assad, ou sa sœur, l'épouse d'Assef Chawkat, peu de gens pleureraient réellement les deux morts.

Surtout, si les Américains tenaient leur promesse de reconnaître immédiatement le nouveau régime. Ce qui déclencherait les ralliements.

Ensuite, un référendum, quelques réformes cosmétiques, une intensification de la répression pour en finir une fois pour toutes avec les frères Musulmans, compléteraient le tableau. Il chargerait Bachar et son frère du maximum de crimes et se présenterait comme le tenant d'une nouvelle Syrie. Son atout : il était peu connu du grand public, n'ayant jamais occupé de poste politique élevé. Seuls, les gens du sérail savaient à quel point il avait férocement défendu le Régime.

Un de ses serviteurs surgit silencieusement et vint lui glisser quelques mots à l'oreille.

– Qu'elle entre ! dit-il tout de suite.

Il écrasa son cigare : Halima, sa jeune maîtresse, avait horreur du tabac. Il se leva dès qu'elle pénétra dans la pièce, et lui tendit les bras.

– *Ayete* ! J'avais peur que tu ne viennes pas.

Il regarda avec des yeux de merlan frit la jeune femme dont il était fou amoureux. Vingt-quatre ans, fille du médecin personnel du Raïs, étudiante. Des cheveux très noirs, des yeux immenses, une bouche pulpeuse, une silhouette fine, des dents éblouissantes.

Il l'avait d'abord croisée au Palais Présidentiel, puis l'avait revue, envoyant même un de ses hommes la chercher à la sortie de son cours. Peu à peu, leur relation s'était transformée et un jour, ils avaient fait l'amour dans ce *diwan*. En dépit de la différence d'âge, Halima était, elle aussi, tombée amoureuse.

Certes, ils ne se voyaient pas souvent, ne correspondaient pas par SMS par sécurité, mais leur passion résistait.

Comme il s'apprêtait à l'embrasser, Halima recula et annonça d'une voix pleine de tristesse.

– J'ai de mauvaises nouvelles ! Mon père ne veut plus que je te voie. Il m'a dit des choses horribles sur toi : que tu étais un assassin, que tu avais fait tuer et torturer des milliers de gens. Et puis, que tu étais trop vieux…

Mohammed Makhlouf se raidit. Il avait l'habitude d'encaisser les coups durs, mais, là, il était sincèrement touché. D'abord, il tenta de déminer le terrain.

– Je ne suis pas un assassin, corrigea-t-il, j'ai exercé depuis des années des fonctions difficiles pour protéger le Raïs. Tu sais que, nous les Alaouites, sommes en minorité. Si nous perdons le pouvoir, nous serons tous égorgés ou forcés à fuir.

« Quant à mon âge…

Spontanément, Halima se jeta contre lui.

– Je me moque de ton âge ! assura-t-elle. Je suis bien avec toi. J'aime faire l'amour avec toi. Mais je ne veux pas faire de peine à mon père.

– Je vais lui parler ! lança spontanément Mohammed Makhlouf.

Halima lui jeta un regard effrayé.

– Tu ne vas pas le tuer !

Le Syrien eut du mal à sourire. Décidément, on lui avait dit beaucoup de choses…

– Non, dit-il, bien sûr. Je ne tue pas les gens par plaisir personnel. Mais je veux lui expliquer que je t'aime.

Le mot fit fondre la jeune femme. Son regard s'humidifia et ses lèvres s'écrasèrent contre celles de son amant. Celui-ci l'enlaça. Quelques minutes plus tard, ils roulaient sur le grand lit de l'alcôve.

Ils firent l'amour furieusement. Puis, encore enfoncé dans le ventre de la jeune femme, les yeux dans les siens, Mohammed Makhlouf dit d'une voix contenue :

– Bientôt, ton père ne pourra plus te reprocher ta liaison avec moi.

Il jouissait profondément de cet instant, ses cuisses écartant celles de la jeune femme, son torse contre le sien et surtout, son sexe enfoncé de toute sa longueur en elle.

– Pourquoi ? demanda Halima, surprise.

Mohammed Makhlouf esquissa un sourire.

– Parce que je serai le Raïs.

Une lueur incrédule passa dans le regard sombre de la jeune femme.

– Qu'est-ce que tu veux dire ?

– Chut ! Ne parle jamais de cela à personne.

Il posa sa bouche sur la sienne, conscient d'en avoir trop dit, mais il n'avait pas pu se retenir. Halima était le soleil de sa vie.

Soudain, il réalisa qu'il n'éprouvait aucun trouble de conscience à assassiner l'homme pour qui il avait tué, fait tuer et torturer. Une fois même, il avait fait torturer un homme qui avait moqué dans un SMS le physique du Raïs. L'envoyant ensuite trois ans en prison. La garde autour de la famille Assad devait être impitoyable et totale.

Halima bougea un peu sous lui et il sentit son désir revenir. S'il avait hésité à réaliser le plan américain, désormais, il n'avait plus aucune réticence.

CHAPITRE XXIII

Cette fois, Malko n'avait pas eu à se rendre à Chypre, se contentant de gagner l'ambassade américaine. Mitt Rawley semblait nerveux.

– Aucune nouvelle ! annonça-t-il. Les Israéliens n'ont rien de plus. Leurs écoutes n'ont rien donné. Les seules informations concernent les combats contre l'insurrection. Cela piétine. Même les satellites ne voient rien. Bachar El Assad joue la montre. L'International verrouillé par le veto russe, il est tranquille.

– Est-ce que cela vaut la peine de s'en débarrasser, dans ce cas ? interrogea Malko.

– Sûrement, répliqua l'Américain. Aujourd'hui, nous sommes dans une situation impossible : d'un côté, *officiellement* nous soutenons les opposants à Bachar et nous nous retrouvons ainsi aux côtés d'Al Qaida… De l'autre, nous luttons pour que le Régime alaouite survive, *sans* Bachar, pour faire diminuer la pression. Peut-être qu'ensuite, avec notre « protégé », nous pourrions lui faire infléchir sa position sur l'Iran.

Ce serait « *to kill two birds with one stone* »[1].

Malko secoua la tête.

– Mitt, vous rêvez ! Les Alaouites ne vont pas se couper de l'Iran.

Le chef de Station ne répondit pas, sachant, qu'au fond, Malko avait raison. Une secrétaire lui apporta un message, qu'il parcourut rapidement.

– Les troupes de Bachar ont repris pour la seconde fois Zabatani, à côté de Damas, annonça-t-il. Mais la livre syrienne a encore dégringolé. Langley me relance sans arrêt. Il n'y a pas moyen de contacter le docteur Makhlouf ?

– Cela ne servirait à rien, affirma Malko. Son père a été formel : la moindre interférence de notre part serait plus que contre-productive.

« Il faut attendre et prier. Cela nous tombera dessus comme un coup de tonnerre. Le fait qu'il n'y ait aucun signe avant-coureur ne signifie rien. Ce genre d'opération se déroule en quelques heures, à huis clos. Quand on parle, c'est déjà fini. OK, je retourne en ville.

***

Mahmoud Chamar était en train de préparer l'enveloppe contenant ses rapports sur l'agent de la CIA Malko Linge.

Décevants.

En dépit des efforts du Moukhabarat syrien, il n'avait rien découvert, à part la visite inexpliquée à

1. Faire d'une pierre deux coups.

l'hôpital de l'Hôtel-Dieu. Une soirée avec Farah Nassar, dont elle avait rendu compte et des visites à l'ambassade américaine où se trouvait la Station de la CIA.

Deux fois, le Moukhabarat avait eu l'impression que Malko Linge s'était rendu à Chypre, car un Blackhawk avait décollé peu après son arrivée et Malko Linge n'était ressorti de l'ambassade que plusieurs heures plus tard, justement quand un autre hélico venait de se poser.

Quant à Farah Nassar, Mahmoud Chamar ne la voyait plus que pour des rencontres sexuelles à la sauvette : visiblement, elle n'avait plus aucune information.

En plus, le chef du Moukhabarat était inquiet. En dépit de sa position, il n'avait aucune information sur ce qui se passait réellement dans son pays.

L'attitude de l'agent Malko Linge était un mystère. Il semblait être en vacances…

Qu'attendait-il ?

***

Halima Haddim, sortant de son cours, vit soudain se dresser devant elle un homme en veste de cuir noir, souriant, mais le regard froid. Derrière lui, se tenait son clone. Instinctivement, elle eut peur.

– Halima Haddim, dit le premier, le général Maher El Assad souhaite vous voir. Il faudrait venir avec nous…

Les autres élèves de son cours s'étaient dispersés, elle se retrouvait seule avec les deux hommes. En face d'une BMW noire.

– Maintenant ? demanda-t-elle. Je dois déjeuner avec mon père.

– On vous y conduira, assura l'homme en ouvrant la portière de la voiture.

Le cœur battant, la jeune femme s'installa à l'arrière. Pas une parole ne fut prononcée durant le trajet. Quand elle reconnut la cour devant le bâtiment de la Quatrième Brigade, elle eut un sale pressentiment. Pourtant, tout se passait avec la plus exquise urbanité. Comme une somnanbule, elle suivit des couloirs, prit des ascenseurs et se retrouva devant une porte matelassée de cuir noir.

Qui se referma sur elle.

Un homme souriant lui faisait face : Maher El Assad, en civil.

– Quelle joie de te voir ! lança-t-il en la serrant dans ses bras. Tous les jours, je bénis le ciel d'avoir un médecin aussi compétent que ton père pour veiller sur mon frère bien-aimé…

Halima Haddim bredouilla quelques mots de reconnaissance, la gorge sèche : Maher ne l'avait pas convoquée pour la féliciter des qualités de son père.

– Assieds-toi ! dit le général Maher El Assad. Je voudrais te faire écouter quelque chose.

Il lui désignait une chaise devant son bureau, en face de ce qui lui parut être un petit magnétophone.

Halima Haddim obéit et Maher regagna l'autre côté du bureau, puis appuya sur le déclencheur du magnétophone.

D'abord, Halima Haddim n'entendit que des bruits de respiration, des soupirs, de petits cris. Puis soudain, une voix :

« Bientôt ton père ne pourra plus te reprocher ta liaison avec moi. »

Instantanément, elle reconnut la voix : celle de son amant Mohammed Makhlouf.

Elle eut l'impression que son cœur s'arrêtait, quand elle entendit sa propre voix demander « Pourquoi ? »

La réponse de l'autre voix la glaça : « Parce que je serai le Raïs ».

L'index de Maher El Assad appuya sur la touche « stop » et le silence retomba dans le grand bureau. Halima Haddim arriva à redresser la tête et à affronter le regard du frère de Bachar El Assad.

Celui-ci souriait, mais pas avec les yeux. Il hocha la tête.

– Tu as de la chance d'être la fille de ton père, dit-il. Normalement, tu ne devrais jamais ressortir d'ici. Tu as conscience de la gravité de la situation ?

Halima Haddim avait l'impression de se débattre contre une pieuvre.

– Je ne sais même pas ce qu'il voulait dire ! protesta-t-elle.

– Je sais, je sais ! approuva d'un ton bonhomme le frère de Bachar El Assad. C'est pour cela que je te considère comme innocente. Je vais simplement te demander deux choses : d'abord, une lettre où tu reconnais avoir entendu Mohammed Makhlouf dire qu'il allait assassiner le Raïs.

« Ensuite, ta collaboration pour sortir de cette situation embarrassante.

– Je ferai ce que vous voulez ! murmura Halima Haddim.

– Voilà, enchaîna Maher El Assad : Mohammed Makhlouf est déjà mort, même s'il l'ignore. Il suffit que je donne un ordre pour qu'il soit arrêté et exécuté. Mais c'est une solution bruyante. Tu sais comment nous procédons : ton père perdra sa place, toi, tu risques de graves problèmes, votre famille aussi, car la colère de mon frère sera terrible.

Halima Haddim était terrorisée. N'arrivant plus à réunir deux pensées cohérentes. La voix de Maher El Assad lui parvint comme dans un rêve :

– Je voudrais que tu m'aides à terminer la vie de Mohammed Makhlouf. Que tu te conduises en bonne Syrienne. Il est déjà mort mais il ne le sait pas. L'idéal serait qu'il parte d'une mort « naturelle ». Personne, à part toi et moi, ne connaîtra la vérité. Es-tu d'accord ?

Halima Haddim secoua la tête et balbutia.

– Que dois-je faire ?

Maher El Assad tendit le bras et posa une petite ampoule pleine d'un liquide incolore à côté du magnétophone.

– Prends ça, dit-il, je sais que, demain, tu vas dîner chez lui. Que tu lui fais la cuisine, des légumes à l'huile, qu'il adore. Tu verseras le contenu de cette ampoule dedans. Il ne sentira rien, et tu auras sauvé ta famille.

Comme une automate, Halima Haddim prit l'ampoule et la fit tomber dans son sac.

Maher El Assad se leva, fit le tour de son bureau et l'aida à se mettre debout, la raccompagnant ensuite jusqu'à la porte.

Avant de l'ouvrir, il l'étreignit comme lors de son arrivée, et lui glissa :

– Que Dieu soit avec toi !

***

Malko n'en pouvait plus de son inaction. Il avait beau regarder la télé, appeler Mitt Rawley, cela ne le soulageait pas. Aucune nouvelle du colonel Ramdane Halab qui, lui aussi, devait se poser des questions.

Farah Nassar avait disparu du paysage, mais, de toute façon, sa libido était en berne. Le stress le rongeait : tout se passait à moins de deux cents kilomètres à vol d'oiseau, mais cela aurait pu être sur une autre planète.

***

Mohammed Makhlouf s'était réveillé avec des douleurs terribles dans le ventre et des sueurs froides. Au point de ne pas pouvoir aller au bureau. Il avait immédiatement appelé son médecin personnel, le docteur Grabiyeh, un petit bonhomme chafouin, aux traits creusés, qui l'avait examiné avec le soin habituel et prescrit plusieurs anti-douleurs.

– Je te donne quarante-huit heures pour me remettre sur pieds ! avait ordonné Mohammed Makhlouf.

Dans son esprit, rien ne devait résister à l'autorité, pas même la maladie.

Le docteur Grabiyeh avait promis et Mohammed Makhlouf avait envoyé un SMS à Halima avant de s'endormir, terrassé par les calmants.

Lorsqu'il s'était réveillé, il ne souffrait plus, mais, bizarrement, avait du mal à ouvrir les yeux. Plongé dans une sorte de somnolence. Il reçut plusieurs appels téléphoniques et répondit de façon évasive. Son cerveau avait du mal à fonctionner.

***

Maher El Assad alignait les noms avec soin : la liste de ceux qui devaient cesser d'exister afin que la mort de Mohammed Makhlouf soit lisse comme une peau de bébé. Il était heureux d'avoir trouvé cette solution. Il dirait la vérité à son frère lorsque tout serait terminé. Ce n'était pas le boulot du Président de faire le ménage…

Lorsqu'il eut terminé la liste, il réfléchit encore afin de vérifier s'il n'avait oublié personne, puis demanda à sa secrétaire de convoquer Ali Mamlouk. C'est lui qui allait être chargé du nettoyage. Il ne poserait aucune question et tout serait fait rapidement.

Après avoir raccroché, il ajouta un nom sur la liste : il valait mieux ratisser large.

***

La voix de Mourad Trabulsi était tellement déformée par une sorte de bégaiement, que Malko eut du mal à comprendre ce qu'il disait.

– Il saisit d'abord le mot « Makhlouf » puis cela fut plus compréhensible : le général libanais venait d'apprendre la mort de Mohammed Makhlouf, officiellement décédé d'un anévrisme de l'aorte abdominale...

– Ils l'ont tué ! lâcha Mourad Trabulsi. Donc, ils savent. Je quitte Beyrouth tout à l'heure.

– Où allez-vous ? demanda Malko.

Le général libanais eut son petit rire sec.

– Je ne vous le dirai pas. Vous devriez faire la même chose. Vous ne connaissez pas les Syriens. À bientôt, Inch Allah !

Malko avait à peine raccroché que Mitt Rawley appela. Lui aussi bouleversé.

– Le quotidien syrien Techine a annoncé ce matin la mort de Mohammed Makhlouf, annonça-t-il.

– Je sais, affirma Malko, Mourad vient de me prévenir. Il part aux abris. Mohammed Makhlouf n'est sûrement pas mort de mort naturelle… Il a été liquidé.

– Donc, les Syriens ont découvert ce qui se tramait, conclut l'Américain. Quelle connerie on a pu faire ?

– Je n'en sais rien, avoua Malko, mais le résultat est là : toute notre manip tombe à l'eau. Je n'ai plus rien à faire à Beyrouth…

– Attendez ! plaida Mitt Rawley. Il faut que j'avertisse Langley. Je vous rappelle.

Malko était assommé : tout ça pour ça ! Une fois de plus, les Syriens avaient gagné.

Il pensa au docteur Hassan Makhlouf. Se souvenant de ce qu'avait dit son père. Maintenant, il n'y avait plus rien à protéger. S'il n'était pas au courant, il fallait le prévenir. Il demanda au standard de l'hôtel le numéro de l'Hôtel Dieu et l'eut en ligne quelques instants plus tard.

– Le cabinet du docteur Makhlouf ? demanda-t-il à la standardiste.

On le transféra et une voix d'homme dit « *aiwa* ». Malko, en anglais, demanda à parler au praticien.

– Qui êtes-vous ? demanda son interlocuteur.

– Un de ses patients.

– Rappelez plus tard, le docteur Makhlouf vient d'être assassiné.

Malko raccrocha, sonné, puis rappela Mitt Rawley.

– Le fils de Mohammed Makhlouf vient d'être assassiné, annonça-t-il, dans son cabinet de l'Hôtel-Dieu.

– Les Syriens font le ménage, fit sombrement le chef de Station de la CIA. Ne bougez pas de l'hôtel, je vous envoie du monde. Ça va tanguer.

***

La secrétaire du docteur Hassan Makhlouf, choquée, regardait le cadavre de son patron, étendu au milieu du cabinet, recouvert d'une toile verte qui servait d'habitude à protéger les champs opératoires.

Une demi-heure plus tôt, deux hommes étaient entrés dans la salle d'attente, à visage découvert. Ils l'avaient traversée pour atteindre le cabinet où le praticien était en train d'examiner un patient.

La secrétaire médicale n'eut pas le temps d'intervenir. L'un des deux intrus venait de sortir un pistolet automatique muni d'un silencieux. Appuyant l'extrémité de l'arme sur la nuque du docteur Makhlouf, il avait appuyé deux fois sur la détente. Le choc avait projeté le praticien sur le corps de son patient, le visage éclaté, dans une gerbe de sang.

Celui-ci s'était mis à hurler, essayant de se dégager.

La secrétaire glapissait encore quand les deux hommes s'étaient éclipsés, comme ils étaient venus, par la salle d'attente.

La police et les FSI étaient arrivés vingt minutes plus tard. La secrétaire n'avait même pas pu leur décrire les agresseurs, tant elle était bouleversée.

Du passage des tueurs, il ne restait que deux douilles de 9 mm que les policiers avaient mises dans un sac en plastique, tout en sachant qu'elles ne mèneraient nulle part.

Maintenant, le cabinet médical grouillait de policiers. Le général Ashraf Rifi venait d'arriver en personne. Il ne faisait aucun doute qu'il s'agissait d'un meurtre politique, comme le Liban en avait tant connu. Mais, pourquoi ce médecin syrien, fils d'un ponte du régime de Damas. Généralement, c'étaient les opposants à Damas qui étaient liquidés de cette façon.

Le général Ashraf Rifi, qui connaissait bien ses « clients » syriens, ordonna.

– Envoyez immédiatement une équipe au domicile du docteur Makhlouf, pour protéger sa famille.

Quelques instants plus tard, un policier lui tendit une radio. Celle d'une voiture de police du quartier de Raouché.

Ils venaient d'être appelés par les résidents d'un immeuble qui avaient entendu des hurlements venant d'un appartement. Appelés, les policiers avaient débarqué, découvrant trois cadavres dans l'appartement, égorgés de la même façon : une femme, l'épouse du docteur Makhlouf et ses deux enfants, douze et sept ans.

Le parquet du living n'était plus qu'une mare de sang. Personne n'avait rien vu.

Le général Ashraf Rifi, le visage sombre, rappela ses hommes.

– Ne vous pressez pas, c'est trop tard.

***

Malko se jeta sur son portable. Ce devait être Mitt Rawley.

Il reconnut la voix de Mourad Trabulsi. Déformée par le stress.

– Ils sont à vos trousses, lança-t-il. Ne restez pas à l'hôtel. Ils arrivent.

– Comment le savez-vous ? demanda Malko.

– Source Hezbollah, fit laconiquement Mourad Trabulsi. Ils espèrent que vous vous souviendrez de ce coup de main.

– Filez ! Bonne chance.

Malko raccrocha, choqué. La belle manip se transformait en débâcle. Il alla prendre son Glock 27, vérifia qu'il y avait une cartouche dans le canon et glissa l'arme dans sa ceinture.

L'avertissement de Mourad Trabulsi n'était pas du vent : un commando syrien était en route pour le tuer.

CHAPITRE XXIV

Farah Nassar était chez son coiffeur, Tony Sawayer, au premier étage de la galerie du Holiday Inn, pour sa teinture mensuelle. Des bigoudis plein les cheveux, elle se détendait en lisant « Mondanités » lorsqu'elle aperçut dans la glace un homme jeune qui s'approchait de son fauteuil. Sans y prêter attention. De nombreuses clientes faisaient venir des boissons ou des sandwiches de l'extérieur.

L'inconnu s'arrêta derrière elle et Farah Nassar croisa son regard. Instantanément, elle comprit que ce n'était pas un coursier. Elle voulut faire pivoter son fauteuil pour se lever, mais n'en eut pas le temps.

Le jeune homme avait plongé la main dans son blouson, la ressortant, serrant la crosse d'un petit revolver « deux pouces ». Il posa l'extrémité du canon sur le sommet du crâne de Farah Nassar, entre deux bigoudis, et appuya sur la détente.

La détonation fit sursauter tout le salon de coiffure.

Foudroyée, Farah Nassar plongea en avant, du sang jaillissant de sa bouche et de ses narines.

L'inconnu rentra son arme et gagna la sortie puis l'escalier menant au rez-de-chaussée, au milieu des cris horrifiés des clientes.

***

Ils étaient trois à monter l'escalier du petit immeuble de Bordj Hammond. L'ascenseur était en panne. Arrivés au troisième, ils se groupèrent autour de la porte de l'appartement 302. Deux hommes se plaquèrent contre le mur et le troisième sonna.

Sans résultat.

Ils se concertèrent à voix basse, puis, deux d'entre eux sortirent leurs armes – des pistolets automatiques – et le troisième, un costaud, prit son élan et se lança contre la porte, visant du pied la serrure.

Celle-ci ne résista pas à ses quatre-vingt-dix kilos et le battant se rabattit violemment, découvrant l'appartement.

Aucun des trois hommes n'eut le temps de se réjouir. Il y eut une explosion formidable qui souffla une partie de l'appartement, le palier et les trois agresseurs. Une mine anti-char avait été fixée contre l'intérieur du battant et l'ouverture violente de la porte avait déclenché le percuteur.

Un vieux truc qui datait de la guerre civile…

Le général Mourad Trabulsi n'aimait pas qu'on lui manque de respect.

***

Mahmoud Chamar arriva au poste-frontière syrien vers onze heures, bifurquant aussitôt sur le sentier menant au check-point de l'armée syrienne, en surplomb de la route principale ; son chef, Ali Mamlouk lui avait recommandé de venir seul et il avait laissé son chauffeur à Beyrouth.

Un homme, debout à côté de la barrière rouge et blanche, lui adressa un petit signe discret et Mahmoud Chamar stoppa à côté de lui.

– *Kilak*[1] ! lança le nouveau venu. Gare ta voiture là et viens dans la nôtre.

Le moukhabarat obéit et se gara dans le petit parking militaire, puis gagna une vieille BMW où se trouvaient déjà deux hommes. Un à l'arrière et l'autre au volant. Gentiment, son guide lui ouvrit la portière avant et Mahmoud Chamar prit place à côté du conducteur, tandis que celui qui l'avait amené prenait place derrière lui. La BMW emprunta le chemin traversant la zone militaire, interdite aux civils, même syriens. Ils traversaient une zone franchement inhospitalière, une colline pelée, presque sans végétation. Mahmoud Chamar se détendait, certain d'obtenir des félicitations pour son travail. Ses tueurs auraient terminé avant le coucher du soleil.

Quand il sentit quelque chose de froid s'appuyer sur sa nuque, il n'eut même pas le temps d'avoir peur. Il

1. Ça va ?

entendit la détonation avant de basculer vers l'avant, le projectile lui avait traversé le cerveau, arrachant une partie de sa mâchoire supérieure.

Son assassin rentrait déjà son arme. Il ignorait pourquoi ses chefs lui avaient donné l'ordre de liquider Mahmoud Chamar, mais il valait mieux ne pas se poser de questions…

La voiture roula encore quelques kilomètres, puis pénétra dans un maigre sous-bois, s'arrêtant à côté d'une autre voiture.

Les trois hommes sortirent de la BMW et arrachèrent le corps de Mahmoud Chamar de son siège, le traînant ensuite jusqu'à une fosse fraîchement creusée. Ils s'étaient levés très tôt pour la creuser. Ils basculèrent le corps à l'intérieur après l'avoir fouillé, et le plus jeune se mit à remplir la fosse de pelletées de terre.

***

Le docteur Grabiyeh sortait de chez lui quand une voiture avec deux hommes s'arrêta pile devant sa porte. Un homme en émergea, souriant. Il le connaissait : c'était un des adjoints de Ali Mamlouk.

– On a besoin de vous, docteur, lança-t-il avec un sourire encourageant. Le patron veut que vous remettiez sur pieds un type qu'on a un peu secoué. Venez avec nous, on vous ramènera.

– Attendez ! protesta le médecin, je dois prendre du matériel. J'arrive.

En Syrie, il était courant que des médecins « sûrs » soient appelés par les moukhabarats pour remettre en état un prisonnier torturé, afin de pouvoir continuer l'interrogatoire.

Or, le docteur Grabiyeh avait la confiance d'Ali Mamlouk. C'est ce dernier qui lui avait conseiller de « soigner » Mohammed Makhlouf avec des calmants, sans se poser de questions. Il ressortit de chez lui quelques minutes plus tard, sa sacoche à la main, et prit place dans la voiture. Ils ne mirent que vingt minutes à gagner le siège du Moukhabarat. De la cour, ils passèrent directement au bâtiment des interrogatoires, empruntant un ascenseur menant aux sous-sols.

Ils s'arrêtèrent au sous-sol et les trois hommes suivirent un couloir où s'ouvraient des portes de métal peintes en vert. Son « guide » s'arrêta devant la troisième et l'ouvrit, s'effaçant pour laisser passer le médecin.

Celui-ci s'arrêta : la pièce était vide.

Comme il se retournait, surpris, il se trouva nez à nez avec le canon d'un pistolet qui lui cracha un projectile de 9 mm en plein visage.

***

Halima Haddim, allongée sur son lit, contemplait le petit revolver chromé, cadeau de Mohammed Makhlouf, quelques mois plus tôt. Il le lui avait offert pour qu'elle puisse se défendre contre un agresseur éventuel. Damas n'était plus aussi sûr qu'avant.

Elle l'avait jeté dans un tiroir et oublié.

Jusqu'à ce matin.

Elle avait mal dormi. Après avoir versé le poison dans les légumes qu'elle avait préparés pour son amant, elle n'avait plus pensé à son geste. Elle avait même fait l'amour avec Mohammed Makhlouf avec entrain. Puis, peu à peu, tout était revenu par petites touches. Le basculement avait eu lieu la veille lorsqu'elle s'était retrouvée devant le corps de l'homme qu'elle avait aimé, allongé dans un grand lit, le visage calme, le teint légèrement bronzé par les préparateurs.

Quelque chose s'était cassé en elle. Depuis, elle ne voyait plus que ce visage figé, elle ne sentait plus que le froid du front sur lequel elle avait déposé un baiser. Elle avait compris qu'en le tuant, elle se tuait aussi. C'était inexplicable, elle n'avait envie et ne pouvait en parler à personne.

D'un geste calme, elle prit le petit revolver, serra soigneusement la crosse et appuya fortement sur la détente, après avoir posé l'extrémité du canon sur son cœur.

***

Maher El Assad se sentait de bonne humeur. Il avait enfin de bonnes nouvelles à annoncer à son frère ! Cinq minutes plus tôt, il avait appris le suicide de Halima Haddim, la bonne ayant averti la police.

Une solution intelligente, que lui-même aurait pu imaginer.

Après avoir fait vérifier que la jeune femme n'avait pas laissé de mot compromettant, il avait appelé son père et lui avait présenté ses condoléances avec toute la componction nécessaire.

Le médecin, brisé de douleur, n'avait pas réagi.

Au départ, Maher El Assad avait pensé l'éliminer aussi, puis avait changé d'avis. Le médecin ne savait rien de l'affaire. Il serait plus utile, vivant, car il s'occupait fort bien de Bachar El Assad.

Et puis, cela aurait été trop compliqué de l'éliminer directement.

Il regarda la liste de ses cibles.

Il ne restait plus que l'agent de la CIA à liquider, pour que son bonheur soit parfait.

Désormais, il était sûr, sans en avoir la preuve, qu'il avait joué un rôle important dans le complot.

Avant son déjeuner, il aurait reçu la bonne nouvelle et mangerait de meilleur appétit.

Ceux qui allaient le débarrasser Malko Linge n'avaient aucune importance : ils ignoraient pourquoi ils agissaient.

***

Malko réalisa soudain que sa chambre au Four Seasons était un piège. Si des tueurs surgissaient, ils auraient vite fait de défoncer la porte. Il connaissait les Syriens qui ne faisaient pas dans la dentelle. Brutaux, féroces et déterminés, ils auraient raison de Malko, même si celui-ci devait en abattre un ou deux.

Il sortit de la chambre et appela l'ascenseur. Lançant aussitôt un SOS à Mitt Rawley.

– Je sors devant l'hôtel ! dit-il, c'est plus sûr. Où en sont vos gens ?

– Sur la route, mais il y a beaucoup de trafic. Je suis en liaison constante avec eux. Je préviens Ashraf Rifi. Il arrivera peut-être plus vite.

La cabine de l'ascenseur s'ouvrait, il rentra son portable.

Les portes s'écartèrent sur trois hommes, tous jeunes, blouson et jean. Aussi surpris que Malko. Il y eut quelques secondes de flottement puis tout s'anima.

Malko n'avait pas le choix. Attendre une autre cabine était suicidaire. Il fonça vers les escaliers de secours, poursuivi par des rugissements en arabe.

Le premier projectile frappa la porte de service, juste au-dessus de sa tête, au moment où il l'ouvrait. Il arracha le Glock de sa ceinture et se retourna : les trois hommes brandissant des armes, barraient le couloir.

L'un d'entre eux le visa et il appuya sur la détente du Glock.

Avant de plonger dans l'escalier, il eut le temps de le voir s'effondrer, tandis qu'une grêle de balles giclait autour de lui.

Il avait déjà parcouru un étage, quatre à quatre, quand les deux survivants surgirent dans l'escalier de service. Il y eut de nouveau des coups de feu et une balle fit jaillir un éclat de plâtre. Il entendit une voix arabe glapir dans un portable : il devait y avoir d'autres tueurs en bas. Ce qui ne lui laissait aucune chance…

Ces gens étaient venus pour l'exécuter et ils le feraient sans état d'âme.

Son portable sonna mais il n'avait pas le temps de le prendre. Essoufflé, il parvint à prendre un peu de champ et quatre étages plus bas, voulut tenter un coup.

Se ruant sur la porte desservant le couloir, il y jaillit, avec un demi-étage d'avance.

C'était le 5e étage.

Au moment où il débouchait dans le couloir, il comprit que Dieu était de son côté : deux femmes voilées, chargées de paquets, sortaient d'un des ascenseurs !

Il fonça et parvint à se glisser dans la cabine au moment où les portes se refermaient. Appuyant aussitôt sur « L ». Ses poursuivants devaient arriver sur le palier.

L'appareil descendait avec une lenteur exaspérante. Enfin, il s'arrêta au rez-de-chaussée. Comme toujours, plusieurs personnes l'attendaient. Malko les écarta et fonça en courant vers la sortie de l'hôtel. Il arrivait à sa hauteur quand trois coups de feu claquèrent derrière lui. Il ressentit un léger choc dans le côté et se retourna : deux hommes venaient de surgir du lounge, à sa gauche, brandissant des armes.

Il leva son Glock. Impossible de tirer. Il y avait trop de monde dans le lounge.

Soudain, il aperçut des hommes au béret rouge uniforme, surgis de l'extérieur par la porte tournante et les deux entrées latérales.

Tous munis de pistolets mitrailleurs M.P.5.

Des hommes des FSI !

Malko courut vers eux.

Derrière, les trois tueurs lancés à ses trousses, se trouvèrent nez à nez avec les militaires. Tous ouvrirent le feu presque en même temps.

Malko était déjà à l'extérieur.

Deux fourgons des FSI crachaient des hommes en gilets pare-balles G.K sur leurs uniformes, qui se ruaient à l'intérieur de l'hôtel.

Malko vit soudain surgir deux Cherokee blanches arborant sur leurs ailes le drapeau américain, surgissant de la gauche. Elles s'arrêtèrent en double file et il en jaillit des hommes en civil, gilet pare-balles GK et pistolets mitrailleurs.

La « cavalerie » envoyée par Mitt Rawley.

Devant l'entrée, c'était la pagaille : tous les clients attendant des taxis ou leurs limousines, refluaient en désordre à l'intérieur.

Malko courut vers les Cherokee, son pistolet toujours à la main. Aussitôt, deux hommes l'aidèrent à monter. Le bruit de la porte blindée lui fit du bien.

Sans Mourad Trabulsi, il serait probablement mort dans sa chambre.

***

Il fallait hurler pour se parler dans le Blackhawk. Malko n'était pas resté plus d'un quart d'heure à l'ambassade américaine. Lorsqu'il avait débarqué, les pales de l'hélico tournaient déjà et Mitt Rawley l'attendait à côté de l'appareil, protégé des regards extérieurs par de grandes bâches vertes.

Il avait hurlé à Malko :

– On a un *crash meeting* avec les Schlomos à Chypre.

– Vous enverrez quelqu'un chercher mes affaires au Four Seasons, cria Malko.

Mitt Rawley secoua la tête.

– Non.

– Je n'ai plus rien à faire à Beyrouth, protesta Malko.

– Si, trancha le chef de Station de la CIA. Les Schlomos disent qu'ils ont un plan B. On n'abandonne pas la manip. Vous revenez ce soir.

CALAIS JUNGLES
CALAIS JUNGLES 2
AU-DELÀ du PÉRIF
Pascal Candia
AU-DELÀ du PÉRIF 1
Pascal Candia
REGIOPOLICE

Impression réalisée par

CPI
BRODARD & TAUPIN

à La Flèche (Sarthe), le 23-05-2012

Mise en pages : Firmin-Didot

ÉDITIONS GÉRARD DE VILLIERS
14, rue Léonce Reynaud - 75116 Paris
Tél. : 01-40-70-95-57

N° d'impression : 68668
Dépôt légal : mai 2012
Imprimé en France